真有其事

D'après une histoire vraie

Delphine de Vigan 〔法〕德尔菲娜·德维冈 著 林苑 译

著作权合同登记号　图字 01-2017-3766

Delphine de Vigan
D'après une histoire vraie
© 2015 by Editions JC Lattès

图书在版编目(CIP)数据

真有其事/(法)德尔菲娜·德·维冈著；林苑译.
—北京：人民文学出版社，2017
ISBN 978-7-02-013113-6

Ⅰ.①真… Ⅱ.①德… ②林… Ⅲ.①长篇小说-法国-现代 Ⅳ.①I565.44

中国版本图书馆 CIP 数据核字(2017)第 171024 号

责任编辑　卜艳冰　何家炜
装帧设计　张叶青

出版发行　人民文学出版社
社　　址　北京市朝内大街 166 号
邮　　编　100705
网　　址　http://www.rw-cn.com

印　　刷　山东德州新华印务有限责任公司
经　　销　全国新华书店等

字　　数　168 千字
开　　本　889×1194 毫米　1/32
印　　张　10　插页 2
版　　次　2017 年 10 月北京第 1 版
印　　次　2017 年 10 月第 1 次印刷

书　　号　978-7-02-013113-6
定　　价　45.00 元

如有印装质量问题，请与本社图书销售中心调换。电话：010-65233595

上一本小说出版几个月后，我停止了写作。将近三年的时间里，我没写过一行字。毫不夸张，真的没写过一行字：没写过一封行政信件、一张感谢卡、假期里的一张明信片，或一张购物清单。任何需要一点撰写的努力、需要去操心写成什么样的东西，一行字，一个词，都没写过。看到一沓活页、一个笔记本或一张方格纸，我会感到恶心。

渐渐地，这个动作本身变得偶然又迟疑，伴随着战战兢兢。连握住一支钢笔这么简单的事都显得越来越困难。

后来，一打开 Word 文档我就发慌。

我寻找最佳姿势，屏幕的最理想角度，我把腿在桌子底下伸直。然后我就那样，呆在那里，一动不动，盯着屏幕，一坐就是好几小时。

再后来，只要一靠近键盘，我的手就开始抖。

文章，夏季短篇，为某本书作序，参与集体作品的任何方式，所有邀约我一概拒绝。单单是一封信或一条信息中的"写作"一词就足够让我胃里打结。

写作，我做不到了。

写作，免谈。

今天，我知道，在我身边、文学圈和社交网络上，有过各种传闻。我知道有人说我写不出来了,说我江郎才尽了,说不过是稻草或纸堆燎了一把火,终究是要熄灭的。我爱的男人以为我是因为和他在一起而失掉了活力,或者我赖以为生的营养补给,因此不久也会离他而去。

当有朋友、相识、有时甚至是记者冒险就我的缄默提问时,我用各种各样的理由搪塞,疲劳,频繁出国,成功之后的压力,或者一个文学周期的结束。我借口没时间,精力太分散,周围太喧嚣,然后微笑着离开,可其中假装的从容谁都能看出来。

今天,我知道,这一切不过是借口。这一切微不足道。

我大概和亲近的人提到过我的害怕。我想不起来有谈及恐惧,但这的确关乎"恐惧"。现在我可以承认:占据我的生活那么久、深刻改变了我的存在的写作,于我如此珍贵的写作,让我感到恐惧。

事实是,按照潜伏、酝酿期和可被确切称为撰写期的交替循环周期——十年来都是如此,几乎已成生物钟——就在我本该重新投入写作的时候,我为新书已经做了许多笔记搜集了大量资料,就在我正要着手开始写的时候,我遇见了L。

今天,我知道L是我的束手无策仅有的、唯一的理由。而且我们往来密切的那两年差点让我从此永远失声。

吸 引

> 他感觉自己像是故事里的人物,而且角色的遭际不像真实事件,而像是从头到尾的虚构。
>
> ——斯蒂芬·金,《头号书迷》

我想讲讲 L 是如何进入我的生活的，是在什么样的情形之下，我想准确地描述是怎样的背景让 L 得以渗入我的私人领域，并且假以耐心，占据它。并非易事。就在我写下"L 是如何进入我的生活"这个句子那一刻，我意识到这一说法的浮夸，略微言过其实，刻意强调某种还不存在的戏剧性，又忙不迭地宣布一个转折或反弹的到来。是的，**L 进入了我的生活**而且深深地、慢慢地、很有把握地、阴险地，把我的生活搅乱。L 进入了我的生活，就像在戏演到一半的时候上了舞台，就像一位导演小心翼翼地等到周围一切都趋于暗淡的时候让她出了场，就像 L 的出现本就是为了显示她的到来何等重要，目的在于，在这一时刻，观众和舞台上其他人物（也就是我）目光全都集中在她身上，周围所有人都动弹不得，只有她的声音一直传到大厅深处，总之就是达到了她想要的效应。

但我有些操之过急。

我在三月底遇见了 L。接下来的秋天，L 在我的生活中朝多年老友的方向发展，驾轻就熟。接下来的秋天，我们已经有了属于我们的 private jokes[①]，一种包含言下之意和一语双关

[①] 英文，意为"私密玩笑"。

的共同语言，有了彼此可以读懂的眼神。滋养着我们之间默契的不仅有共享的秘密，还有那些没说出来的话和不声不响的评论。回过头想来，再看看后来我们的关系演变出来的暴力，我本可以把事情说成是 L 带着吞并我的领土的唯一目的非法入侵了我的生活，但这不是真的。

L 轻轻地进来，无比轻柔，无比巧妙，我和她在一起经历过许多惊人的默契时刻。

我们相遇之前的那个下午，我在巴黎书展，人们等着我去签售。我的朋友奥利维耶受邀在法国广播电台的展位当一档直播节目的嘉宾。我混在人群中听他发言。随后我们在一个角落里分吃了一个三明治，和他的大女儿若丝一起，坐在展厅老旧的地毯上。我的签售被安排在两点半，留给我们的时间不多。奥利维耶很快看出我的疲惫，他确实为我担心，他不知道我如何应对得了这一切，这一切，既是写了一本如此个人、如此私密的书的事实，也是这本书引起的反响——这样的反响是我无论如何也没想到的，因此也完全没有心理准备，他很清楚。

奥利维耶提出陪我去签售的地方，我们便一起往我的出版社展台的方向走。我们从一条密集紧凑的等待队伍前经过，我想知道队伍的那头是哪位作家，我还记得为了看到写着名字的海报我抬头张望，然后奥利维耶在我耳边轻轻说了句"我想是等你的"。的确，队伍拉得很长，在远处拐了个弯，一直延伸到等我去签名的那个展台。

换个时候，不往远说哪怕就几个月前，这样的情景会让我心里乐开花，大概也会满足我的虚荣心。我曾经在各种书展上乖乖地坐在一摞书后面企盼读者，一坐好几小时却没人来，这样的惶恐、这种有些丢人的没人搭理，我也是经历过的。如今却是完全不同的另外一种感受汹涌而来，某种飘飘然，有一瞬间，有个声音穿过我的脑海，说这太多了，对于单枪匹马的一个人，对于我，太多。奥利维耶说他要走了。

我的书在八月底出版，几个月来我从一个城市跑到另一个城市，在各种书店、图书馆、多媒体图书馆会面、签售、朗读、辩论，等待我的读者越来越多。

就好像不小心一枪命中了目标，还拽了一大帮人跟在身后，这种感觉有时让我喘不过气来，还有被听见的感觉，多少有些虚幻。

那时候我很幸福，很满意，很惊愕。

自豪，也依然怀疑。

我写了一本书，而我事先没有估量到它的影响范围。

我写了一本书，它在我的家庭内部和我身边引发的效应像波浪一样层叠冲击，而我并未预料到它会引起侧旁的损伤，这本书，很快也会让我看清谁是坚实后盾谁是假意盟友，而且延迟效应必将会持续很长很长时间。

我没想象过一样东西被无限重复而引起的后果，我没想象过我母亲的这张照片会被先是几百张然后几千张地复制，这张照片被加上腰封，在文字的传播中也起了相当的作用，很快，这张照片也和她脱离了关系，它不再是我母亲，而是小说的主人公，误入歧途，局促不安。

我没想象过被感动、被震撼的读者，没想象过他们中有些人会在我面前哭，而我很难不跟他们一起流泪。

第一次，在里尔，一位纤弱的年轻女子，数次住院的经历显然已经把她耗尽，她告诉我这本小说给了她疯狂的、不可思议的希望，她告诉我，尽管她有病，尽管有些事情已既成事实无法挽回，尽管她让她的孩子们"遭受"了那一切，可也许，他们还是会爱她……

另一次，在巴黎，一个周日早晨，一位饱受摧残的男子跟我谈起精神错乱，谈起其他人看他、看他们的目光，他们令人生畏，躁郁，精神分裂，抑郁，通通被塞进同一个包，然后像保鲜膜下的鸡肉一样，根据时下流行趋势和不同的杂志风格被贴上不同标签，而我的主人公，无法触碰的露西尔，为他们所有人平反昭雪。

还有其他人，在斯特拉斯堡，在南特，在蒙彼利埃，有时候我真想把他们抱在怀里。

渐渐地，我总算勉强筑起一圈无形的围墙，拉起了卫生隔离带，使自己得以继续待在那里，保持一定距离，胸部隔膜的运动把空气挡在胸骨的上方，形成一个微型的垫子，一个无形的气囊，一旦危险过去，我便可以用嘴一点点从中吸气。就这样，我可以听，可以说，可以去理解书所在之处正编织着的故事，还有读者和文字之间的来来回回，书几乎总会——出于我无法解释的原因——将读者反照至他自己的故事中。书，某种程度上就像一面镜子，景深和轮廓不再归我所有。

但我知道总有一天这一切会追上来，数量，对，那么多读者、评论、邀请、参观过的书店、高速列车上度过的时辰，到那时候，某样东西在我的怀疑和矛盾的重压之下会折断。我知道总有一天我将无法再躲避，既然躲不开，我必须把事情看清楚。

这个周六，在书展，我不停地签名。人们跟我讲话，我却很难找到合适的话语感谢他们，回答他们的问题，满足他们的期望。我听到自己的声音在颤抖，我呼吸不上来。气囊出了问题，我无法再面对。我进水了。摇摇欲坠。

接近晚上六点，松紧绳在两根小立柱之间拉起，排队时间结束，后来的人被劝退，悻悻而归。我听到展台负责人在离我几米远的地方解释说我停止签售，"她必须离开，签售结束，很抱歉，她要走了。"

签完排在队伍末尾的几个人，我稍事停留了几分钟，和我的编辑及商务经理聊了聊。我想到等待我的去往火车站的行程，甚觉疲惫，恨不得就此躺倒在地毯上不走了。我们站在展台里，我背对着过道和几分钟前我还端坐在前面签售的桌子。一个女子从我们身后靠近，问我是否可以在她的书上签名。我听见自己不假思索地说不。我想我跟她解释如果我签了她的书，就会有其他人过来等着让我签他们的书，必然又会排起长队。

我从她的眼神里看出她不理解，她不能理解，我们周围已经没人了，不走运的人们也都四散了，一切看起来平静安宁，我从她的眼神里看到她心里在说这傻 X 以为自己是谁啊，再签一两本又能怎样，签名售书，您不就是为这个而来的吗，有什么可抱怨的……

我不能对她说女士，我很抱歉，我做不到，我很累，我没有能耐和气力，仅此而已，我知道有些人可以不吃不喝坚持好几小时，直到所有人都签过了，都满意了，他们是骆驼，要么就是运动员，但我不是，今天不行，我已经写不下去自己的名字，我的名字是假的，是个骗局，相信我，它在这本书上就像不小心掉到扉页的鸽子粪一样，没有任何价值。

我不能对她说女士，如果我签了您的书，我会立马裂成两半，我可事先告诉您，这就是接下来要发生的，您躲远点，保持距离，连着我这个人的一半和另一半的细线马上就要断了，我会开始哭，甚至可能嚎啕大叫，保不准会让大家都很难堪。

我不顾心头涌上的内疚，离开了书展。

我在凡尔赛门上了地铁，车厢里挤满人，我好歹还是找到个座位。脑袋靠在车窗上，我开始回想，刚才这一幕在我脑中回放，一次，然后又一次。我拒绝为这个女人的书签名，而我就在那里,正在和别人说话,我不敢相信。我觉得自己犯了错,好荒唐,我心生羞愧。

今天我写下这一幕,以及它包含的疲惫和过度饱和,是因为我大概可以肯定,如果这一幕没有发生,我就不会遇见L。

L就不会在我身上看到这片如此脆弱、如此疏松、如此粉碎的土地。

还是孩子的时候,一到过生日,我总要哭。齐聚的宾客唱起那首在我所认识的家庭里都唱得几乎一模一样的传统歌曲,插着几根蜡烛的蛋糕朝我缓缓移来,那一刻,我开始抽泣。

这种聚焦在我身上的注意力,这些望向我的闪闪亮的眼神,这种集体的动容,对我来说难以承受。

这跟我因为一场为我举办的庆祝会而感到的由衷快乐完全不同,也不会令收到礼物的满心欢喜减分,但那一瞬间就像有某种拉尔森效应①,为了回应这个为我而发的集体声音,我只能发出另一个声音,更尖厉,用一个极为难听且令人不适的频率。我不知道这样的戏码一直上演到几岁(焦急,紧张,欢乐,然后是我,在众人面前,突然变成慌里慌张的黄毛丫头),但对那一刻淹没我的感受我保留着十分精准的记忆,"我们最真诚的祝愿,但愿这些光芒为你带来幸福",然后是当场消失的欲望。有一次,应该是八岁的时候吧,我跑掉了。

在班级里(幼儿园)会举办庆生会的时期,我记得母亲应该是给老师写过信,让她不要给我过生日,装进信封之前

---

① 指声反馈现象,最常见的例子为发生在麦克风和音箱之间的啸叫。

她大声读出所写内容以示告知,那里面有"易感"一词,我不明白是什么意思。我不敢问她,我很清楚写信给老师这已经是一道超常的手续,一种努力,目的在于从老师那边获取同样不那么合乎常理的程序,一种特权,总之是一种优待。说实话,很长一段时间里我一直以为"易感"一词跟一个人掌握的词汇量有关:我是一个"易感"的姑娘,我欠缺一些词语,这看上去也就解释了我为什么不适合在集体中庆祝生日。于是,在那时候的我看来,要在社会中生存,就必须用词语武装好自己,数量、种类都要多,要掌握最细微的差异。用学来的词汇慢慢打造出一身厚实的纤维铠甲,以便在世界上成长变化,灵活又自信。但许多词语我依然不识。

再后来,到了小学,每年开学填那张硬纸卡片的时候,我继续在我的生日上撒谎,挪开几个月,保险起见,挪到暑假里。

同样的,在食堂或朋友家中,我曾好几次(直到长大之后)在惊慌中发现我吃的那份国王饼里有小瓷人后将其咽下或藏起。宣布我的胜利,在几秒钟甚至几分钟之内成为集体关注的对象,属于不可能的范畴。抽中了奖,我总是在需要举手领奖的时候急忙把票券揉皱或撕掉,在小学五年级年末联欢会时,甚至到了放弃"老佛爷"百货一百法郎购物券的地步。我记得我目测了一下从我的位置到讲台的距离——得表情自然、神情轻松地走到那里,不跌跤,爬上几级台阶,大概还得对校长说几句感谢的话——得出了这个险不值得冒的结论。

身处中心,哪怕只是一瞬间,同时承受若干注视,是完全不可想象的。

我曾经是一个非常害羞的孩子、少女,在我记忆所及之处,这毛病在我面对群体(也就是说同时面对三四个人以上)时最容易犯。尤其是班级,对我来说班级代表的是一个从未停止让我害怕的实体集体。整个学生时代,哪怕到最后阶段,只要第二天需要高声朗诵或口头陈述,我头天晚上就睡不着,我默默使出长期积累下来的躲避战略,避免一切公开发言的可能。

不过,我似乎从很小的时候就表现出某种在面对面、一对一关系中的自如,真的有一种遇见对方并与之结交的能力,只要是以个人而不是群体的形式出现。所到之处,住过的地方,我都能找到人一起玩耍、聊天、嬉笑,一起做梦,不管到哪里,我都能结交朋友,建立一些持久的关系,就好像我早早就预感到这里是我情感的保障。直到我遇见 L。

这个周六离开书展的时候，我原计划是前往火车站，然后去乡下和我爱的男人会合，和他一起过周六晚上和周日白天。弗朗索瓦头天晚上已经去了库尔赛叶，和往常周末一样。我遇见他时，他刚在那里买下一所房子，几年下来，这房子已然变成他的庇护所，带堡垒的营地，每个周五晚上，看到他迈过门槛，发出一声快意或宽慰的响亮叹息，总让我想到没电的无线电话被放到底座上充电时发出的满意的"哗"声。我们身边的人都很清楚这所房子是他维持平衡的基座，很少有什么人或事能阻止他去那里。

弗朗索瓦在等我。我们约定，我一上小火车就给他打电话。那列见站就停的小火车会在离库尔赛叶几公里的平坦乡野停靠。

地铁进蒙帕纳斯站停靠，我犹豫了。我应该是站起来了，但没有下车。我感觉心中忧虑太多，走不了。心里有事。刚才在书展发生的事一下暴露了我的疲惫和紧张脆弱的状态，弗朗索瓦一直为此担心，我却不愿承认。于是我继续往前，坐到了十一区。我给他发了短信告诉他我回自己家了，晚些时候给他电话。

到了家附近，我顺便去了趟"超级优"超市。孩子们跟他们的父亲过周末，弗朗索瓦在乡下，晚上的计划在路上明朗起来,这会是一个安静的夜晚,沉默孤独的夜晚,恰恰是我所需。

我胳膊上挎着红色塑料筐,在小超市的货架间游荡,突然听见有人喊我的名字。娜塔莉就站在我身后,兴高采烈的,甚至没有惊讶的意思。我们每年都会在家附近的"超级优"碰见几次。这样的偶遇也因此成了百开不厌的玩笑,每个人也把自己戏份做足,哈哈大笑,拥抱亲吻,太神奇了吧,真巧啊,我从来不会在这个点儿来,我也是。

我们在酸奶货柜前聊了几分钟,娜塔莉也在书展签了一下午的名,还接受了一个关于她的新书《我们曾是活人》的采访,她本想到我的出版商的展台来看我,但后来没时间,她选择早点回家因为当天晚上她被邀请去参加聚会,她来"超级优"正是为了买瓶香槟。我是如何在三秒钟之内就答应和她一起去聚会的,在此之前我还正为即将独自度过夜晚而暗喜,我不记得了。

若干年前,还没认识弗朗索瓦的时候,我和娜塔莉还有另外一个朋友朱迪特一起消磨过不少夜晚。我们仨多多少少都是单身,也都愿意找乐子。我们管这些夜晚叫 JDN(J 是朱迪特,D 是德尔菲娜,N 是娜塔莉)。JDN 的宗旨是,每个人,和其他两人一起,想办法成为各种"趴踢"的座上客(生日趴、暖房趴、团圆趴),甚至在三人中没有任何一个被邀请的情况下跑到一些古怪的地方。就这样,我们成功地潜入过社团办公室的开张仪式、手风琴舞会、企业的小型告别聚会,甚至参加了个婚礼,而我们中没人认识新郎新娘。

我喜欢聚会，但我对所谓的"晚宴"几乎是避之不及（我说的不是朋友间的晚餐，我指的是多少有些社交色彩的晚宴）。之所以抗拒，是因为我没有能力适应此类活动的要求。事情往往是，我的腼腆突然重新登场，我又变回那个爱脸红的小女孩或姑娘，无法自如流畅地参与对话，老耿耿于怀担心自己水平不够，来错了地方，而且，大部分时间里，只要宾客超过四个人，我就会患上缄默症。

渐渐地，我终于弄明白——或者是为了让事情看起来更可接受一点，我给自己找了个借口——只有到了一定私密程度的关系才能让我感兴趣。

JDN 越来越少，最后干脆停了，原因是什么，我已记不清。也许只是因为我们各自的生活都有了变化。这天晚上，在"超级优"，我答应了娜塔莉，想着这样的聚会上可以有机会跳舞，跳舞的机会对我来说很难得（今天我依然觉得要在晚宴上端着拿着做足样子是件很可怕的事，但是，让我在一个陌生人的聚会上独自在屋子中间跳舞却完全不成问题）。

我很清楚这些细节会给人跑题的感觉，好像我扛着搭背景或布景的借口却迷失了方向。不是的。在我看来，知道这些事情环环相扣对明白我是如何遇见 L 相当关键，叙述中我不免还得再回溯，回得更远，才可能试着去抓住这次相遇的真正利害之所在。

到底是什么让 L 对我的影响、也是我对 L 的影响成为可能？鉴于这次相遇在我生活中引起的混乱，抓住这点对我至关重要。

  L出现的时候我正在跳舞，在我记忆里，我们的手曾互相轻轻碰触。

L 和我,我们坐在沙发上。我在她之前离开了舞池,有那么一会儿的音乐我不太喜欢。

L 很快也过来了,此前一个多小时她一直在我身边跳着舞。一个微笑,她得到了我和邻座中间的小缝隙,邻座朝扶手那头挪了挪,她舒舒服服地坐下。她朝我做了个会心的胜利表情。

"您跳舞的时候特别美,"她还没坐稳就对我说,"您特别美,是因为您跳得就好像您没觉得有人在看您,好像这里就只有您一个人,我敢肯定您自己在房间或客厅里也会这么跳。"

(我女儿在她半大不小的时候跟我说过,等她长大了,她会记得这样的我,一高兴便在客厅中央跳舞的妈妈。)

听见这样的溢美之词,我向 L 道谢,但不知该如何回应,不过她似乎也不指望我回答什么,她继续看着舞池,嘴角挂着微笑。我偷偷观察她。L 穿着一条垂顺的黑色裤子,奶油色的衬衣,衣领有一道细细的丝绒饰带,或者是深色的皮子也说不定,我拿不准是什么材质。L 很完美。我想到杰哈·达黑[①]的广告,我记得很清楚,就是这个样子,极简的考究,很

[①] 杰哈·达黑(Gérard Darel),法国服饰品牌。

现代，经典的高档用料和大胆细节的巧妙结合。

"我知道您是谁，我很高兴见到您。"过了一会儿，她说。

我可能应该问她叫什么名字，被谁邀请，甚至问她做什么工作，但我感觉自己被这个女人、被她平静的自信震慑住了。

L 就是那类让我着迷的女人，完完全全。

L 完美到无懈可击，秀发顺滑，指甲修得刚刚好，朱红色的指甲油仿佛在黑暗中闪光。

我一直很羡慕涂指甲油的女人。上了油的指甲对我来说代表了女性精致的某一层面，而且我不得不承认，在这一层面上，我无法触及。我的手太宽太大，可以说太强悍，涂上指甲油，它们显得更宽，好像乔装的努力不仅徒劳，甚至还更强调男性特征（不管怎样，我觉得涂指甲油这事本身就很费劲，得细心加耐心，而这两样我都没有）。

要做这样的女人得花多少时间？我一边在心里问，一边观察 L，在她之前我观察过许多女人，地铁里，电影院等待的队伍中，餐厅饭桌上。做了发型，化了妆，衣服也是熨过的。没有任何多余的褶皱。每天早晨，需要花多少时间才能达到这样完美的状态，晚上出门前又得多少时间来捯饬？得过上什么样的生活才能有闲暇动不动就做头发，每天换首饰，换着花样搭配衣服，不允许任何随意存在？

今天，我知道这不仅仅关乎时间，更是个"类型"的问题，选择当什么"类型"的女人，如果有得选的话。

我记得第一次见我的出版人，在位于雅各布街的她的小办公室里，我先是被她讲究的打扮吸引住，指甲，当然，还有其他一切，简单，无可指摘的品位。她身上散发出一种有些老派但拿捏得恰到好处的女人味，给我印象极深。我认识弗朗索瓦的时候，坚信他喜欢的不是我这种"类型"的女人，他应该喜欢更会打扮、更精致且可控制的女人，我还能看见自己在咖啡馆里跟一位女性朋友分析注定失败的原因，对啊，就是因为这个，弗朗索瓦喜欢头发顺滑听话的女人（我说得手舞足蹈），而我顶着一头蓬松的乱发。我觉得他从这样的差异中看到的是更深层次甚至根本性的不同，总的来说我们的相遇只不过是一次平凡的阴差阳错，过了很长时间我才愿意承认事实并非如此。

过了一会儿，L起身回到舞池，约摸有十几个人在跳舞，她钻进人群里，钻到我面前跳。今天，鉴于后来发生的事，我相信这一幕可以被看作具有引诱意味的卖弄，而且如今我觉得就是如此，但在当时，我觉得更像是她和我之间的某种游戏，无需言语便串通一气。某样东西吊起了我的胃口，让我觉得，有点意思。L偶尔闭上眼睛，身体的动作散发出一种不张扬的肉欲，却没有卖弄风情的嫌疑，L很美，男人们在看她，我试着捕捉男人们投射在她身上的眼神，捕捉这些眼神里闪现局促的瞬间。我对女性的美很敏感，一直如此。我喜欢观察她们，欣赏她们，试着想象，她们身上什么样的弧线、凹谷、浅窝，发音里什么样的轻微缺陷，什么样的不完美，会激起欲望。

L几乎原地不动地起舞,她的身体和着每个音符、每个微妙的变化有节奏地轻轻起伏,她的脚紧抓着地面不再挪动,L是树,是藤,听从呼吸和节拍,煞是好看。

后来,L和我,我们已经坐到了厨房的桌边,对着桌上一瓶伏特加,从舞池到这里,我今天已然想不起来两者之间是如何过渡的。我记得这期间有我不认识的人过来跟我讲话,我和他们待了一小会儿,然后L朝我伸出手让我回去跳舞,我没再看见娜塔莉,她也许已经回家,人很多,聚会的氛围很是欢乐。

我不知道自己如何和L谈到了书展上的女人,谈到我的内疚,还有那番没有消退的苦涩后味。我不停地回想那一刻和我的反应,那一幕里有样并非出自我的东西让我反感,我完全没办法重新找到那个女人,向她道歉,给她签名。事情已经发生,已成定局,没有任何倒退的可能。

"说到底,让您担心的,并不仅仅是这个女人被伤了,她可能大老远跑来,把孩子丢给她的姐姐看管,可能她跟丈夫还为此吵了一架因为他们本来打算去购物,他不明白为什么她非得来见您。不,让您耿耿于怀的,是这个女人现在可能不喜欢您了。"

她的声音很温柔,没有嘲讽的意思。

"可能吧,我承认。"

"我想应该不容易吧,现在,对您来说。各种评论、反应，这种突然的曝光，我想象这里头应该有崩溃的风险。"

我试着把事情往小里说，毕竟也不应该夸大其词。

她又说：

"话虽如此，但您应该有时会觉得很孤单吧，就好像光着身子站在马路中央，被车大灯照着。"

我看了L一眼，惊呆了。这的的确确就是我的感受，"光着身子站在马路中央"，几天之前我自己说过一模一样的话，用的一模一样的词。我跟谁坦白过？我的出版人？某个记者？L怎么能够说出一模一样的话？但我真的有对谁说过吗？

直到今天，我也不知道这天晚上L是重复她读到的或者别人告诉她的话，还是真是她猜出来的。我应该很快便意识到L有着难以置信的感知对方的能力，还有把话说得恰到好处的天赋，她说的，恰恰就是人们需要听到的。L总是很快就能提出中肯的问题，或者说出她的意见，让对方觉得她是唯一能理解他、安慰他的人。L不仅能第一眼就看清问题的根源，更知道如何找准裂缝，哪怕我们每个人都把它藏得很深。

我记得跟L解释过我对成功的概念，没有任何虚假矫情的话，我说得很坦诚，为了确保我说的话不被误会。对我来说，一本书的成功是个意外。确切地说，是不可复制的不同因素的偶然重合。她不要以为是我虚伪的谦虚，书本身当然有关系，但只是参数之一。其他书也有获得相似甚至更大的成功的可能，只不过形势没那么有利，少了某样参数。

L一直盯着我看。

"可意外，"她说，为了表明这个词并非出自她口中，她故意说得很重，"会引起损伤，而且有时是不可逆转的损伤，不是吗？"

我喝完摆在我面前的伏特加，她之前给我添过好几次。我没有醉，相反，我的意识似乎达到一个平日少有的清醒状态。时候已晚，屋子一下子走空了，几分钟前厨房里还人挤人，现在只剩我们两个。还没开口，我先笑了。

"的确。一本书的成功是个意外，我们不会毫发无伤地脱身，但因此抱怨就不太合情理了。这点，我很肯定。"

我们一起打了车，L很坚持，送我回家再简单不过，我家就在她回家的路上，不用绕路。

我们在车里没有说话。我感到疲惫蔓延到四肢，按住我的后脑勺，让我越来越麻木。

司机在我家门口停了车。

L摸了摸我的脸。

我经常回想这个动作，以及它所包含的温柔和怜爱，也许还有欲望。也许什么也没有。因为说到底，我对L一无所知，从来都是。

我下了车，爬上楼梯，和衣栽倒在床上。

对于接下来几天里的事我没有确切的记忆，估计还有一些承诺要履行：书店、多媒体图书馆里的见面会，学校里的讲座。为了和我的孩子们在一起，我尽量把出差外省的次数限制在一周一次，并且打算在五月底停止一切此类活动。总有个时候得让周围恢复清静，重新投入工作，重回轨道。我太期盼这个时候，心里甚至有些忐忑，但我决心已定，我拒绝了所有五月底之后的邀约。

一个周五的晚上，我出差两天后回到家（我应一个读书会的邀请去了日内瓦），看到邮箱中有封信，夹在若干发票中间。我的名字和地址被打印在一张标签上，贴在信封下方。我想无非是邮购产品册之类的东西，内容也不用看了，可以直接扔掉。但有个细节引起了我的注意。标签上，我的公寓号被用粗体标出来，而这个数字从来不会出现在任何行政信件上。我自己很长时间里也对这一号码的存在浑然不知。实际上，在走廊里，在每扇大门左边距离大约一米的踢脚线里嵌有一块小铜牌，上面标着公寓号，就在老的邮政系统号牌旁边。我也是过了好几年才发现。我的公寓是八号，而我邻居是五号，毫无逻辑可言，让我愈加摸不着头脑。

我很好奇，便拆开信封，打开里面的信，是一张用打字机打出来的 A4 纸。这年头，还有什么人用打字机啊，这是我开始读信之前脑子里想的。

我在这里把信的原文完整复制，句法结构和用词显然是精心琢磨过的，为的是让我无法辨认写信人的性别。

德尔菲娜：

你大概以为你被豁免了。你以为你能就这样净身开脱，因为你的书是所谓的小说，你改了几个名字。你以为你能重新开始你那可怜的小生活。太晚了。你播下了恨，你会得到报应的。你身边那些虚伪的人装出原谅你的样子，实际上他们才不这么想，相信我，他们都气疯了，正等着时候到来呢，一旦时机来临，他们不会放过你的。因为我所在的位置，我能知道。你埋下了炸弹，就等着收拾残局吧。没人会替你收拾的。

你不要误会我的意图。我并不是希望你不好。我甚至要祝你得到最好的。我祝你前程似锦，赢个百分之七十五，既然你应该跟你那帮小波波族一样，都会投给弗朗索瓦·奥朗德。

你卖了你的母亲，得了好。你挣着钱了，对吧？家族传奇，很好卖嘛，啊？已经物尽其用了吗？

那就请你把支票传一传。

那段时间我收到的读者来信很多，都是通过出版社中转，每星期几十封,分成几小摞,装在牛皮纸袋里。也有邮件,从出版社的网站转发至我的邮箱。

但这是我头一回在我的私人住址收到匿名信。也是头一回,收到跟我的书相关的如此激烈的信件。

几乎在我读完信的同时,电话响起。陌生的来电号码,我犹豫了一下才接。有一瞬间我想到写信的和这打电话的是同一个人,哪怕这两者毫无关联。我心中很是慌乱(也松了一口气),以至于当我听出 L 低沉又有点闷的嗓音时也没觉得有什么不对劲,尽管我并没有给她留过电话号码。

自从上次见面之后,L 经常想起我,她提议一起喝杯茶、咖啡、酒,或者任何一种我想喝的东西,就这几天,看我何时方便,她知道她这么做可能会让我觉得奇怪,有些冒昧,但她笑了笑,又说:

"可是未来属于感性的人。"

我不知道如何作答,脑海中突然浮现《这头小狼心太软》的画面,这本儿童绘本我在我的孩子们还小的时候给他们读过几十回。主人公卢卡,一头活泼的小狼,离开家人去追寻自己的生活。分别的时刻到来,他的父亲很激动,给他列了一张食物清单:小红帽、三只小猪、山羊和山羊羔,等等。卢卡身穿百慕大短裤和高领毛衣(我把这些细节写出来是因为它们为人物魅力作出了不容否认的贡献)开始了冒险,心中不安又自信。可每次他遇见清单上的猎物,都任凭自己被他们连哄带骗，没有生生吃掉他们，而是继续赶自己的路。就这样，他让几顿大餐从自己利爪间溜掉了——他倒也跟它们建立了友好的关系——饿得饥肠辘辘的时候，卢卡遇见了可怕的食人魔（在我记忆里那是小拇指的故事里出现的食人魔），他几乎一口就把它吞下，将当地所有弱小生命解救于食人魔的威胁。

说实话，除了这个童话，我再也想不到别的证明感性的人有好命的例子。正相反，我似乎觉得感性的人往往是恶人和狠人最青睐的猎物。

不管怎样，我听见自己对她说好，为什么不呢，很愿意，诸如此类的话。我们约定下周五在 L 知道的一家咖啡馆见面。通话过程中她问了我好几次是否一切都好，就好像，她从她所在的地方便可以窥见我心里的混乱。

后来，我问 L 是如何拿到我的电话号码的，她回答说她有足够的"关系"，想要谁的手机号都不成问题。

我在日历本里找到这第一次约会的踪迹。L的名字旁边写着她的电话号码和咖啡馆的地址。那时候，和接下来的一段时间里，我尚能持笔写字，我的生活就装在这本黑色的"去哪儿"记事本里，同样的款式我已经用了十五年，每年秋天买新的。看着那几页所记的内容，我试着想象自己和L见面时的精神状态，重现背景环境。那一周里，我貌似在巴黎的一家书店里参加了一次见面会，在鲁特西亚酒店见了法国国家科学研究中心的研究员，她正在筹备关于作家媒体化的一项研究，我去了爱德华-洛克桦街十二号（地址用绿色荧光笔标出，没有任何说明），我在帕西德姆餐吧跟塞尔日待了一会儿，我们一年见一两次面，总结各自的作品和生活（那天的主要话题是寻找理想的椅子，塞尔日向我描述了他对这把或那把坐具一时心血来潮的痴迷和他家门口那摆被丢弃的椅子，令我捧腹）。在此基础上又加上十几个会面，我只是依稀记得。结论就是，那段时间很忙，我应该有些紧张，每每我感觉生活赶超了我、跑得比我快时都会这样。我也注意到我开始和西蒙上英语课。我正是从英语课出来，去了"特快"酒吧和L见面。

关于L我知之甚少，因为初次见面时说的都是我。后来回到家中，我意识到这一点，心中生出些不自在，于是这次我人还没坐稳就问了她好几个问题，没留时间给她变换对话的方向。我不是没注意到她引话的本领相当娴熟。

L微微笑，深谙游戏规则的样子。

她告诉我她的职业是给别人当捉刀人。她写他们的真情告白、内心的忐忑，他们独一无二的生活只求讲出来给人听，比较罕见的是一帆风顺的履历，那也得写成史诗。她原来是记者，几年前当起了职业写手。她在出版界很吃香，甚至可以拒绝某些约稿。几年下来，她多少成了女性自传方面的专家；演员、歌手、政客抢着要她。L跟我解释了市场是如何运作的：三四名写手分吃主要的大单。她往往和两位知名的作家竞争，他们除了自己的写作之外还为别人代笔。"明星捉刀人"，她补充，隐形文学物种，她就属于这一类。不管是他们的名字还是她的名字，都不会出现在封面上，顶多也就是在第一页以"合作"的名头提及。但说实话，大部分的情况是，横看竖看上看下看，都不会让人想到作者压根儿就没贡献过一个字。她说了最近几部作品的名字，其中有世界名模的回忆录，还有一位被囚禁多年的年轻女子的狱中自述。L告诉我，她要花很多时间采访这些人，收集材料，从这段接近他们的必要时间，到慢慢建立的联系，起先还有些不确定，然后越来越紧密，越来越信任。她把他们视为"她的病人"，当然不能按字面意义来解读，但选择这个字眼也不是偶然之举，因为说到底，她出借自己的耳朵，倾听他们的苦恼、内心的矛盾、最隐秘的念头，有些人甚至需要避开她的眼神或者躺下。经常是她上门,掏出录音笔和电话(她曾经有一次白费力气,电话中途关机她却没有发觉,整个录音都没了,从那时候起,为了保险起见,她会使用两个录音设备),等待言语和回忆慢慢浮现。去年夏天,在西班牙伊维萨岛,她在一位著名电视节目女主持人家中和她一起生活了几个星期。她跟着她的节奏,见她的朋友,融入环境。慢慢地,知心话来了,可能正吃着早餐,或者某次夜间漫步的时候,或者狂欢之后人去楼空的第二天。L 把所有都录了音,多少个钟头无关痛痒的对话,冷不丁会有某个隐情闪现。她又投入了几个月的时间,刚刚才完成那本书。L 喜欢回忆这些拱手相送的材料,未经雕琢的、鲜活的原料,有种特别真实的东西在里头,真实这个词在她口中出现过好几次,因为说到底,唯有真实才最重要。而这一切属于一次遇见,一段在她和他们之间一点点编织起来的独有的关系。结束一本书再开始另外一本是件很难的事,每次她都会有罪恶感,抛弃的罪恶感,像是一个朝三暮四、优柔寡断的情人,选择在厌倦之前决裂。

那天晚上晚些时候,L 告诉我她一个人生活,她的丈夫已经去世很久。我没有追问原因,我感觉这条信息里有个痛苦的附件,L 还没做好谈论的准备。她向我坦露她没有孩子,这也不是什么遗憾,或者说这不是一个她能允许的遗憾,她把这个遗憾推得远远的,就像对待毒药那样。需要理由和辩白吗,这事没发生,仅此而已。这时候我才意识到我无法给出她的年龄,L 可能有三十五岁,也可能有四十五岁,她是那种比其他姑娘更早有女人模样的年轻姑娘,也是那种永远像年轻姑娘的女人。L问我是不是跟弗朗索瓦(她用的是名字,我记得)在一起生活,我向她解释了我们选择各住各家的原因,只要我们各自的孩子还跟我们住在一起。是的,可能,我是害怕习惯、消耗、不快、妥协,所有这些相爱的人在若干年共同生活之后都要面对的再平常不过的东西,但更关键的是,我害怕一起生活会冒着失去平衡的风险。而且,在我们的年纪,每个人身上都背负着各自一摞失意和幻灭,我觉得,分开生活的话,我们给予和收获的都是最好的自己。

我喜欢和某些人交流中体验到的这种顺畅,这种直截了当切入核心的方式。我喜欢谈论本质话题,关乎情感的事,即使和那些一年只见一两次的朋友。我喜欢对方(往往是女性)这种触及隐私却不堕入猥琐的能耐。

我们就这样,面对面坐在咖啡馆里,L不再拿着聚会那天晚上那种带进攻性的引诱姿态,她身上多了一些温和的东西。我们是两个刚认识不久的女人,有一些共同关注的话题,也立即能感知有多少分意气相投。这一点,我一直觉得既平常又神奇。对话又变得轻松。我记得L很快让我聊起了我的闺蜜。她们是谁,从哪里来,我们每隔多久会联系?这是我钟爱的话题,我一聊能聊几个钟头。从幼儿园,到小学、初中、高中、预科,到我就职过的不同公司,所到之处,我都有收获闺蜜,还有两位是在文学节或文学沙龙结识的。不可否认,我是一个容易依恋的人,而且是持久的依恋。有些闺蜜已经离开巴黎很久，有些又重新返回。我又结识了新的朋友。我欣赏她们，每个人，理由各不相同，我需要知道她们变成什么样，正经历着什么，什么事困扰着她们，哪怕我们各自的生活都很忙碌。我也愿意让我的朋友们互相认识，她们中有些人也建立起了属于她们的、没有我介入的友谊。

我正跟她解释着她们中每个人都是唯一的、特别的，对我又有多重要，她问我：

"但她们没有人每天给你打电话么？没人和你分享你的日常么？"

没有，没有人这么频繁地出现在我的生活中。在我看来这是正常的事。时间过去，我们的关系也在演变，诚然没那么紧密了，却一样热烈。我们有各自的生活。我们沟通起来毫不费力，和每个人都是这样，无论老友还是新朋。即使数周数月不见面，我们还是可以轻而易举地切入最私密的话题，这种能力一直让我赞叹。我们如胶似漆的友谊变成了略微疏离一些的关系，没那么排他，可以和生活中的其他关系兼容。

L 看起来很惊讶。依她看来，成年人不可能有好几个闺蜜。"真正的"闺蜜。她说的不是女友，而是能和她无话不谈的"那个"人。唯一的。这个人能够倾听一切，理解一切，不会指手画脚。我说这样的人我有好几个。每个人和我的关系有各自的重点、节奏和频率，每个人也有她们偏好的话题和忌讳。我的闺蜜们，每个都不一样，我和她们分享不一样的事情。每个人对我来说都至关重要，独一无二。L 想知道更多。她们叫什么名字,从事什么职业,独自生活还是有伴侣,是不是有孩子?

今天,我试着对这次对话进行场景重现,我倾向于认为 L 是在试探,掂量她征服的胜算。可实际上我不确定事情有那么明朗。L 身上的确有真实的好奇心和对事物持续的强烈兴趣,我当时完全没有理由对此生疑。

提真问题的人很少,那种有分量的问题。

天色已暗,服务生点亮每张桌子上的蜡烛。我给孩子们发了条短信告诉他们我会晚点到,不必等我一起吃晚饭。

一切都很简单。

后来,我从包里掏出钢笔在纸上记个什么东西,八成是地址或某个店名,L 笑了。

"我也是左撇子。左撇子之间能互相认出来,你知道吗?"

那天,L 既没有提及我的书,也没有关心我接下来的工作。

L 踮着脚往前走,她有的是时间。

初遇 L 那阵子，我心中有一部小说的构想，背景，或者说出发点，是一档真人秀电视节目。我已经围绕这一现象转悠了不少时间，此前的十年里我搜集了大量资料。二〇〇一年，就在家喻户晓的《阁楼故事》亮相屏幕之前的几个月，我一直在追 TF6 台①的一档节目，游戏规则让我很着迷（尽管跟今天的节目比起来显得索然无味）：三支由年轻人组成的队伍被分别关在三套空空如也的房子里。他们必须通过一系列的考验以换取上网的时间，目的在于为自己的团队获得家具和生活必需品的补给。在法国，这是头一次，参与者二十四小时不间断处于好几台摄像机的镜头下。据我所知，《网络大冒险》是在法国播出的第一档真人秀节目。我已经忘了是出于怎样的巧合，我成功地见到了游戏的其中一位参与者——他应该是朋友的儿子的朋友，或诸如此类的。他从那房子出来之后向我讲述了他的经历。让我感兴趣的是这些年轻人如何在数周的封闭之后回归真实生活。我那时候觉得我们正处在一场电视革命的入口处，但我远未想象到它的规模。然后《阁楼故事》轰轰烈烈地杀入影视圈，然后好几个月里

---

① 由法国两大电视集团 M6 和 TF1 于 2000 年联合创办的付费电视频道，主打年轻化的娱乐节目，2014 年停办。

人们张口闭口都是它。第一季在黄金时段播出的时候我一集未落，这股子热忱也最终说服了我的写作欲望。

若干年后，当真人秀在空洞和窥视癖的路上不停突破底线，我的兴趣点也有所转移。在参与者和他们的心理变化之外，我更感兴趣的是，这些节目如何成功地捏造人物，让他们经历多少经过设计的关系和情境（或者通过剪辑重新塑造），同时又让观众以为真的在看真事。这些联盟组合、剑拔弩张和各方冲突——由隐形的造物主一手操控——如何披上真实的羊皮？

通过朋友的介绍，我刚与一位曾经为某档大牌真人秀节目连续工作了好几季的制片人取得联系。她离开了先前就职的制片公司，我希望她可以自由地给我讲点奇闻逸事。电话中她显得甚是愉快，面对我的问题她回答得毫不犹豫：

"当然，我们是在捏造人物！但是，最厉害的是，我们捏造人物，扮演他的人却毫不知情。"

遇见 L 那阵子，我已经记了好几本笔记，一部围绕这一问题或者说以此为基础的小说正在计划中。我在寻找素材。我几乎向来都是这么进行的：先找，再写（当然，这等于是以另外的方式再次寻找）。那是我兼收并蓄、韬光养晦的时期，是我收集弹药的过程。在备料期，我窥伺着，等待刺激：勾起我去创造、去写作的刺激，让我每天早晨端坐在 Word 文档前像强迫症一样不停按保存键的刺激。

一切都是灵光突现和茅塞顿开。接下来便是写，数月里，一个人面对电脑的孤独，徒手的搏斗，唯有坚持才是胜利。

还有几个星期，我才可以有时间和必要的精神空间来写作。露易丝和保尔两个人都要参加毕业会考，我想陪他们，全身心照顾他们。我打算夏天过后着手写新书，那时候会是初秋伊始，所有人也将重新投入工作。

我当然能够预感事情不会太简单。我得重新找到我的犁沟，轨道上不易察觉的路标，那根看不见的、连接文字的细线，你以为你一直拽在手里呢，实际上它却不停溜掉。我得对所有听到的收到的、说出来的写出来的、所有疑虑和担忧充耳不闻视而不见。这一切，我心里都很清楚。这一切，从今往后，构成了我必须解的一道多元方程式，而我至少知道第一步的解法：重归寂静，从外界脱身，重建自己的"气泡"。

在我面前还有几周的时间，我不再觉得很忙很累，我待在家里，和孩子们在一起，我一有时间也会去陪弗朗索瓦，或者他来我这里。事情按部就班。我好像处于某个中间阶段；某个隐约可期盼的过渡区域，标志着一个时期的结束和另一个时期的开始。这时候你很警惕，害怕有什么东西短路，小心翼翼地让事件不要交叠冲突，让该完成的顺利完成。

我急着想要闭上嘴。

如果我的记事本值得信任的话，这个时期我和 L 见了好几次面。我不记得具体我们是如何再联系上的。我想应该是

"特快"酒吧那天晚上之后我们中的一个给对方打了电话。L好像给我发过邮件，给了几个我们提到过的地址。她还邀请我和她一起去看戏，那出话剧已经上演了好几星期，场场爆满，我自己一直买不到票。还有一次，我记得我们在赛尔万街的酒吧里喝过咖啡，她刚结束了在附近的一个会面，在我家楼下给我打电话。方式不一，但意思很明显，L希望我们的关系走得更远，不仅仅停留在最开始这几次接触上。

五月初，L提议去看电影。我之前跟她讲过我有多喜欢看下午场的电影，我辞职后又找回这件大学时代的乐事，两个小时坐在黑暗中，远离书桌，有种故意违纪的快感。我喜欢和别人一起看电影，然后在放映结束之后那种有点飘飘然有时又有些激动的情绪中七嘴八舌地讨论，但我也喜欢一个人去电影院，没有任何人影响你的第一印象，没有什么事干扰身体的共鸣，当灯光亮起、字幕滚动，依旧沉浸在电影的氛围中，身体饱浸情绪，独自一人坐着，让那一刻拉伸、延长。我和L刚认识不久某次单独见面时有过这样的对话，她说她不能忍受一个人去电影院：她感觉所有人都在看她。这也是她为什么让我陪她一起去看《十七个怀孕的少女》，德尔菲娜·库兰和妙莉叶·库兰执导的第一部电影长片。片子在圣诞节前就已经上映，但她因为赶稿没来得及看，幸好拉丁区某个电影院还会再放几天。我对德尔菲娜·库兰的文学作品有所了解，也在不知道什么地方读到过她和她姐姐一起写剧本拍电影的事。单是兄弟姐妹一起搞创作这事我就挺喜欢，于是也想去看。

我在记事本中没有找到这次见面的任何蛛丝马迹，大概是当天临时决定的，所以我没有记下来。我们在影院门口碰头，L提前到达并买好了票。

电影讲的是同一所高中十七名少女决定同时怀孕的故事。取材于二〇〇八年美国格罗斯特[①]的一则社会新闻。库兰姐妹把故事搬到了布列塔尼[②]的一座小城。影片很美，弥漫着一种给人希望的颓唐，一种无名的烦恼，对别处的渴望，但这个别处却似乎从未被找到。女孩们各自在房间里的固定镜头是一幅幅令人伤感的画面，像倒计时一样给了影片节奏感。光看这些画面本身，它们在说，这一时刻既不属于童年，也没有离成年更近，这是个混乱且不明确的中间状态。于这些女孩们，怀孕是自由的行为，是另一种生活的承诺。除了日渐增多的怀孕少女之外，影片讲的也是一个影响力的故事。第一个怀孕的卡蜜儿是学校里的明星。她是女孩们盲目追随的榜样，她做什么她们都要跟风。这样的偶像我们都有过，她们最终也都消失，没人知道她们变成什么样。影厅的灯光亮起，我扭头看L，她貌似有点僵。我马上注意到她皱着下巴，脸颊缓慢地鼓动，一会儿凹陷，一会儿微微隆起，就在耳朵下方，而脸上其他地方却毫无表情。我们走出影院，她提出要送我。这一次她是开车来的，她没有在巴黎城里开车的习惯，但她之前有个约会在郊区，后来没来得及把车开回停车

[①] 美国马萨诸塞州埃塞克斯县城镇。
[②] 法国的一个行政大区，位于西北部布列塔尼半岛。

场。我同意了。

L的车就停在影院附近，我们并排走着，没有说话。

坐上座位扣好安全带，L摇下她那一边的车窗，先是在中间停顿了一下，接着又让它降到最低。她眼睛直直地盯着前方，保持这个姿势有好几秒钟，我看到她的衬衣随着呼吸的节奏起伏。片刻之后，她终于开口：

"抱歉，我没法发动。"

她双手握着方向盘，试图深呼吸，却好像受阻，呼吸频率很快。

"是因为电影吗？"

"对，是因为电影，不过别担心，会过去的。"

我们等了一会儿。L两眼直勾勾盯着路面，好像她正开车飞驰在一条最高时速可达一百五十公里的特快车道上。

我试着缓和气氛。我也是，也常遭受此类的后坐力。电影效应延迟，在滚片尾字幕的时候爆发。我知道这种感觉，我经历过好几次，到了坐在马路边上动弹不得（看完杰瑞·沙茨伯格的《稻草人》）或者一句话也说不出来（瑟琳·席安玛的《水仙花开》）的程度。我非常了解。有时候一部电影在我们身上引起的共鸣能直达肺腑。我想让L分散注意力，便给她讲我第一次看迈克尔·坎宁安的小说改编的电影《时时刻刻》。看电影整个过程我没掉一滴泪，电影一结束我就瘫了。就这样，没有任何征兆的，崩溃了，我开始哭，泪流成河那种哭，没法走出放映厅，倒在我孩子的父亲怀里，也说不出为什么。

显然，我的内部防卫系统里有样东西退让了。

我试着来点自嘲，希望博她一乐。她听得很专注，但我看到她既没法笑也没法表示赞同，整个身体的注意力好像为了夺回控制权被全部调动。

又沉默了几分钟，她终于发动汽车，然后又过了几分钟，她才让发动机开始工作。

回程中我们也一言未发，我在脑中回放电影里触动我的场景，寻找一些蛛丝马迹，看到底是什么把她震撼成这个样子。我对L了解太少，没法知道冲击点在哪里。不过我记得我确有想到过弗萝朗丝这个人物形象，这个红发姑娘不太讨人喜欢，从电影开头就能看到她被其他女孩排斥。她有点笨拙，有点滑稽，老被人嘲笑，但也没人知道到底为什么，到底是哪里出了错使得她遭人嫌弃。是她，弗萝朗丝，第一个告诉卡蜜儿她也怀孕了。母亲的身份给她打开那个本来将她排除在外的群体的大门，她无意中发起了这场跟风怀孕的运动。其他女孩也怀孕了，越来越多。然后，有了非常残忍的一场戏，姑娘们发现弗萝朗丝怀孕的事不过是骗人的，是她为了加入她们的圈子而撒的谎，她们将她赶出门，没再追究。

L在我家楼下停了车。她笑了笑，向我道谢。大概也就是简简单单的一句"谢谢你陪我一起"，说出来却好像我陪她去医院做了个痛苦的检查或听医生宣布病重的消息似的。

我心底涌出某种朝她而去的冲动，想抱住她。

我想起我当时有种奇怪的直觉，我对自己说L并非一直是我眼前这个光鲜亮丽、活泼可人的女子。她身上有样东西，深藏的东西，几乎无法察觉到的，说她来自远方，一片黑暗泥泞的土地，经历过非同寻常的蜕变。

从那天开始，我们越来越频繁地见面。

L住的地方离我家很近。她在家工作，自己决定如何支配时间。她时不时给我打电话，有时候是因为她正好经过我家窗前，有时候因为她想跟我讲讲她刚读到的一本书，也可以是因为她发现了一个喝茶的静谧之处。她就这样融进了我的生活，因为她来去自由，因为她允许自己意外出现当不速之客，因为打电话说我就在你家楼下她觉得很正常，好像我们是十五岁的小伙伴，嘿，我在十字路口等你，面包房前面碰头，"不二价"超市门口见，黑缪尔-塞巴斯托波尔地铁站不见不散，今天下午我得去买件外套，来帮我选一只工作台灯呗。L喜欢在最后一刻决定事情、改变计划，推掉一个工作会面只是为了吃个甜点、延长一次有趣的遇见，或者仅仅只为不打断一个有意思的对话。L不受约束，随时都在，这让她在我眼中显得很特别，一直以来，我都在有用没用地操心，试图用提前计划来平息心中的焦虑。

我羡慕L可以拒绝约束，关于未来她只做临时的计划。对于她来说，除了眼前这一刻和接下来那一刻，再往后，没有什么更重要更紧急的事。L不戴表，也从来不会掏手机看时间。她就在那里，全身心的，任何时候都是这样。这是一种选择，一种在世界上存在的方式，拒绝所有形式的心不在焉或注意力分散。我曾经好几次跟她一聊就是一整个下午，她从来没有担心过几点了，而且这两年里，我想我从来没听见过她的电话响。

L 从不推迟见面时间：事情要么正在发生，要么没有发生。她活的是"现在"，好像一切可能随时停止。L 从来不说"我们回头打电话约个时间"或者"咱们月底之前尽量见个面"。L 立刻就有空，不用等。能拿下的就先拿下。

我欣赏她的坚定，我想我没有在任何人身上看到过像她如此强烈的即时存在感。L 早早就知道什么对她重要，什么是她所需要，什么得小心提防。她早就分过门别过类，她可以直接确认哪些对她是优先的事，哪些是她排除出包围圈的干扰因素。

她生活的方式——在我所能窥见的那一部分里——在我看来像是一种鲜有人能拥有的内心力量的表达。

有天，早晨七点，L 给我打电话，她刚发现她的数码录音笔坏了。她最近开始为一名女政客工作，八点半她们要见面。那个时间点她完全不可能找到开门的商店，她想问能不能借我的录音笔用。半个小时后我们在一家餐馆的吧台碰头。我看着她过马路，尽管脚上踩着高跟鞋，步伐依然沉稳自信，一头金发用发夹撩起，凸显修长的脖子，头颅的姿态如此优雅，整个人好像迷失在思绪中。将一只脚抬起放到另一只前方，显然，完全不是她该操心的事。（这个动作，有时候对我来说却是最大的忧虑。）她走进来的时候，所有脑袋都朝她转过去,她有一种令人无法忽略的气场。我清楚地记得当时我是怎么想的:早晨七点三十分,她身上,没有一点瑕疵。没有任何褶皱或压痕,她身上的每一个元素都完美地处在该在的位置上,然而L并不给人死板或做作的感觉。因为天冷,她的脸颊泛着淡淡的粉色,或者是自然色腮红的功劳,睫毛上刷了薄薄的睫毛膏。她冲我笑了笑。她周身散发出一种真的性感,某种和她的自在和自然相关的东西。在我眼里,L是风风火火和气定神闲这两者的神秘混合的化身。

不容置疑的完美女人,曾经也是我的梦,但我不是这样的女人,这个念头我早已接受。我身上总有什么东西不小心露出来了翘起来了。我的头发很奇怪,又直又卷的,我从来没能把嘴上的口红保持超过一小时,到了晚上,如果时候不早了,我必然会揉眼睛,忘了睫毛上还涂着睫毛膏。如果不是极其小心,我会撞到家具,踩空台阶,看不到脚下深浅,回家弄错楼层。我已经适应了这些,和其他那些。权当笑话看待了。

然而这天早上,看着L走过来,我想到有很多地方我可以向她学习。我可以观察她,假以时日,兴许我能捕捉到一些我一直遗漏的东西。近朱者赤,我兴许能明白她如何做到样样完美,优雅,自信,又有女人味。

我花了十年才站直,又几乎用了一样的时间适应了高跟鞋,兴许,有天,我也能成为这样的女人。

这天早上,L坐在我旁边的高脚凳上。她穿着一条铅笔裙,相当修身,大腿肌肉的线条清晰可见,暗色的丝袜,微微泛着缎面的亮光。我很欣赏她的姿态，她的背挺得很直，凸显衬衣底下浑圆的乳房，她打开肩膀的方式恰到好处，看起来很自然，几乎有些漫不经心的味道。我想我应该学学怎么拿捏这样的姿态，还有腿，双腿交叉，尽管裙子很紧，L的身体在吧台凳上处于平衡状态，就像无需配乐的静止舞姿，召唤众人的目光。没有天赋帮忙的话，这个姿态学得来吗？

早晨七点半，我只是冲了个澡，套上牛仔裤、毛衣和短靴，把手指伸进头发了抓了两下。L看了我一眼，又笑了。

"我知道你在想什么。你想错了。你感受到的、你看待自己的方式和你展示的形象之间有大不同。我们所有人，都带着小时候或青春期别人投射在我们身上的目光的痕迹。是的，我们带着这个痕迹，像一块斑，但只有少数人能看到。我看着你的时候，我看到你的皮肤上文着嘲笑和挖苦。我能看到投在你身上的是什么样的目光。是仇恨和怀疑。锋利，毫不留情。这样的目光之下人很难自我建设。是的，我能看到，而且我知道它从哪里来。不过，相信我，很少有人能察觉。很少有人能猜到。因为你隐藏得很好，德尔菲娜，比你想的要好。"

L一语中的，大部分时间都是。尽管从她口中说出，事情好像往往比实际要严重一些，尽管她老爱把什么都混一起说，但总是有一点真相的本质在。

我什么都还没说，L仿佛已经对我了如指掌。

我正想来说说我是如何对L心生依恋，弄清这个过程的一步步，有另外一件事，大概也是同一时期发生的，从我记忆中浮现。

博物馆夜间开放的时候，我们一起去看展览，然后在附近的咖啡馆吃了个烤面包三明治。雨下得很大，我们只好坐等雨停。等到坐上地铁时候已经不早。我们并排坐在门旁边的折叠座上。车厢挺满，但还没满到迫使我们站起来的地步。一个男人和一个女人上了车。女人马上死死抓住正中央的扶手杆，就在我们面前。死死抓住，是我看着她的时候脑子里想到的字眼，她好像站不太稳。男人年纪比她大。他很快继续自言自语，显然在站台上时他已经在絮叨，声音很大，车厢里大部分人都能听见。女人低着头，肩膀微微缩着。我看不清她的脸，但似乎看到她的身子在言语的冲击下越来越蜷缩。男子责怪她在晚餐席间的态度，他们刚从那里离开。他很生气，嘴角流露出厌恶，说起话来还抑扬顿挫，跟政治讲演似的，你站着的时候是这股可怜劲，吃的时候也是这股可怜劲，说起话来还是这股可怜劲，我真是替你觉得丢人（这几乎是他的原话，我还记得一清二楚，他的粗暴，他在大庭广众之下对这个女人的侮辱，让我目瞪口呆）。周围的人都往后退，有些人换了座位。男人一点没有消停的意思，他还在继续。

"玛嘉丽，只有你没意识到，所有人都很纳闷呢，没错，所有人都在说：他干吗跟这么一女的在一起？你浑身上下透露着不自在，你想让我说什么，想把人吓尿啊。我都不说你还有脸聊起自己的工作呢，你想啥啊，你以为人会对一个可怜的幼儿园老师的生活感兴趣,谁在乎啊,没人在乎,你觉得他们会感兴趣?"

L看着男人,不是向我们其他人一样偷偷地很快瞟一眼那种看。L盯着男人,大模大样的,脸朝他扬着,像看戏似的。她咬着牙,面部抽动又出现,间歇让她的面颊凹出浅坑。

"瞧瞧你是怎么站的,可不是嘛,人家还以为是个罗锅呢。哎呀,对呀,我都忘了,是你,背着全世界的苦难,玛嘉丽,我错了,哈哈哈,行行好吧,可不是嘛,夫人身上背着天下人的不幸,天知道到底天下有没有不幸:黑户的娃,下岗职工的娃,疯子的娃,我就不往下数了,哎,注意了,夫人每天下午四点半喝完下午茶就清静啦!玛嘉丽,瞧瞧你自己的样子,就差一件法瑞儿的罩衫,你就是活脱脱一清洁阿姨了。"

车刚在工艺站停下。L站了起来,她很平静,每个动作都好像预先计算过,恨不得精准到毫米,她径直走到男人正前方,目光直直刺进他眼里,一个字也没说。男人的独白中断,周围的交头接耳也停了。车厢瞬间出奇地安静。乘客们进进出出,L正对着男人,一刻也没挪开她的眼睛。男人说了句"这娘们怎么了",车门关闭的信号响起。

L,以一个坚决且出奇迅速的动作,一把把男人推到了站台上。他向后跌去,双手撑住地面,还没来得及明白怎么回事,车门已经关了。透过车窗,我们看到他呆滞的脸堆满疑惑。他喊了声"臭婊子"然后就消失了。

L转身面向年轻女子,对她说了这句我永远忘不了的话:

"您不应该忍受这些，没人该忍受。"

这不是祷词，也不是一句安慰的话。是命令。女子在稍远处坐下，她看起来松了一口气。几分钟后我看见她露出微笑，沉浸在自己的思绪中，然后又突然笑了一下，短促，生硬，几乎有些内疚。她好像稍微直起了身子。

直到今天，我依然很难解释我们的关系是如何迅速升温的，L，用怎样的方式，在区区数月的时间里，在我生活中占据了如此的位置。

L在我身上施展着一种实实在在的吸引力。

L叫我惊讶，使我开怀，令我好奇。让我惶恐。

L笑、说话、走路的方式很独特。她似乎并没有想要取悦我或玩什么把戏。相反，她令我吃惊是因为能做她自己（写下这几行字的同时我也意识到它们有多么天真，我怎么能在如此短的时间内看清L是谁?）。一切，在她身上，都显得很简单，好像她只消拍两下手就可以自然大方、衣着得体地出现。和她相处后分开，或者和她通完一次长长的电话之后，我经常会沉浸在余味之中。L对我的影响，不温不火，直达内心，令我不安，其中的缘由和波及范围，我浑然不知。

认识数周，L就在我们之间建立起我和其他闺蜜已经不复有的联系频率。她总会以这样或那样的形式，至少一天一次，向我传达一个信号。早晨一句问候，夜晚一个念想，专门写给我的一个小故事（只需三言两语，L就能惟妙惟肖地讲述发生在她身上的趣闻或刻画她刚见到的某个人的肖像）。L给我发来她在这儿或那儿拍的照片，古怪或莫名的画面，跟我们的对话或一起经历过的情形多少有些关联：火车上醉心阅读我上一本小说中文版的男子，大苏菲①演唱会的海报，我跟她说过我喜欢她的歌，我最爱的巧克力牌子新出的板装黑巧克力的广告。L传达的信息很明确，不拐弯抹角：她想跟我保持联系，成为我的朋友。

我在不知不觉中开始期待她的讯息和她的来电。我给她打电话的次数也越来越多，会跟她讲一些无关紧要的事情。我们开始互通邮件。

我没有立刻发现L在很大程度上激活了我对自己的后少女时代的怀念，那时候我刚踏入成年，刚发现自己身上的活力。L激活了我十七岁的无限能量，这股惊人的能量支撑了我数月，在我被害怕、焦虑和罪恶感重新逮住之前。L不偏不倚地激活了我生命里的这一段，那时我在外省父亲家生活了四年之后，刚回到巴黎，罗马街的咖啡馆，大学新生最初的漫谈，拉丁区电影院里看过的电影，和柯琳的相识，地铁里的恶作剧，我们发明的带斯拉夫式谐音的语言，上课时我们无声的交谈，为向阿贝尔·迪弗热②致敬从右写向左，逆光或反着拿才可读。仿佛有一根剪不断的长线在维持着我们之间的联系。恐惧和欲望，一切都可以分享。

L激活的是：闺蜜之间这种排他的、专横的交往方式，每个人在她的十七岁可能都经历过。

---

① 大苏菲（La Grande Sophie），法国流行歌手。
② 法国作家米歇尔·图尼埃小说《桤木王》的主人公。

然而，L和我之间建立起来的关系模式尽管很热络，也依然能较好地兼容我生活里的成年人参数。比如，尽管她很少问起弗朗索瓦，她很清楚我和他在一起的方式和我们见面的频率。她知道我的时间安排，知道有些天是预留给他的。她倒是很快对我的孩子们表现出兴趣。她大概察觉到这样的姿态可以为她打开与我亲近的捷径，甚至是我们的关系往深度发展的必要条件。L经常问起露易丝和保尔，要我描述他们的性格，回忆他们的童年。我曾经想，L希望以此追寻逝去的时光，她没有经历过的时光。但L对他们正在经历的阶段也很关注：他们有信心吗，会考马上到了，对自己的志愿他们是否心里有数？

L跟我提起过一两个跟保尔感兴趣的职业相关的文档，还给我邮寄过一份国立民航学院的材料，我女儿正打算报考这所学校。过了些时候，她又给我用电子邮件发来一份非常详尽的关于手工和工艺行业的资料，还有一份理科预科的学校排名。

我得承认，L迅速表现出来的对我的孩子们的好奇心起先让我有些吃惊。很快我自己就发现我的不解其实来源于愚蠢的偏见：一个女人，没有孩子，难道她就不能对别人的孩子感兴趣吗？事实是，在我作为一个母亲需要操心的事情上，L的倾听能力是无与伦比的。露易丝和保尔是双胞胎，他们既害怕可能到来的分离，又隐隐感到这早晚是必经之路，他们有各自的选择。还有必须完成的行政程序，要准备的材料，要写的动机信,学生们会考后要通过一个神秘的计算机程序填志愿,然后是等待……L与我分担了如此多的种种步骤,好像那些都是她最关切的事。

　　L会提出问题,询问消息,有时候会给出她的意见。

　　今天,我会想说,L并不是对露易丝和保尔感兴趣,而是对他们在我生活中占据的空间感兴趣:我的情绪、睡眠、是否得空闲,都受他们的影响。今天,我可以轻易地写L只对身为母亲的我感兴趣,因为她对身为作家的我感兴趣。L没花太多时间就明白了我的这两个角色是分不开的。露易丝和保尔能够干扰、打乱、阻碍或者相反帮助我的写作到何种程度,这大概是L想要估量的。况且,鉴于各自选择的学业,他们很快会离开巴黎,一个去外省,一个去外国。夏天一过他们就会离家,L为此应该心中暗喜,时至今日,这么想似乎很容易。但我知道这么想没有依据,事情并非如此简单。说实话,和L,从来没有简单的事。回头想想,L表现出的对我的孩子们的关心似乎更深层,更复杂。L对所有母亲都有一种真实的迷恋,在我身上尤为明显。我很肯定,L喜欢听我讲我的孩子,关于他们幼年的记忆,他们的成长,青春期的烦恼。L要听细节,以我们的家庭轶事为乐。现在看来,我必须说,L对我的孩子们的了解到了让我刮目相看的地步。好几次我跟她谈起某件担心事、一次争吵、他们之间或他们和我之间的互不理解,她总能一眼看出其中利害,帮我作出回应。然而,L从来没觉得有必要和他们见面。我甚至会说她在避免一切有可能碰到他们的场合。如果我和他们一起去看电影，那她就不会来，我提议在哪里碰头，她会问我是不是一个人。同样的，如果知道孩子们在，她就不会来我家，在不确定的情况下，也不会冒险。

我用了不少时间才意识到这一点。

我也为此找到解释，我想她是出于不好意思，或者是她有意避免可能无法面对的情感流露；我想母性问题对她意味的痛楚可能比她愿意承认的要深刻。

几个月的时间里，我想 L 已经成功、全面而且相当准确地了解了我的生活：我最在乎的人和事，我在他们身上花的时间，我脆弱的睡眠。

仔细想想，L 很迅速地将自己定位为良师益友：可靠，随叫随到，指望得上，关心我，我认识的成年人里没有第二个人像她一样为我贡献时间。

L 是一个慷慨的人，很有意思，很不一样，我们在一次聚会上认识，我第一次跟弗朗索瓦提起她时用的也是同样的字眼。

弗朗索瓦知道我总是难以放手，不能满足于萍水相逢，既然相遇了，我需要知道他们变成什么样，拒绝完全失去消息。他善意地嘲笑我：

"好像你的朋友还不够多似的……"

六月的一个晚上，L 给我发来一张照片，一幅巨型涂鸦，红黑两色，她在十三区一面脏兮兮的墙上看见的。视线上方，涂着这样的字样：WRITE YOURSELF, YOU WILL SURVIVE[①]。

[①] 原文为英文，意为"写你自己，你会活下去"。

我一直很喜欢观察女人。地铁里，商店中，大街上。我也喜欢在电影里或电视上看到她们，我喜欢看她们玩耍、跳舞，听她们笑或歌唱。

我觉得这一喜好得回溯至童年，跟童年密不可分。它是童年角色游戏的延续，我和一些小伙伴醉心于这样的游戏，只需编个新名字就可以化身另一个人。说好了，你叫萨布里娜，我叫乔安娜。换过来也行。我会变成人见人爱的公主，有着和小甜甜①一样的鬈发，还有迷人的酒窝，我会变成超级小童星，就像《龙蛇小霸王》②里的朱迪·福斯特③，我会有碧蓝的眼睛和瓷娃娃般的皮肤，我会变成克里斯汀娜·罗桑塔尔，在叶河④小学年末演出上跳《贝琳达》⑤，我会变成克丽丝黛儿·波塔尔或伊莎贝尔·弗朗索瓦，老鹰中学的校花，迷人的棕发姑娘，我会是男孩帮里唯一的女孩，他们眼里只有我，我会是一个绝色造物，有着顺滑的长发和天鹅绒般柔美

---

① 上世纪七八十年代风靡全球的日本漫画《小甜甜》的主人公。
② 《龙蛇小霸王》(*Bugsy Malone*)，英国导演艾伦·帕克执导的电影，1976年上映。
③ 朱迪·福斯特（Jodie Foster，1962—　），美国女演员。
④ 法国城市，位于法兰西岛大区埃松省。
⑤ 法国著名歌手克洛德·弗朗索瓦的歌曲。

的乳房。

我会是另外一个。

L重新燃起了我身上从未实现过的欲望，变得更美，更风趣，更自信，总之变成另外一个人，就像我少女时代老单曲循环的凯瑟琳·拉哈的歌里唱的那样："无法抵挡，无法抵挡，我多希望变成这样的女郎，所有人为之痴狂，爱的狂潮，雷鸣电闪……"

直到今天，即使过了这么长时间我已经一点点适应了全部的自己，即使我似乎可以和平地、和谐地和这样的我共处，即使我不再迫切感到有把自己整个或一部分换成更具吸引力的款式的需要，我想我依然保留着这种看女人的目光：是模糊的记忆，依稀记得曾经在我身上盘踞许久的变成另外一个人的欲望。这种目光会寻找，在我遇见的每个女人身上，寻找最美丽、最暧昧、最明媚的部分。然而，不管怎么说，在新的情况出现之前，我的性取向一直是在男性一边。暗涌，战栗，下腹、大腿间的燥热，急促的呼吸，紧张的身体，带电的皮肤，所有这些，只发生在和男性接触时。

但是，几年前的某一天，我似乎因一个女人而产生过某样东西正穿过我的血液、行将穿透皮肤的感觉。那时，因为我的一本书的译本，我受邀参加一个外国的文学节。室外热浪滚滚，室内开着空调，光线昏暗，我在这样一个大厅里回答了读者的问题。发完言，我听着这个女人讲她最新的小说。

我读过她的书，但在此之前没见过她本人。她讲得出彩、生动、风趣，说得妙语如珠、跌宕起伏、天马行空，一屋子的人包括我听得如痴如醉，她把玩文字，一语双关，乐此不疲。听众，笑声，关注，一切好像是个游戏，好像，归根到底，这只是胡闹（作家面对读者）一番而已，没什么值得当真。她有一种男性化的美，和她的线条无关，更多是因为她的姿态，她对我有一种奇怪的吸引力，我却无法准确认清它从何而来。她借用男性化的准则，又有所改造，她担当男性化的方式里有一种极其女性化的东西。

当天晚上，在港口旁，我们一起喝了一杯。

更早一些，我们还和（由十几名作家和活动主办方人员组成的）集体队伍在一起的时候，她谈到了自己，谈到她对汽车和速度的痴迷，喜欢的葡萄酒，她在大学里教授的课。我突然间有股欲望，希望她注意到我，希望她提议我们单独行动，把我和其他人区别对待。我希望她选择我。这恰恰就是接下来发生的。

那是个温热的夜晚，我坐在她对面，虽然我们年纪相仿，我却自觉像个笨拙的小女孩，她方方面面都比我高出不知多少。她的思想，她的语言，她的声线，所有一切都令我着迷。我记得我们谈到了她生活的城市、漂亮的机场，谈到了书籍继续在我们的记忆中存活的方式，尽管遗忘不可避免。我记得跟她说起了几个月前我母亲的自杀和一些当时仍困扰着我的问题。

生平第一次，我有了躺在一个女人身边、触摸她的肌肤的欲望。在她怀中入睡。渴望一个女人的身体这件事，第一次，在我想象中是可能的，是可以在我身上发生的。

我们很晚才走路回了酒店。我们在走廊里分开，没有犹豫，很明确，很清楚，各自回房。我时常想起她，后来也没有再见过面。

L是否可算是我渴望的对象？考虑到我们相遇的方式和她在我生活中占据重要位置的速度之快，我当然问过自己这个问题。回答是肯定的。直到今天，我依然能够细致地描述L的身体，她修长的手指，别在耳后的那绺刘海，皮肤的纹理。她柔顺的头发，还有她的微笑。我想成为L，想像她一样。我渴望自己能和她相似。我也曾经有过抚摸她的脸或把她抱在怀里的欲望。我喜欢她的香水味。

我不知道这里面有多少性的成分，也许这一部分从来就没到达我的意识里。

会考成绩公布那天，L第一个打电话过来问露易丝和保尔是否考得理想。我们决定当天晚上在家和朋友们一起庆祝孩子们的成功，在他们自己出门玩到东方发白之前。我想象的是一个只有挚友的小范围欢庆会。我邀请L前来，这样她总算可以见到他们，还有弗朗索瓦，她也还一直没见过。片刻的犹豫之后，L兴奋起来，对啊，这主意不错，她能带点什么：葡萄酒、小拼盘，还是甜点？

欢庆会进行着，L在我的语音信箱中留言说她不来了，很抱歉，但她腰疼，怕是肾绞痛的前兆，无奈这对她来说是家常便饭，她觉得留在家里休息更好。

第二天，我给她打电话询问身体状况。她觉得应该不会爆发大病但甚觉疲惫。按照她的习惯，她很快便在盘问方面反被动为主动：昨晚的庆祝会可好，露易丝和保尔是不是很开心很自豪很放松？他们后来又跟朋友出去了吗？我呢，我在这里面感觉怎么样？她猜这对一位母亲来说应该是很奇怪的一步，庆祝孩子会考成功然后是他们年满十八岁，做好让他们离开的准备，为他们的成就、为他们考上理想的学校而高兴，然而这一切，难道不正意味着很快我将孤身一人。我怎么应对这一刻？是不是觉得一切来得太快，是不是一下子太突然，连警告都没有，就算从我的孩子们出生到现在已经过去了十八年？是不是只有惊呆的分儿？

这一次，L再一次准确说出了我自己可能会说的话：这种想要留住时间的感觉，希望计时器停止哪怕一瞬间或者让每个小时拉长一点点的徒劳抗争，还有我站在那一刻时心中的难以置信。

L说得对。这真是痛苦又美妙。一下子突然到来。令人眩晕。只剩下许多我不想失去的画面和感觉，是脆弱的记忆，已经开始变质了，现在我必须把它们好好保存。

然后还有这个问题，时不时会蹿进我脑子里，当我试图把这两幅画面联系在一起：刚出生的露易丝和保尔（两个小小的小东西，剖腹产，相隔三分钟出生，加起来不到五公斤），今天的露易丝和保尔（两个体格结实的年轻人，一米七十八和一米九十五的身高），有时候早上看着他们在厨房里，这个问题会高声脱口而出，这个问题表达了我的惊愕，没错，惊愕，就是这个词，好像这两幅画面之间相隔的时间没有存在过：

"到底发生了什么？"

L第一次问我打算写什么的时候，我似乎认为我们总算终于兜到正题了。不知道为什么，我当时立刻想到的是：她和我之间在此之前发生的一切不过是为了现在这一刻做铺垫，L刚摊了牌，向我亮出了她的游戏。

我坐在吧台边上，她站在我对面，开放的厨房面向客厅，一股肉汁的味道慢慢充满屋子。L在切菜，我们喝着红酒，当是开胃酒。

她发问的方式有些冒失、出乎意料，之前的谈话中没有任何内容能解释她的心血来潮，我们正说着别的事情，突然她来了一句：

"现在，你打算写什么？"

几个月来，读者们，朋友们，这里那里碰到的人，都在问我之后的事。问题通常是以这样的字眼提出来的："这之后您打算写什么？"有时候提问者会采取更笼统的问法："这之后，还能写什么？"这种情况，我感觉问题本身已经包括了答案：这之后，就没有了，预料之中的事。我打开了黑匣子，将库存挥霍一空，店里没东西可卖了。不管怎样，这个问题不中立。它似乎包庇着某种模糊的威胁和几乎露骨的警告。

也许所有人都知道，只有我一个人蒙在鼓里。这本书是一个完结，它本身就是一个终点。或者说一道不能跨越的门槛，一个界点，到了这个点"咱"不能再往前，反正我不能。这之后，什么也不会有。说白了还是玻璃天花板的故事，能力不足。这个问题就是这个意思。但也许是我自己的错误诠释，妄想症患者的胡思乱想。这个问题看起来有多简单它就有多简单，没有任何弦外之音和言下之意。然而，慢慢地，类似问题重复的次数一多，我未知未觉写了上一本书这件事就变得可怕，而且这个念头还占了上风。过了这本书就什么也没有，过了这本书就什么都没得写。这本书完成了一个循环，破坏了奥秘，终结了好势头。

和读者见面，我的编辑有时也在场，她就发现了这个再三出现的问题有多让我惶恐。有多少次，当着她的面，我差点慌了阵脚，拼命忍住才没回答：没有，什么也没有，女士，这之后"咱"就什么也不写了，一行或一个字都不写，这回结束了，就没有下回了，没错，先生，我就像颗灯泡一样，爆了，所有弹药都烧光了，仔细瞧瞧您脚底下这堆灰，我已经死了，烧成灰了。

L的问题并不完全相同。她没有说"之后"，她说的是"现在"。

我现在打算写什么。

该上路了，张开双臂纵身一跃，跃入虚空，揭开真相的时刻（所有这些说法像狂风刮过我的脑海，而L正切着菜，动作决绝得有点叫人担心），就是现在了。

弗朗索瓦刚动身去美国拍摄关于美国作家的系列纪录片，露易丝和保尔去他们父亲家度周末。L请我来她家共进晚餐。

这是我们第一次在各自家中相互接待，有点郑重其事的意思，还都提前做了准备。这也是我第一次去她家。进了她的公寓我有一种走进了电影布景的奇怪感觉。一切看起来崭新得像当天上午才交的货。我这么想着，L给我倒了杯红酒，然后奇怪的感觉就消失了。

我喝完杯中的酒，开始跟L讲关于真人秀的计划。故事越来越清晰，几星期以来我心中已经有了人物雏形，做了不少笔记（笔记本我一直随身携带，扉页上还有我画的人物形象）。未来的女主人公是一名二十五岁的年轻女性，一档收视率很高的电视节目红人，过度曝光的万人迷，硬生生造出来的人物，介乎《真实故事》的罗安娜和《楚门的世界》里的楚门·伯班克。

我接着说，试着解释我的计划，却很快察觉她的失望，或者，更准确地说，她的不悦，我从她越来越快的切菜动作中感觉到了，切完大葱，她开始切胡萝卜，整个人扑在案板上，动作迅速准确，她听得很仔细，却不抬头看我。

我阐述了构思的主要线条之后，她等了一小会儿才开始开口。

我在这里还原我们的对话。当晚我一回家就记了下来，完全无法入睡。

从装文具的盒子里找到一本学生用的作业本我试着把对话的每个细节一一重现，大概是为了把它拿远点，退一步来看。也许是我已经预感这番对话有它的延迟效应而且会慢慢发酵扩散。我记得当时自己生怕忘记，生怕它在不知不觉中产生影响。

我们认识的最初几个月里,我一直在这个本子上记录着我们的对话或者L的自言自语。直到我一句话也不写的那天,此为后话。

L抬起头看着我,我感觉她似乎极力控制自己的声音,而且,更明显的是,她的语速:

"我完全没法想象你竟然想写这样的东西。我读过《世界报》图书副刊的那篇文章,你在里面说到一本个人色彩更浓的书,还没成形,但你可能迟早会写的。这意味着,你刚说的这本书的缝隙里还藏着另一本书。"

我很清楚她说的是哪篇访谈。我故意装出记不清的样子。

"是吗,我是这么说的?"

"对。你说到一条经过不同点的轨迹,你说你往后很难再回到虚构上来了。我是带着这样的念头读你上一本书的,我认为里面有未来的另外一本书,更重要、更危险的。"

我开始觉得有点热。

我跟L解释说我想错了。我在八月中旬接受的采访,在我的书出版的几个星期前。我远未料到即将发生的事和这本书会引发的效应。我以为已经提前为后果做好准备,但我想差的不是一丁半点。我没有应对这些的气魄。我根本就没这个能耐,就是这么回事。所以,现在正相反,我想回到虚构上来,讲故事,创造人物,不用对现实有所交代。

"所以这是一个舒不舒服的问题?"

她一点也不掩饰她的恼火。我被问住了。

"舒不舒服的问题，对，某种程度上，对我自己和其他人。至少是个可以忍受、可以承受的处境，这样也能……"

"人们才不在乎。他们已经读过不知多少传奇和人物，他们被喂饱了各种各样的一波三折和跌宕起伏。他们已经读够了流畅的情节、巧妙的开头和结尾。商人们编故事就跟烤面包似的，用来卖书卖汽车卖酸奶。那么多造出来的故事，可以变化出无限的可能。相信我，读者们对文学另有期待，他们是有道理的：他们等待的是真实，是切实发生过的，他们想听有人给他们讲述生活，你明白吗？文学不应该搞错领地。"

我想了想才回答：

"书里面讲述的生活是真实还是虚构，有那么重要吗？"

"是的，很重要。真实很重要。"

"但谁又会知道呢？人们，就像你说的，他们可能只是需要故事听起来合理，像真的。就像音乐，不跑调就好了。写作的秘密，可能也就是这样：合理，或不合理。我想人们知道我们写的东西对我们来说并不完全陌生。他们知道我们和我们的文字之间总有什么东西连着，一根线，一个动机，有时候是一道裂痕。但他们可以接受我们颠倒顺序、压缩、挪动移位、乔装改扮。还有无中生有。"

我就是这么想的。或者说我愿意相信是这样。我有条件可以知道"人们"，或者至少是某些读者，热爱真实到什么程度，是不是会想方设法分清真实和虚构，在一本接一本的书里对真实围追堵截。他们中有多少人想知道，在我之前的小说中，有多少自传的成分？来自我自己的经历。他们中有多少人问过我是否真的在街上流浪过，是否真的对一位满嘴跑火车的、自大的电视节目主持人想入非非过，是否真的是冷暴力受害者？他们中有多少人，在读完我上一本小说之后问过我："一切都是真的吗？"

但我愿意相信另外一回事：与书本的相遇——内心的、肺腑的、情感的、审美的相遇——取决于其他因素。

我感到 L 突如其来的隐隐怒火。

"那你上一部小说呢，就跟其他故事没什么两样吗？这不重要吗？讲述真相，你觉得你做的已经够了？既然你往旁边挪了一小步差点扭了脚，你就允许自己回到安全区啦？"

我感到她愤愤的目光像武器一样对准了我。我心中开始生出罪恶感，为一样我连一行字都没写过的不存在的东西，这说不通：

"可是并没有真相可言。真相不存在。我上一本书不过是个笨拙的尝试，是为了向某样我把握不住的东西靠近，最后也不了了之。透过会让东西变形的三棱镜，透过痛苦、遗憾和否认，还有爱，来讲故事，这只是一种方式，这些你很清楚。打那时候起，省略、压缩、填补，这些都是虚构。我曾经的确在寻找真相，是的，你说得对。我对信息来源、观点、叙述都进行了对比。但是，整个写出来的东西，它本身是小说。故事是幻象。它并不存在。没有任何一本书应该被允许担当这样的名头。"

L 什么话也不说了。

有那么一瞬间的工夫我想过引用儒勒·雷纳尔[①]那句著名的话("真相一旦超过五行字,就是小说"),但我打住了。L不是那种会被某个脱离语境的警句惊艳到的人。她往我们的杯子里添了酒,然后靠近我:

"我说的不是结果。我说的是意愿。冲动。写作应该是对真相的寻找,不然它就什么也不是。如果你不是透过写作来寻求自我的认知,挖掘住在你身上的、形成你这个个体的东西,来重新揭开伤口,用你的双手去抠、去挖,如果你不质疑你自己、你的出处、你的环境,那写作就没有意义。只有写自己的时候才是写。其他都不算数。这是为什么你的书会有如此大的反响。你离开了传奇故事的疆土,离开了人造的故事、谎言、假想。你回到了真实,你的读者没有弄错。他们等着你坚持下去,等着你走得更远。他们要看的是隐藏掉、回避掉的东西。他们要你讲述你一直避而不谈的事。他们要知道你为何成为你,你从哪里来。是怎样的暴力孕育了作家的你。他们可不会上当。你只是掀起了面纱的一角,他们清楚得很。要是为了重新开始写无家可归的流浪者或抑郁的高层领导的小故事,那你还不如待在你那个做营销的公司里。"

我哑口无言。

一遇到冲突,我就阵脚大乱,呼吸急促,大脑缺氧,无法陈述条条有逻辑的论据。我的辩护相当可笑,揪住细节当

[①] 儒勒·雷纳尔(Jules Renard,1864—1910),法国小说家、散文家,知名作品为《胡萝卜须》。

关键，一本正经地纠正：

"我在企业里做的是社会观察，不是营销。这是两码事。"

我本想给L解释社会观察是什么，好岔开话题，但她放下刀，走掉了。她消失了几分钟，我听见浴室里的水龙头在响。

再出现时，她看起来好像哭过。

但这说不通呀。为什么L会关心我下一本书到如此程度？她重新打了点腮红，头发也扎起来了，衬衣外套了件开衫。我放慢语速，以缓和气氛：

"你知道，虚构也好，自我虚构、自传也好，对我来说，从来不是一个刻意为之的事情，不是出于某种需要，甚至不是意愿。或许是个结果。说实话，我觉得这中间的分界线我分得并不是很清楚。我那些虚构的小说和其他书一样出于自我，一样发自内心。有时候你需要通过乔装去挖掘素材。重要的是，写作这个行为的真实性，我的意思是你觉得必须去写，而不是出于什么目的或算计。"

我找不到确切的词。我很明白我正在L面前表现出一种令人遗憾的幼稚。我有些慌不择词。我想往远说，为自己辩解。但在这个一对一的局面下，某样正在上演的东西让我失语。

沉默片刻之后，她走得更远：

"我跟你说的不是这个。是你自己在说。我不在乎什么规约、协定、标签。我跟你说的是行为。那个把你摁在书桌前的东西。你为什么日复一日地粘在你的椅子上，跟条狗被拴住了似的,没人拿刀架在你脖子上啊,为什么,我跟你说的是这个。"

"所以呢?"

"所以,这个,你不能再忽略。"

我不知道该说什么了。

我再不知道我们在谈什么,又是从何谈起。

L重新投入晚餐的准备中。我看着她冲洗蔬菜又沥干。我感到她在努力放慢动作,找回正常的节奏,以此表明她已经平静下来,刚才说的一切无关紧要。我看着她在相对狭小的空间里迅速走动,在吧台前来回,打开橱柜,掠过物件、角落和边缘,有种没来由的匆忙和急躁。L把菜丢进了热油沸腾的炒锅里。

她拿起刚才切菜那把刀,放到水下冲洗,用沾满洗涤灵的海绵小心翼翼地擦拭刀刃,又用抹布轻轻擦干。她把刀收进抽屉中,取出一袋腰果倒进一只小碗里。然后,她看都不看我,接着说:

"你藏起来的那本书,我知道是什么。一开始就知道。从第一次看见你我就明白了。它就在你身上背着。在我们身上背着。你和我。如果你不写,那会是它把你追上。"

这顿晚餐的第二天，我没有 L 的消息。

那几天，L 从我的生活中消失了，制造了某种断层和空缺，而我完全没有心理准备。

我想念 L。她在惩罚我，我应该是这么想过，尽管这么想毫无意义。我给她打过好几次电话，留了一两条语音信息，她都没有回答。

接下来那个周末，露易丝和保尔分别和他们各自的朋友度假去了。保尔去布列塔尼露营，露易丝被邀请去了南方。当天晚上，快递员给我送来一束非常漂亮的花，上面有一张来自 L 的小卡片，具体写了什么我忘了，大意是她为那天晚上发怒失态和激烈对话感到抱歉。我给她发了条短信让她不要在意。

我独自一人在巴黎等弗朗索瓦回来，等得有些不耐烦。他计划回法国待两周，之后又要重新出发去美国停留更长时间。我知道这一系列纪录片对他有多重要，他做梦都想拍。分开的时间会很长，关于这点我们也谈过。我是鼓励他去的。弗朗索瓦从来没有对我花在写作上的时间和我的生活方式有过异议。

他一回来，我们便立刻动身去了乡下。

这些年来，尽管各种各样的邀约越来越多，弗朗索瓦却以相反的趋势退隐，一点点撤到自己的地盘，在世界的光滑又危险的岩壁上，他选择了这个地方作为他的固定点。

我和弗朗索瓦初识之日，我们在外省一家夜店里，靠着吧台喝着"玛格丽塔"，他跟我说起过这所离巴黎不太远的房子，当时正在施工中。他告诉我远离一切回归寂静的可能性对他有多么重要，甚至可以说生死攸关。我不加掩饰地回答我讨厌乡下。这跟自然没有关系，我不讨厌自然，是别的原因。对我来说乡下意味着与世隔绝，包含着不可规避的危险。乡下，是跟恐惧和某种禁闭的概念连在一起的。

我完全不记得这次对话，是弗朗索瓦后来跟我说起我当时的话有多让他吃惊。我们很明显地已经进入某种互相吸引的过程，而他从来没见过我这样的，刚跨进门槛，就搬起石头砸自己的脚，完全不按常理出牌，不但没有寻找巧合或共同点，反而强调对立和不相容的地方。说到 Hit FM[①] 时代听的歌（我们列出了不少歌名，夏季流行金曲的共同回忆让我们相谈甚欢），我们终究还是找到了共同话题。

我可以讲讲我第一次去库尔赛叶的时候，那是在上述对话发生将近三年之后，奇怪的道路终究还是引着我走向了这个男人（也让他走向我），我也跟 L 讲过，我们刚认识不久她就问过我。L 认为我们的结合很奇怪，也从来不对我隐瞒她的看法，而且我想她用的就是这个词（她没说"你们这一

[①] 法国一家私人纯音乐电台，1984 年创立，1994 年停办。

对"或者"你们组成的这一对",或者"你们的爱"),从她嘴里说出来我们的结合明摆着是鲤鱼配兔子。我一直觉得L似乎对弗朗索瓦和我之间的关系很好奇,而且表现出来某种不解。她不是唯一一个。我花了不少时间才明白,可能也是承认,在我的偏见之外,我们还是有很多共同点的。我先是一门心思罗列我们的不同点,自我安慰地想,我们彼此的世界没有交集——即便有,也纯属巧合,不会持久。后来,直到我真正接触到他的人,直到我终于了解了这个男人是谁,了解了推动他的力量是什么,他的能量和弱点从何而来,直到我能够看到他对世界展示的时而文明开放时而傲慢冷淡的面具之下,我也才明白我们的相遇能够滋生出什么样的爱,才不再害怕。

我在库尔赛叶的时候,L总算给我打来电话。听到她的声音我很高兴。她表现得好像我们之间没有任何芥蒂一样,她想了解我的近况,确认我真的在休息,这几个月来情感上经历了这么多起伏,我留给自己一些时间、稍事休息也是正常的,甚至是应该的。通话持续了很长时间,我之所以记得是因为风吹的方向不对,我不得不跑到花园尽头,站在一个小土包上,也就是说,靠近唯一一处当风从北边吹来时能有相对稳定的信号的地方。我记得这通电话令我感动,也让我安心。L在想着我。这一次,L似乎比任何人都更明白刚过去的一年对我意味着什么,它向我索取的能量,涌现的疑虑,情绪上的矛盾,满溢和空虚两种感觉的紧紧交织。我又一次觉得，L是唯一了解我的处境的人，即便她人在远处。因为她察觉到有两件事情很离奇地同时发生：先是我的上一本书，它超越了我，已经不再属于我，然后是我的孩子，他们即将离开。

L告诉我她整个夏天都会留在巴黎，因为手头的稿子假期一过就要交，是最近发生的某一社会事件的经历亲述，她目前不便透露更多，总之对她来说是个大工程，有不少挑战。不，独自留在巴黎没什么好怕的，她喜欢慢下来的城市，整个像是交给了游客，她晚些时候再走。她问起我八月的计划，我记得我讲了我们传说中的"度假屋"的故事，"度假屋"的名字是孩子们小时候起的，这个统称指的不是地方而是时间，是多年下来永恒不变的必赴约定。每年夏天，和二十来岁那段时间认识的同一帮朋友一起，我们会租一座大房子，租上两三星期，永远不会租同一座房子，也永远不会去同一个地方。一起出游的头几个夏天，我们都还没有孩子，今天他们都到了当年我们在西班牙临大西洋的某个海滨小城整夜流连酒吧喝一杯换一地儿的年纪。如今，根据年情不同，"度假屋"可容纳十八到二十五人不等，包括小孩，队伍的核心一直不变，随着时间，有几个外围关联人物也加入进来，得到团体认同。

鲜有朋友会令我们认为他们改变了我们的生活，但奇怪的是，有一点是可以肯定的，那就是没有他们，我们的生活只是会不一样，而且深深相信一段关系和它的影响不局限于几顿晚餐、几次聚会或几个假期，它会产生辐射，放射光芒，照到更远的地方，它会在我们最重要的选择上起作用，会深刻地改变我们存在的方式，会令我们更加坚定地相信我们的生活方式。我的"度假屋"的朋友们是朋友中的基石。对我来说不幸的是（似乎对他们而言却是万幸），他们早已离开巴黎。

实际上，我的大部分朋友都已经离开巴黎。他们如今生活在南特，在昂热，在瓦伦斯，在罗克巴龙，在卡昂，在艾维克蒙，在蒙彼利埃。

我站在库尔赛叶花园的小土堆上，气温开始下降（回屋取毛衣意味着没信号也就是中断通话），我不知道如何就跟 L 说起了几年前这波出走的浪潮，把我撇在巴黎像个孤儿一样，在我感觉能够结交新朋友之前。我跟 L 讲了朋友们如何，一个接一个地，卷起铺盖带着孩子纷纷离开，就好像这座城市在闹鼠疫，五年之内，他们全都走了，我当时有一种很荒谬的失去甚至是抛弃的感觉。

L 说她能理解。她明白这种感受，她自己也经历过。她的朋友们不是离开去了外省，他们只是离开了，在她丈夫死了之后。她答应我有天会跟我细说。她祝我假期愉快，她会想我。

八月，弗朗索瓦飞去了怀俄明，我和露易丝、保尔一起，登上前往"度假屋"的火车。

那么长时间以来，第一次，我感到事情恢复了原来的样子，回归到正常的比例，好像这一切——几个月前问世的小说和它激起的波浪式的回响——像是不断出现的、半径无法估量的同心圆，深刻地改变了我和某些家庭成员的关系——好像这一切没有存在过。

而这里，这些人，他们的眼神没有改变，没有被搅浑，没有蒙上任何阴影，他们离徒劳的骚动如此之远但又离我如此之近，在他们中间，我似乎感到身体放松了下来。

我们一起大笑，睡觉，喝酒，跳舞，我们聊天走路一走就是好几小时。我对自己说有天我会把他们写下来，他们，散落在这里那里的我的朋友们，发小和成年后结识的伙伴，还有这看着我们成长、为人父母、换生活、换职业、换房子、有时还换爱人的二十五或四十年。

这段时间里，我没有 L 的消息。我应该也没跟我的朋友们说起过她。

三周之后，露易丝、保尔和我，我们坐上了回程的火车，在高铁上占了一片家庭区，我们很快活，看起来都是休息过的好气色。突然间我有无比强烈的活着的感觉，我和孩子们在从朗德省回来的火车上，我准备了三明治，加或不加黄油、带或不带生菜，他们都挺喜欢，我们一起度过了很棒的假期，我看着乡村景色在窗外飞快掠过，孩子们即将离开，去过属于他们自己的生活，我为他们感到自豪，为他们成长为这样的人感到自豪，我想除了焦虑和家族的伤痕，我还是成功地给他们传递了某种类似于快乐的东西。

公共汽车上，我们被困在高峰期的密集人群中，我忽然感动到湿了眼眶。某样东西结束了，某样东西就要开始，我的运气真是好得难以置信，从一开始，一直都是，实际上运气从来没有离开过。即将到来的会是平稳又繁忙的一年，我会重新投入写作，还会去看我的孩子们，经常，去他们即将前往的地方。我将要探索新配置下的新生活，收起怀念，活在当下，我能够适应。没有什么害怕的理由。

德尔菲娜：

　　这真是沉重。作为你的家人，姓和你一样的姓，如今，真是太沉重了。这个姓，你把它变成你的了，你玷污了它，你在上面拉了屎。这就是你赐给我们所有人的，还有这个该死的问题，我们的耳朵都要听出茧子了："您是作者的亲戚？"是的，我是作者的亲戚，真伤脑筋。相信我，我，和其他人，我们都烦死了。今天，是否还有可能存在于这个问题之外，除了作者的亲戚，是否还能有别的身份？这令人无法忍受。

　　你好像忘了你有病。是的，有病。你病得厉害。而且还传染。你以为你已经痊愈，但你忘了后遗症。所有医生都会跟你说：这些东西会转移的，永远不会消失。它在你的基因里，在你身体里。

　　我听说你要撇开你的孩子了。完美妈妈终于露出真面目了！干得真漂亮。你自由了，对不对，可以随心所欲、为所欲为了，可以去高级晚会上勾搭小白脸了。我知道你是个糟糕的母亲，你抓住第一个可以把你的孩子撑得越远越好的机会，还借口是他们选择了自己的学业。

　　你的孩子们，他们的母亲是个徒有虚名的瞎编专家。

　　我可怜他们。

我站在那里，手里拿着信。

我先是感到呼吸有些困难，很轻微的，然后有个球在我胸腔里膨胀，似曾相识的感觉，无法控制。我的手指轻轻颤抖。我都还没来得及打开行李箱收拾东西，我把从信箱取出的一沓信放在桌上，给自己泡了杯茶，开始分拣信中的广告，然后一封信接着一封信拆开，直到这一封，昨天寄到的。露易丝和保尔在他们各自的房间里，随时可能出来，我绝不能哭。我想过给弗朗索瓦打电话，但马上又想十有八九打不通因为有时差。

我叠起信，深呼吸。下一封信。就在这时，手机响了。是L。她记得我应该是这两天休假回来，于是打电话问候近况。瞬间工夫里，我在心里想L是不是看见我进屋了，条件反射般地往窗外看。一切平静无奇：大部分窗户窗帘密闭、竹帘低垂，低处的楼层上有一扇开着的窗户，可以看到一对夫妻或情侣坐在茶几前抽烟。

几秒的工夫已经足够让L意识到我不完全在正常状态。最明显的是我的声音，它出卖了我的情绪，不是我没有试着学习调整、掌控它，没用，我的声音总会出卖我，虽然我掌握的词汇一直在增加，却改变不了"易感"的本性。L立刻提出一起喝一杯，她当天早上刚完成了手头的稿子，也需要减减压。我同意稍晚点见面，好让我有时间安顿下来，再去趟超市买点东西把冰箱填满。我把信收进包里，准备拿给她看。

咖啡馆深处，L当着我的面打开了信。我看着她的目光在一行行字间滑过,她的头发散着,眼皮上金属灰的眼影把肤色衬托得更加苍白,嘴唇是淡淡的玫红,她很美。她读得很慢,我看着她的脸因为愤怒而变样。

"你知道是谁吗?"

"不知道。"

"你觉得是你家里的人吗?"

"不晓得。"

L的震惊显而易见,她把信又读了一遍,与此同时我跟她说起了几周前收到的那封信。记忆中那一封没这么恶毒。L看起来若有所思,几秒钟之后,她重新看着我:

"你从来没想过写一本关于*之后*的书吗?讲讲你上一本小说的发表,它的后果,它惹的,它催促的,它揭露的。它如何产生延迟效应。"

是的,我想过。我有过这样的念头。讲那本书如何被接受,那些意想不到的支持,感人至深的信。讲一些人为接受它所作出的努力,他们不容否认的意愿。那是对文学的尊重。讲那些迟来的忏悔,在书印成之后轻声道出,记忆重现。辩护的策略,无声的控诉。是的,这确实让人想去诉诸笔墨:受到干扰的并不仅仅是被鉴定为有风险的**地带**。风险地带已经包围了冲击点,将其同化,将就对付了过去。一场打击性更大的地震却在其他地域发生,那些被我轻轻掠过的、绕过的、刻意排除在叙述之外的地域。

所有写过自己(或者自己家庭)的作者大概都有过某天

要写一写*之后*的念头。写那些伤口、苦涩、空口无凭的指控，还有决裂。有些人这么做了。十有八九因为延迟效应。书本无非是某种缓释的材料，放射性物质，在很长一段时间内继续释放。我们最终总也难逃被列为人肉炸弹的下场，这炸弹威力大得惊人，因为没人知道我们要用它来干什么。我当时脑子里就是这么想的，但嘴上没有说出来。

L看我不作答，便换了方式又问一遍：

"也许可以用这种方式来回应这个人呢？公开他的信，一字不变，连逗号都别改，让他明白你才不在乎他和你姓一样的姓对他来说多复杂，这个姓都不是你选的，告诉他承受这个姓的方式有千万种，不管是他还是她，不如另谋高招好了……"

"可问题是我在乎。"

"不，你不在乎。你必须不在乎！你应该写下来，打我们认识之后你给我讲的一切，你和一些人的关系如何不为你意志所控地变得糟糕、急转直下，那些不再牵挂你的人，那些乐于从此把你列入*名人*行列的人——好像在当今我们生活的世界，成为名人对任何一位作家都有意义似的——，那些对你支票上数字的零比对这本书在你文学生涯里所代表的转折点更感兴趣的人，那些还没来得及直接问你问题便断气的人，那些坚信你变了变得更有距离感更冷漠更高不可攀更没空理他们的人，那些不再邀请你因为他们已经永久决定你必然忙得分不开身的人，那些突然每个星期天都邀请你的人，那些想象你每天晚上都出入各种鸡尾酒会和社交晚宴的人，那些想象你不养孩子的人,那些在心里嘀咕你是不是偷偷喝酒或者做了眼皮提升的人。这不都是你那天当玩笑跟我讲的吗,德尔菲娜?现在,读这封信,好好读。这可不是开玩笑,是恨,是要毁你呢。"

从L的话中,我感到她的怒气在升腾,这让我心里非常受用,有人全身心地、无条件地,站在我这一边。

是的,当然,这些都可以写,但没用。我对发生的一切负有责任,尽管无心而为,但毕竟是我挑起的,我理应承担或者至少要适应后果,轮到我凑合将就。况且,你根本无法阻止别人把你的事想得天花乱坠。对此我深有体会。写一本关于之后的书会掘出鸿沟或不解。我似乎有更好的事可做。我告诉L,别忘了我已经构思了好几个月,一部真正的虚构小说,假期里我继续做了不少笔记,我的计划正在成形中,情节越来越清晰。

L打断了我的话。

"情节?你不是在开玩笑吧?德尔菲娜,你不需要情节,也不需要什么跌宕起伏。你比这些都高多了,现在,你必须意识到这一点。"

这一次,她说得很温柔,语气里没有任何咄咄逼人。L努力想让我察觉她是多么无法相信她刚才听到的话。我当真设计、想象了*故事情节*?她又说:

"你没必要编造什么。你的生活,你这个人,你看世界的眼光,应该是你唯一的素材。情节是个陷阱,是个罗网,你大概以为情节会给你一个藏身之处,或者一根支柱,假的。

情节保护不了你，它很快就会在你脚下坍塌或者在你头上散架。说白了，情节是个庸俗的障眼法，它给不了你任何跳板和支撑。你已经不再需要这个。你在别处，现在，你明白吗？你低估了你的读者。他们等的不是听个好故事睡个好觉得到一些安慰。那些能互相替换的人物，可以从一本书搬到另外一本书里的人物，他们根本不放在眼里，那些编得也算巧妙的情节，还说得过去吧，他们也看不上，因为他们都读过N遍了。他们根本就不在乎情节不情节的。你向他们证明了你有能力做得不一样，你懂得征服真实，真刀真枪地和真实较量，他们看明白了，你寻找的是另外一种真相，而且你心无畏惧。"

我们之间不再有几周前在她家厨房谈话时的紧张气氛。我们是朋友，正在谈我的工作及其后果，L如此关心我的工作，也令我颇为感动。

L的问题，不在于在这**之后**我是否还有能力写，她确信我能写，而且对该写成什么样子已经有了确切的想法。

我有些哭笑不得，我说她在玩文字游戏，还歪曲了我的话。我是说了**故事情节**，但也就是这么一说，我没有任何一本书给读者呈现过她所指的那种意义上的情节和结局。她至少应该允许我给她解释我的构思。既然她感兴趣的是对现实的利用，那正好，说不定有她想听的。

L示意服务生再端上两杯莫吉托，此举言外之意是，她有的是时间，需要的话一整晚也可以，她往椅背上一靠，用姿态告诉我，说吧，我听着呢，为你拒绝写的书干杯，也为你声称被它附体的那一本。我喝完了酒,开讲。

"女主人公……嗯……主要人物……是名年轻女性,她……她赢了一场真人秀,节目录制刚结束。这个节目开播没几天的时候,观众就都对她着了迷,社交网络上也火了,她上了娱乐杂志封面和电视新闻头条。几个星期的时间里,这姑娘成了明星,而她还在游戏里面呢——就是那样一个地方,他们都被关在里面,你知道的吧?"

我等着她表示一下鼓励,但她的面部表情里除了极度的警惕之外看不出别的意思。我接着说:

"其实,我对游戏并不是那么感兴趣,甚至也不是那种密闭的方式,让我感兴趣是*之后*,当她离开游戏的时候,我的意思是说,当她得去面对她的形象的时候,而这个形象跟她是个什么样的人没有半点关系。"

L纹丝不动,眼睛死死地盯着我。她不让情绪有丝毫外露。她听我说着,专注得有些刻意。这一次,又一次地,我感觉言不由衷、词不达意。我似乎又一次象征性地变回那个一面对全班就红脸的小姑娘,唯一要紧的是让自己不哭出来。但我接着说:

"几个星期里,她最细微的一个动作,最无关紧要的一句话,都会引来评论。有一些无所不知无所不能的声音,无时无刻不在解读她的反应。一点一点地,这些声音勾画出了众人眼中显现的她的个性。也就是说,一个和她本人没多大关系的虚构形象。她从游戏中出来,却要扮演一个她连轮廓都不认识的人物,就像一个真人大小的移印,继续依赖她而存在，吞食她，像个贪得无厌的隐形吸血鬼。媒体跑去挖她童年生活过的地方，为了感动观众，她的生活被整个重新编造，完全建立在大部分她都不认识的人的说辞上。其实，这姑娘这时候才发现她身上被生生套上了一幅女斗士肖像，而此刻她大概感觉到的是前所未有的脆弱。"

L的嘴角微微撇着，她没有掩饰，但示意我继续。我不知是出于什么样的骄傲，不被打倒在地就不愿认输，还往下说：

"好吧，然后呢，有另外一个人物，一个男孩，是个剪辑师，节目播出期间他都参与了工作。其实，透过他所选择的画面和段落，他很大程度上参与创造了这个人物。男孩想方设法和她取得联系，他要见她。"

我莫名地开始难以装出对自己正在说的话感兴趣的样子。忽然之间，一切变得滑稽可笑。

"其实（而且我为什么每隔四个句子就要重复一次"其实"?)，他自己也不太清楚她是谁。她依附于一名虚构的女子，而这名女子是他参与创造的，现实中并不存在。

L还是一动不动。此刻我的想法犹如暴露于过度的强光之下：这一切显得那么容易猜，那么……假。这一切，在我说出口那一刻，显得那么无意义。

服务生见机将酒端上。

她用吸管吸了一大口鸡尾酒，机械地搅动杯子里的薄荷叶，犹豫片刻之后终于开口说话。

"德尔菲娜，关于这些，很久以前，比你写书还要早许多，我们就已经思考过。我们读过罗兰·巴特[1]和热拉尔·热奈特[2]，勒内·基拉尔[3]和乔治·普莱[4]，我们用硬纸壳做成一张张的卡片，用四色圆珠笔在上面标出重要概念，我们学了新的理念和新词，就像发现新大陆一样，我们的偶像名单大换血，我们花了许多时间，试图定义自传、忏悔录、虚构小说、真的谎言和'真实的谎言'。"

我明白她所指，却无法准确把握其中的"我们"的意思。L也许是和我同年代的文科生。她估计研究过结构主义、新小说和新批评，这个"我们"指一代人，我们这代人，汲取了同一批思想家的养分。

她接着说：

"叙述形式的演变，还有，有些作者触及根本，即现实生活动力的意愿，这些，我们都做过功课。"

我表示赞同。

她往下说，语调突然变得亲密起来。

"心灵和思想的迷失，爱玛·包法利眼睛颜色的变幻莫

---

[1] 罗兰·巴特（Roland Barthes，1915—1980），法国当代著名文学理论家、批评家、社会学家和哲学家，他的著作对后现代主义思想有着很大影响，主要作品有《神话学》《恋人絮语》等。
[2] 热拉尔·热奈特（Gérard Genette，1930—   ），法国当代文学批评家和理论家。
[3] 勒内·基拉尔（René Girard，1923—2015），法国哲学家、人类学家。
[4] 乔治·普莱（Georges Poulet，1902—1991），比利时批评家，日内瓦学派主要代表之一。

测，劳儿·维·斯坦茵的迷醉，娜嘉，说到底，勾画了某条轨迹，给我们指了条路，帮助我们去理解今天你们这些作家肩上背负的追寻。"

这下，L 的暗示很明显了。克雷毕永，福楼拜，杜拉斯，布勒东，都是我备考巴黎高师那年的文科预科班的课程内容。这些内容每年都不一样。

L 正在告诉我她跟我同一年上的预科。她在示意我们有着某个共同的根基。

她还在说但我已经不在听了。我的思绪执意要想象十八岁的她是怎样的一个女生。以我面前的这位女子——如此自信、自作自主——为出发点，我试着画一道线，一道溯流而上的坚实的线，但尽头却什么也没有，没有任何面孔。

我终于还是打断了她的话。

"你上的是哪个中学？"

她露出微笑。

她刻意留出几秒空白。

"你不记得我了吗？"

不，我不记得。我立刻努力召唤班上女孩子的脸，多少已经埋藏得有点深，我迅速地在脑海中将这些遥远的面孔过了一遍，但我能记得的已为数不多，没有任何一张长得像 L。

"抱歉，我不记得了。你为什么不说呢？"

"因为我看到你是完全没有认出我来。你对我一星半点印象也没有。这让我挺难过。你知道吗，我发现了一件事。一件很不公平的事，将世界一分为二：被记住的和被遗忘的。

有些人，不管去哪里，总能留下印记，另外一些，从不被人注意，来去都没有痕迹。胶片上也留不下影子。人一走，什么都消失。我敢肯定你收到过和你一起上幼儿园、上中学、上雪地课的人的来信，这些人在他们脑子里的某个角落里记住了你的名字你的脸，抹不掉的。他们记得你。你属于第一类人，而我属于第二类。没办法，就是这样。瞧，我记得你，而且记得很清楚。你的长裙，你怪异的头发，你一年到头都穿的那件黑色的皮夹克。"

我反驳道：

"不，没这么简单，我们所有人都属于这两类。"

为了证明我的话，我给 L 讲了我见到阿涅丝·德扎尔特[①]那次。她还记得上文科预科班的时候阿涅丝·德扎尔特和我们同班吗？当然，L 记得很清楚。

阿涅丝出版她第二部小说的时候，我应该有三十出头吧。有天晚上在巴黎书展，她正在出版社的展台做签售活动。当年的我完全没有要发表什么的想法，我在公司里上班，也压根没想到有天我的生活会朝另外的方向驶去，我一直兢兢业业努力朝着稳固的方向开辟，不停地添砖加瓦、加固根基，为的是提防自己和一切从我个性里泛滥出来的东西。我确实一直在写，但是在我自己可以接受、让我自己感觉舒服的范围内，也就是说，是日记一类的东西，只写给自己看。用另

[①] 阿涅丝·德扎尔特（Agnès Desarthe，1966— ），法国当代女作家、译者和儿童文学作者。

外的方式写，为被读而写，在当时的我看来，意味着太大的危险。我不够强大，我知道。我没有能够支撑起这类脚手架的身体构造。

我去看阿涅丝，我想她若是当了歌手或舞者而非作家我也会去看她，而且心怀钦佩，有人成就了在我们看来遥不可及的事，我们自然会钦佩。阿涅丝没有认出我。她不记得我，不记得名字，也不记得脸。而我记得她，她婚前的名字，我们所知道的关于她和她家的事，我记得她是哪种类型的女孩，我甚至可以叫出老跟她在一起那几个同学的名字，娜塔莉·阿祖莱①，阿德里安·拉霍什②（这两人后来也都出版了小说），我能看见他们的面孔，好像就在眼前，还有娜塔莉·莫祖赫，她明亮的皮肤和鲜红的嘴唇让我颇为着迷。他们是班里的精英（"人尖儿"，用今天我孩子们的话说），很好看，总是面带微笑，他们在那个地方，就像在自己家一样，在对的地方，他们的条件得天独厚，举止里头有种东西能赶跑一切怀疑，他们的父母为他们骄傲，不遗余力地支持他们，他们属于光辉明亮的巴黎文化世界，而我那时才刚开始接触那个世界——就在我写下这些字的时候，我意识到这完全是我自己心里的投射——但他们的如鱼得水在当时的我眼里显得合情合理。

---

① 娜塔莉·阿祖莱（Nathalie Azoulai，1966— ），法国作家，2015年美第奇文学奖获得者。
② 阿德里安·拉霍什（Hadrien Laroche，1963— ），法国作家、哲学家和学者。

我记得阿涅丝·德扎尔特，她却认不出我来。这是我想对 L 说的：每个人在某个人眼里都可能是遇难者、失踪者，这不代表什么，没有意义。

我告诉 L 我还保留着班级合影（而且，在书展的那天晚上，阿涅丝问我能不能给她寄个复件，几星期后我给她邮寄过去了）。L 显得难以置信。

"你还有这张照片？"

"当然。所有落到我手里的照片我都会留着，我有收集照片的强迫症，不会弄丢，也不乱扔。你愿意的话我可以给你看。你好好瞧瞧，你的确在胶卷上印上了你的样子！"

L 思考片刻，然后回答：

"我想我不在照片上。我几乎可以肯定。那天我病了。"

L 显得有些难过，我心中生出愧疚。我们同班了一整年，我却没认出她来。她身上没有任何熟悉之处引起我的注意和好奇，哪怕现在，我也没能想出有哪道身影像她。的确，她改了姓，如今她随夫姓（虽然他已经去世多年），但她的面孔从来没能在我脑海中勾起任何模糊的记忆或者让我觉得在哪儿见过。

我们一言不发地小口抿着莫吉托。许多遥远的画面，在那脆弱的一年中出现，又回来了。召唤这些回忆感觉真是奇怪，我有好久没有想过这些事了。

L 靠近我，忽然严肃起来。

"德尔菲娜，你的想法不赖。但你的人物没有灵魂。如今我们不能再写这样的东西了。不能写成这个模样。读者不会放在眼里的。你必须找到某种介入更多、更个人的东西，来自你和你的故事的东西。你的人物得和生活有联系。他们得在书本以外存在，这是读者想要的，要存在，要有心跳。像孩子们说的那样，要来真的。你不能构建、捏造、欺骗到这种地步。不然你的人物会像餐巾纸，人用完就扔了。然后忘掉。因为，虚构的人物若是跟现实没有任何联系，他们就什么痕迹也留不下。"

我脑子里有些混乱，但我不能同意她的说法。一个人物，难道他没有权利横空出世、没有任何出发点、作为纯粹的虚构而存在吗？他有解释说明的义务吗？不。我不这样认为。因为读者心中有数。读者总是自愿向幻想让步，把虚构当成真实。读者能够做到知其假却信其真。明明很清楚是杜撰，却还是把它当做真事来相信。读者能够为一位不存在的人物的死亡或陨落而哭泣。这跟欺骗完全是两码事。

每位读者都能作证。L弄错了。她只愿意听到故事的一半。有时候，虚构强大到足以延伸到现实中来。我和露易丝、保尔在伦敦的时候，我们去参观了夏洛克·福尔摩斯的宅邸。世界各地的游客都来看这座房子。可是夏洛克·福尔摩斯并不存在。但还是有那么多人来看他的打字机、放大镜、他的粗尼帽、家具，还有完全按柯南·道尔的小说布置的房子内部。这些人心里都很清楚。这座房子无非是虚构小说细致的场景重现，但他们还是愿意排队掏腰包。

L承认这点倒是不假。而且也很可爱。

但她，让她欲罢不能的、读到夜里辗转难眠的，不能仅仅是听起来像那么回事。必须知道事情是真真切切发生过的。事情发生了，然后作者用了数周数月数年的时间，把这堆材料转化成文学。

我一口气喝完了我的莫吉托。

L 对我露出微笑。她看起来像一个胸有成竹、知道她的时候总会到来的人。一个深信时间会站在她一边、证明她有理的人。

露易丝和保尔出生之后，我中断了保持多年的写日记的习惯。

　　几个月后，被扫地出门的写作从窗户爬回来了，我开始写我的第一本小说。我不知道写作的欲望是如何占了上风，如今我也说不上来是哪出意外、哪个事件、哪次相遇准许我付诸行动。多年来，我几乎每天都在写，没有任何过滤的私密写作，帮助我认识自己、建设自己，它跟文学是两码事。然后我适应了没有它的生活，突然发现，我可以写别的东西，尽管并不完全明确要写什么，能写成什么样子。

　　于是，当我有了一点时间，就写了这个故事。

　　有天，我通过邮局寄出了手稿，故事灵感来自我刚踏入成年时在医院度过的几个月。一本自传体小说，以第三人称写的，有虚构的成分。

　　一位巴黎的出版人在他的办公室里接见了我，很明显有些不悦：在他看来，这篇文字缺乏真实的效果。

　　话说，我知道什么是*真实的效果*吗？

　　我还没来得及回答，他自己先不由分说地提醒我：罗兰·巴特给过定义，它指的是一个明确向读者表明文本致力于描绘真实世界的元素，这一元素的功能在于证明文本与真实之间密切的联系。

那么，他接着说道，缺的就是这个。不应该把脸蒙起来，这沓纸里头的自传成分显而易见，干吗还要犹抱琵琶半遮面呢？这本书是过来人的话，得加几个细节，不是蒙人的那种，让读者对货物的成色有信心，要用第一人称完全承担起这个故事，然后去上让-吕克·德拉吕[①]的节目。况且，厌食症是越来越流行了。我一边用颤抖的声音答道如果他觉得这些文字只是他想的那样而没有其他意义，那就不应该发表，一边随时准备掏纸巾。我补充道（我的声音不由自主地变得越来越尖），我最好的朋友之一十年前就开始跟让-吕克·德拉吕共事。如果只是为了到电视节目上去谈自己的亲身经历，我没必要费劲写一本书。我的眼泪在眼眶里打转，马上就要掉下来。我从来没踏进过出版社的门，为了见这个面我请了半天假，而且应该为这样的场合穿什么的问题琢磨了两三天，可能还专门买了件裙子或衬衣。有那么一秒我觉得应该夺门而出，但是我没有。教养太好。

站在楼梯上方，我们很谨慎地道别。

我并不反对真实效果，我喜欢真实效果，我甚至对真实效果颇为痴迷，但这位出版人说的是另一回事。他要我把真实两字刻上去。他要我对读者说女士们先生们注意了，我所说的可全是真事，百分之百的自传，这是活生生的真相，赤

[①] 让-吕克·德拉吕（Jean-Luc Delarue，1964—2012），法国电视节目主持人、制作人，他主持的节目以社会、家庭、伦理问题为主题，邀请嘉宾或当事人进行谈话辩论，很受观众欢迎。

裸裸的生活，保证无添加，未经加工的现实，尤其未经文学加工。

这就是那天我和 L 分手之后走在回家路上脑子里所想。我们后来在吧台喝了第三杯，我已是微醺。她和我，我们俩在酒吧深处笑了个过瘾，因为谈论的话题最终转向了少女时代的挚爱，在巴特和他的小分队出现之前，那个我们还会在自己的房间里贴海报的时代。

我跟 L 说起我在十六岁左右的两年间失心疯地迷上了捷克斯洛伐克的网球选手伊万·伦德尔[①]，他外貌并不讨喜，但我从中发现了摄人心魄的阴暗之美，我（作为一个生平连网球拍都没碰过的人）甚至还订了《网球杂志》，本该复习功课准备会考的时间，我却守着罗兰·加洛斯和温布尔登比赛的转播一看就是好几小时。L 惊呆了。她也喜欢伦德尔！这是我头一回遇到喜欢伊万·伦德尔的人，他应该是史上最不受欢迎的网球运动员了，八成因为他那张永远没有表情的冷酷的脸，还有他底线进攻的打法，有条不紊，相当可恶。貌似，正是出于这些原因，因为他又高又瘦又不被赏识，我才那么爱他。同一时期，没错，就是那个时候，L 看了所有伊万·伦德尔的比赛，她记得非常清楚，尤其是罗兰·加洛斯那场著名的对阵，他对约翰·麦肯罗[②]，比赛罕见的激烈，伦

[①] 伊万·伦德尔（Ivan Lendl，1960—　），生于捷克斯洛伐克，后加入美国籍，上世纪八十年代世界最佳男子网球运动员。
[②] 约翰·麦肯罗（John McEnroe，1959—　），美国著名网球运动员，前球王。

德尔最终获胜。电视画面中得胜的他，因为体力透支失了相，全世界第一次得以见到他的笑脸。什么问题都难不倒L，她记得伊万·伦德尔生活和职业生涯的所有细节，而我已经忘了不少。难以置信，二十年后回过头想象我们两个人像中了邪一样戳在电视机前，她在巴黎郊区，我在诺曼底的村庄里，各自怀着同样热烈的情感盼望这个来自东欧的男人加冕。L还知道伊万·伦德尔的后来，他的职业生涯和私生活她都密切关注。伦德尔结了婚，是四个孩子的父亲，在美国生活，训练年轻的网球运动员，还重新做了牙齿。L对最后这点感到遗憾，捷克斯洛伐克式微笑（牙齿排列不整齐，可以猜到有重牙）消失了，换来美式微笑（齐整的假牙，白得晃眼），在她看来，这让他魅力全无，我要是不信，可以去网上核实。

真是一个奇特的巧合。若干共同点之一，把我们的距离拉近。

但有另外一件事在我的记忆中浮现。

我回到巴黎上学之后，在一家专门为各种展会或活动招礼仪小姐的中介报了名。但很快，事实便证明我并不符合条件，缺少了点什么。每星期，当别的姑娘们被派去巴黎大会堂或车展的时候，中介给我和其他一些女孩安排的是超市里的活儿，一般在巴黎远郊，大区地铁多少都能到达。所以，我站在长排货架前，当起了化妆品、碎肉牛排或洗涤液展示员，我让人们试吃脱水薄饼、餐前小饼干或我小心翼翼切好的小块软奶酪，我踩着旱冰鞋发传单，穿着充满乡村风情的钩花围裙或促销T恤，系着丝巾，遇到母亲节或复活节周末，我就得不停重复欢乐的口号，重复到睡觉都会梦见。几个月下来辛勤把活干，赶上临时抽查如果能得个好分数，我们就有希望被调到近郊甚至是市内的商店。

就这样，上预科那年，我分到一个两天的任务，地点是奔马仕百货①。那真是始料未及的对我工作认可的迹象，是前所未有的提拔。不用起早贪黑去坐城铁，没有日光灯闪个不停的橙色咖啡厅。某化妆品品牌正在高档百货商场里推销旗下新款系列护发产品，我要做的就是站在自动扶梯上方发放优惠券。我身上穿的是中介提供的服装，发皱的布料也掩盖不了不怎么合身的剪裁。但最可笑的还数不得不系在脖子上的那条有着品牌标示图案的粘纤丝巾，活脱脱是对爱马仕方巾的拙劣模仿。下午接近五点的时候，我感觉脚有些肿（从朋友那里借来的浅口单鞋有点小），就在这时我看到他们一群人站在扶梯中央，缓缓升了上来。我之前没想到的就是，一个周六，在七区的中心地带，极有可能遇到学校的同学。我不再看得清他们的脸，不知道他们叫什么名字，也不知道他们是我的同班同学还是另一个预科班的。他们从我面前经过，使肘子互相捅着，人数还不少，有几个停下脚步，有几个后退几步，我听到了笑声，女生们噗嗤笑，男生们大声说笑，其中一个抓住了我正在发的优惠券，看都没看我一眼。然后他开始高声讽刺上面的内容，女生们笑得更加花枝乱颤。是

---

① Le Bon Marché，位于巴黎七区的高档百货商店。

的，她们是花枝招展，我还记得，而我，打扮得像个黑桃A，一身廉价的套装活像空姐的制服。我假装没注意到他们就站在我身后咯咯直乐地听着我一遍遍重复一样的话，您好女士给您请拿好这是我们的洗发水护发素营养发膜的优惠券新系列护发产品效果非常好别犹豫了快去看一眼我们的优惠新品，就在那边，对，右边第一排。一名女子问是否可以拿两张，我又递给她一张。她想知道这些产品是否有去屑效果，我感到身后笑得更厉害了，然后，突然，我听到一个女孩的声音，是他们中的一员，声音里充满愤怒和鄙夷：

"你们真是蠢爆了。国家的精英，就是你们这副鬼样子，自以为是的小屁孩，什么活都没干过，人家周六出来工作还招你们笑话。你们看到自己嘴脸了么？"

我在扶梯上方继续发着我的优惠券，像个机器人，天塌下来都不会影响我的动作，我呼吸艰难，紧绷着身体侧耳倾听，我在等着他们离开，却不想看他们，我希望他们赶紧走，所有人，消失。我听到他们的声音越来越远，直到只听见一点点，我才转过身。我没能认出是哪个女孩结束了我的苦刑。

是的，这天晚上，我离开咖啡馆独自走在回家的路上，脑海中浮现了这幅我多年未曾再想起的场景，我听到的是L的声音。

画面叠加，事情很明显，我肯定，L就是我当时没能看到的那个把人群带离的人。

九月里,我离开巴黎,去帮我的孩子们安顿住处。保尔在他的学校宿舍申请到了房间,露易丝和两个跟她一起接受同样培训的朋友找到一处合租的房子。跑了好几趟宜家和喀斯托拉玛①,几天在图尔奈②,几天在里昂,秋季的头几个星期尽忙着这些,写作的事也没有冒头。我很幸福,能多享受和孩子们在一起的时间,能把分别的时刻再推迟。

目前操心的事太多,我还不在写书的状态,这是我跟L说的,有天晚上她打电话给我打听计划进展。她用低沉的嗓音问我,没有下任何断言的意思,这些杂事(北上南下,孩子们搬离,要填的表格,要买的东西)是不是给了我一个恰到好处的借口,让我可以名正言顺地无视自己无法坐下来投入写作的事实,而我之所以无法写作,跟周遭情势无关,跟写作计划本身有关。当年我一星期有四天得到巴黎远郊上班,不也照样能挤出空间和时间写东西吗?但在她看来,是我拒绝承认自己的构思不怎么样,拒绝承认这几个月来走错了路,甚至走上了相反的方向。难道不是这样的不连贯导致我无法

---

① Castorama,法国大型家装连锁超市。
② Tournai,比利时法语区城市,位于法比边境。

写作吗？而我自己还徒劳地抓住这主意不放。她给我指出方向，希望我好好思考一下。她觉得有必要打个问号，既然我们已经是朋友，她不妨向我提出来。她不确定她的想法，只是直觉而已。

我找不到反驳的理由。

是的，时间受种种限制的时候，我还是挤出了缝隙用来写作。

但我已经不那么年轻，没有那么多能量，仅此而已。

L对我的工作方式表现出了极大的兴趣（在她之前无人如此），我给她看了正在使用的笔记本，三到四本，一样大小，封面光滑柔软，是看完爱德华·霍普①的展览之时弗朗索瓦送给我的。每个本子的封面都是画家的一幅画。

我在这些小本子上做笔记。我喜欢它们的精细和轻巧，封面柔韧，内页有行线。我把它们放在包的最里面，不管去到哪儿，出差、度假，晚上睡觉前，我总会放一本在床头柜上。为手头的工作记下一些想法或句子，也记别的东西，未来的书名，故事的开头。有时我决定为它们分工：这几周的时间里，这个本子用来记跟手头的书有关的主意，那个本子属于未来的计划。最热火朝天的阶段，我曾经同时启用五到六个本子，每本对应着不同的计划；最终我总是把一切都

---

① 爱德华·霍普（Edward Hopper，1882—1967），美国画家，以描绘寂寥的美国当代生活风景而闻名。

混淆。

至于我的出版人,我尽管让她相信一切都好,我用有点空泛的套话推迟谎言:我得再搜索一些补充材料,我正准备场地呢,我把基础打得夯实些……

没有理由担心。

我就要开始。

实际上,我踌躇反复,我精力分散,我日复一日周复一周地推迟那个必须承认事实的时刻:有个什么东西坏了,丢了,不能使了。

实际上,我一打开电脑,一开始思考,不信任的声音便响起。像是有个挖苦人不留情面的超我占领了我的思想。它冷嘲热讽,咯咯发笑。在孱弱的句子被表达出来之前,它便围追堵截,句子离开了语境,引来阵阵哄笑。我额头上多出了一只眼睛,就在另外两只之上。不管我写什么,它看见的都是我穿着木屐笨拙走来的样子。第三只眼在拐角处等着我,摧毁一切开始的企图,揭穿诈骗的伎俩。

我才明白过来一件令我感到眩晕的可怕的事:如今我是自己最可恶的敌人。我是自己的暴君。

有时,我心中会生出一绺阴暗的念头,让我自己难以承受:L说得对。L向我发出警告,因为她看到我正迈向灾难。

我走错了路。

L试图提醒我注意,我却充耳不闻。

露易丝和保尔开学了，家中只剩我一个人。我之前没有想象过这样的光景，从某种意义上来讲，我没做准备。我的意思是说，你无法猜到整套房子就这样一下子在沉寂和静止中凝固。

然而，在他们离开之前，我已经预演过自己在无人空间中孤独的存在。我曾经试着想象空洞和与之相伴的新生活。但还是差得很远。现在这不再是需要预计的未来，而是必须服从的现实。我从一个房间游荡到另一个房间，寻找某样消失的东西。我生命中的一个时期结束了，是以自然、欢乐、没有冲突的方式结束的，一切都在情理之中，但却像在我肚子上捅了个洞。空荡荡的房间，整洁的床铺，排列整齐的书，关闭的橱柜。有那么一两件东西被移了位，有件衣服还搭在椅背上，我看着眼前虚假的凌乱，像极了在家具产品手册或装潢杂志中看到的场景，无非是：滑稽的假模假式，造作的生活情景展示。我想哭。

L隔三岔五给我打电话，她担心我的情绪。

L似乎对我关心备至，同情有加，我慢慢觉得只有她一个人能明白我的感受：这套装满回忆的房子，如今我要独自填满，这些要在家中度过的时间，我不知道该拿来怎么办。

然而，我是有一本书要写的人，而且是时候动工了。

每一天，我打开电脑，调整好座椅。屏幕高度正好与视线持平，我点开那个写了几星期却一直只有一个不超过两页开头的 Word 文档。我在寻找书名。一个让人看了有欲望的书名。可短暂的一时兴起过去，接下来的是整个人的迟钝，到最后总是蛮横的疲劳逼得我不得不离开工作台，生怕自己从椅子上掉下来或者就那样，一下子，脑袋栽到键盘上，睡着了（我想起保尔八个月或十个月的一个画面：有天，我们从广场小公园回来晚了，过了午睡时间，他就那样，坐在他的高椅上，一鼻子栽进一盘子的土豆泥里）。

又或者，是不怀好意的嘲笑从远处又回来了。

然而，每天，我都会照例创造一样的条件，好像没有任何事能阻挡我、恐吓我。

到了那么一个时候，真是没有障碍物了，必要的空间被腾出来，所有一切都已就位，按顺序排好，归好类，重新抄写完毕。该有的安静也有了，靠垫也在椅背上垫好了，电脑键盘只等待手指的敲击。

到了那么一个时候，得一头扎进去，找回节奏、冲劲和决心。但该来的就是不来。

到了那么一个时候，心里说这是个纪律问题，只需要狠踹一脚。那就这么办吧，一大早，时间一到就把机器打开，端坐桌子前，人在那里，已经就位，努力坚持。但该来的还是不来。

到了那么一个时候,心里说事情不应该是如此这般,不应该这么痛苦,或者说,应该是痛并快乐着,但不是,有的只是失败。和面对电脑的空洞眼神。

再往后,就找不到任何辩白和借口了。万事俱备,却一个字也写不出。

我害怕。我做不到了。

我跟 L 描述过的那些人物被掏空了内里,他们渐行渐远,我却丝毫没有察觉,直到他们从我视线中消失。小说整体的构造泄了气,像个塌下来的风箱。

听起来很假。

故事,情境,书的构思,甚至构思的念头本身。

一切都没了意义。

十月的一个晚上,我向我的出版人宣布放弃之前跟她说过的那个计划。行不通,有样什么东西一直在空转,她让我给她发去已经写出来的部分,乱七八糟未经雕琢也没关系,她能从字里行间看出门道,只要开头就好,几页就行。我告诉她我没有写,一行也没写,我挂了电话。

我无法解释那种走投无路的感受,这一切引起的反胃,失去一切的感觉。

我从来没想过我和 L 之间的对话会跟我放弃计划有关

系。到目前为止，没有任何观点、任何说辞、任何劝告对我的工作本质产生过影响。书，都是自己找上门来的，没得商量，没得讨价还价，那不是一个选择，是一条路，而且是唯一一条。

我如何能够想象一两次谈话就足够扼住我的呼吸呢？

夜里，我睁大眼睛，睡不着。我什么也看不到：没有闪光，没有火花。

某个清晨，天色尚早，我在弗朗索瓦家过了夜之后回家，在我家附近的街角碰见了L。不在我的门口，而是在离门口几百米远的地方。她没理由在这里。我家所在的这条街特别窄，没有任何商铺，天刚蒙蒙亮，周围的咖啡馆都还关着门。我埋头走路，因为天冷，我走得很快。但我的视线被街对面一道纤长的白色身影所吸引。可能因为站着不动的原因，她看起来就像凝固了一般。她身穿一件长大衣，领子竖了起来。她不动，像不知道从哪里冒出来的，也没有在等人的样子。几秒钟之后，我发现她似乎时不时会观察一下我那栋楼的入口。一看到我，她脸上一下子亮了起来。她的眼神里既无尴尬也无惊讶，就好像大冬天的早上七点她出现在这里再正常不过。她想见我，可我家大门紧闭。她就是这么跟我说的。她也没想编个什么理由，我被她的简单打动，因为说出这话时她脸上露出孩子气的表情，是我在她身上从来没见过的。

她紧跟在我身后进了家门。我昨天离家之前调低了暖气，室温在夜间大降。我想给她一条披肩，她不要。她脱了大衣，里头没穿毛衣，只穿了一件罩衫之类的衣服，质地顺滑的绸缎贴合着她腹部、肩膀和手臂的线条。是赴稍微正式的晚会或晚宴会穿的那种衣服。我在心里想她从哪里来，是不是一晚上没睡。我把意式咖啡壶放到火上煮着，和她一起坐到了沙发上。我很冷。在我旁边，L好像身体里有燃料熊熊燃烧着替她抵挡寒冷。她的身体流露出某种异样热切的东西。很松弛。

我们一声不响地坐了几分钟，然后她朝我靠过来。她的声音似乎微微有些沙哑，像是唱了一夜的歌或抽了一夜的烟。

"你有没有过，有家不能回的时候？"

"有啊，当然。但那是很久以前的事了。"

"昨天夜里，我在酒店房间里和一个男人做爱。早晨五六点，我穿好衣服，打了辆出租车，在我家楼门口下了车。但站在楼下，我却上不去，我不想睡觉，甚至不想躺下。好像身上有个什么东西拒绝让步。你明白这种感觉吗？所以我就瞎溜达。溜达到这儿了。"

咖啡壶开始响，我起身关火。此时，不管跟哪个朋友在一起，我按理都会飞快地倒好咖啡，回到沙发上，迫不及待地开始一通嬉皮笑脸的严酷审讯：这个男人是谁，跟他约会多长时间啦，哪里认识的，还会再见他吗？

但我把咖啡和糖放到她面前，依然站着。

我没有办法问她任何问题。

我看着L，我看得出她皮肤下跳动的兴奋，是的，从我的角度看去，我能很清晰地看见，她的血液在血管里加速流动。

我就这样站着，背倚着洗碗机，离她很远。第一次，我想到L身上藏着某样我没有捕捉到的、不能理解的东西。第一次，我觉得我感到害怕却说不出原因，是难以言状、无法形容的害怕。

　　L喝完咖啡，站起身，向我道谢。

　　天亮了，她自觉已做好回家的准备，她累坏了。

我很想把 L 这个人物矛盾重重的方方面面弄明白。

不同的日子，L 会以不同的面目示人，有时严肃克制，有时诙谐随性。这大概是令对她这个人的描绘变得如此复杂的原因，自我控制之中突然暴露的弱点，严肃庄重的形象身上，忽然出现背道而驰的幽默和任性，猛烈程度让我想起窗户突然被风吹开时会产生的那种空气吸力。

L 瞬间捕捉对方情绪并随机应变的本事继续让我大开眼界。她知道如何挫败咖啡馆服务员摆出的臭脸，晓得怎样扭转面包店女店员疲惫的状态，好像跨入店门那一刻她便一眼看穿他们的心情。她总能领先一步。在公共场合，她跟任何人都能聊得开，而且可以在三分钟内收获对方的叹息和心声。L 表现得温厚包容，让人觉得她能够倾听一切而不是去判断是非。

L 会安慰人，知道说什么话能叫人安心。

L 属于那种人，当你走在街头需要问路或问点别的什么，凭直觉，你会找她问。

但有时候光滑的表面会突然撕裂，L 暴露出令人吃惊的一面。时不时，L 会故意违背自己的一贯作风，陷入小题大作的盛怒之中，仅仅是因为，比如，马路牙子上向他迎面走来的人没有侧身（她认为两个人如果在马路牙子上迎面擦肩而行，双方都应该往外侧让一步，或者至少略微做个样子，以示尊重或好意）。地铁插曲系列里面，我还记得那一次，一个女人对着手机大声吼话，L面无表情地大声作答，女人浑然不觉，这一幕持续了五分钟，周围乘客无不侧目。

还有一次，我去马丁-纳铎广场和她见面，却见她满脸通红在怒斥一名男子，那家伙喊的声音分贝比她还高，但词汇量相形见绌。她的声音低沉、坚定、掷地有声，占了上风。后来她终于肯走了，她告诉我，她大动肝火是因为那人对两个穿着短裤从他面前经过的小姑娘有粗鲁和攻击性言行。

L什么都能聊。巴黎人的无礼，各种各样的小头头、八卦爱好者和工作狂，精神紊乱躯体化的不同症状及其与时代的联系，瞬间移动，这些都是她最爱的话题。如果说，我们只是一个个原子组合在一起的产物，如果从这样的原则出发，没有任何基本物理定律阻止我们生活在一起同时尊重彼此的界限。再过几百年几千年，也没有任何基本物理定律可以阻止我们瞬间从甲地转移到乙地，就像我们现在能够做到的，即时将一张照片或一首曲子发送到世界任何一个角落。

L的怪念头不胜枚举，比如，她认为左撇子是与众不同的生物，他们之间能够很快地互相识别，他们互相联系着，形成一个隐形的阶层，尽管一直被排斥，但左撇子显然高人一等，这一点，不高调，却毋庸置疑。

我很快发现L也有一些恐惧症：有天，我们俩在我家附近一家餐馆吃午餐，我看见一只老鼠沿着吧台的弧线一溜小跑，就在她身后。巴黎的餐馆里看见老鼠也不是什么新鲜事，包括一些高级餐厅，但我得说，在中午用餐高峰期看见老鼠确实几率不大。何况那东西是来去自如的样子。此一幕值得我中断我们的对话。

L定住了，不敢回头。

"一只老鼠？你没开玩笑吧？"

我乐呵呵地摇头。

然后我明白了L一点以此为乐的意思也没有，她的脸没了血色，额头冒出了一层细密的汗珠。那是我第一次看见她脸色如此苍白。

我试着安抚她：老鼠已经不见了，不用担心，它也没理由再回来。L什么都听不进去了。刚开始吃的沙拉，她也没能再咽下一口，她喊了埋单，我们匆匆离开。

再后来，我发现L无法忍受任何啮齿类动物，我写过一篇关于小白鼠的短篇，她承认看到一半看不下去。

在各种聊天的迂回曲折中，我才一点点了解到，L读过所有我写过并发表的小说、短篇小说、我参与创作的合集，所有，除了她没能读完的那篇。

另外，L承认自己培养了一些怪癖，也对别人的怪癖怀有浓厚的兴趣。说起这个问题，她自有一套理论。如果没有一些有意无意养成的惯例，没人能在这个社会里生存下去。

比如，L 注意到我们有饮食周期。我知道她说的是什么吗？细想一下，难道我没发现摄入的食物随着时间而变化，经历过不同的阶段和时期，恰好跟年龄和某些外来影响吻合，有些食物从我的菜单上消失了，而另外一些，一直被遗忘的，突然又变得不可或缺？比如，早餐，她建议我细想一下我的早餐。一直是一样的东西吗？我承认，的确，对于早餐的成分我变换过好几次。有一阵子是面包片＋酸奶，有一阵子是谷物＋面包片，一阵子是谷物＋酸奶，还有一段时间干脆只吃甜面包……二十岁，我喝茶，三十岁，喝咖啡，四十岁，喝热水。她笑了。她告诉我，刚步入成年的那阵子，她有过好几个所谓的色彩阶段：橙色时期，她只吃橙色的食物（橙子、杏、胡萝卜、半软荷兰干酪、笋瓜、哈密瓜、虾），接着是绿色阶段（菠菜、豆角、黄瓜、西兰花……），直到结婚才停止。

同样，L 也发现，我们日常生活中的一些动作总是按不变的顺序进行，而这并非经过思考有意而为。在她看来，这样的段落，反映了我们为了生存下去而或多或少有意使用的策略。同样，我们口中无意间不断重复的词绝非偶然，它们比任何话语更能揭示我们某一特定时刻在力所能及的范围内努力适应（或抵抗）周遭环境约束的主要方式。L 认为，被人们采纳的常用表达方式比任何针对我们的生活或时间安排的深度分析都更能说明我们最强烈的不安。这么说吧，在一个看起来什么都不行的时代，一个似乎整体处于冻结、暂停状态的社会里，人们一个劲儿地说*我看行*。同理，聚会，电影，人们，不再是*很*——很好玩，很没劲，很快，很慢——，而是*太*——太好玩，太没劲，太快，太慢——，也许是因为这样的生活，的确，已经让我们应付不过来。

说到策略，L有一招，高招，保证对话基本空间和私密性。每次在中午用餐时间进一家咖啡馆，尽管我们只有两个人，她都会要三个人的位子。这一计谋让我们得以享用一张大桌子（或者拼起来的两张小圆桌），而周围所有人都是手肘挨着手肘。过个二十来分钟，她拿出不耐烦的样子对服务生说我们点餐吧不等第三个人了，不过还是留着位子，万一呢。等到饭快吃完的时候，餐厅里人也走得差不多了，L向服务生说不好意思：她很抱歉，那个人放了我们鸽子。

我得说，跟她在一起，我从来没觉得无聊过。
L会高声把心里想的问题问出来，或者说，所有女人都会（反正我会）在心里自问的问题：紧身牛仔裤可以穿到什么年纪？迷你裙呢？低胸呢？我们是否能够自己发现已经太晚、已经离成为笑柄不远了，还是要让身边亲密的人在时候到来时提醒我们（在尚未为时过晚的时候）？是否*已然太晚*，我们已经越过红线却浑然不觉？

我不敢相信：初识L之时，她在我眼里是如此自信，行事坚定，清楚自己气场不凡，她竟然——更幽默地——表达了跟我相同的顾虑。

这个话题迅速成为我们的最爱之一：适应的努力是必要的，能让我们看清自己到底是个什么样子——用摄影术语说的话，是对焦——得定期对下焦，看看自己在哪个年龄梯队，做到心中有数。

发现一道新的皱纹，朝整体溃退又迈进一步，无法消除的眼袋，所有这一切都能分享，还会引发一通分析，往往极具批判性和……喜感。

L向我坦言，每每碰到一个三十岁以上的人，她都很难不在心里先琢磨他的年纪。最近几年来，不管碰见的、认识的是男还是女，年龄是她想知道的首要问题，是绕不开的、最基本的数据，用来评估彼此的力量、魅力和默契关系指数。就我自己而言，我发现，随着年龄增长，年轻人在我眼里往往显得比实际更年轻。她认为这恰恰是年纪变大的信号，无法区分一个二十岁的人和一个三十岁的人，而在他们之间，互相识别和区分完全不成问题。

L身上令我惊叹不已的是，这些内心的疑虑根本不会在她存在的方式中流露出来。她的外表和举止里没有任何东西会出卖她关于自己的担忧和犹疑。正相反，在我看来，她穿衣、打扮、行动的方式，甚至是笑的方式，都是她完完全全认可自己作为这样一个女人的最耀眼的证据。

这一切，大概就是她对我的吸引力之所在：我欣赏她对世界对自己都保持着清醒的头脑，但同时又能够自欺欺人，按规则玩游戏。

有天晚上，我们走在理查-雷诺阿大道的隔离带上，L跟我说起她在九十年代初看过的帕斯卡尔·巴依的一部电影，名叫《人们怎么做》。她觉得光是名字就已经总结了她的精神状态，那个她一直无法摆脱的关于他人的永久疑问：他们是怎么做的，对，以什么样的节奏，怎样的毅力，怀着怎样的信仰？人们如何做到屹立不倒？当时，当她观察周遭的人，她似乎觉得人们应付得都比她好。我看过这部电影吗？见我不搭话，她又接着说起另一部电影，差不多是同一时期的，罗朗斯·费雷拉·巴博萨导演，名叫《正常人没什么特别》，可与另一部相媲美。故事大部分发生在一所精神病院里，她非常喜欢这部电影。

我停下脚步。

好一会儿，我都说不出话来，只是仔细在她脸上搜寻某个蛛丝马迹。

L看着我，有些窘迫。夜幕刚刚降临，窗户纷纷亮起，风吹着枯叶打转，发出揉纸的沙沙声。

我想我在这个时刻感到了某种晕眩，我不知道是源于喜悦还是惊恐。

这不是第一次。

是的，我看过这两部电影，而且，出于相当私密的原因，它们属于被我供在私人的万神殿。它们就好似我心中的机密文件，而L不但正好说起这两部，而且还将它们联系在一起，这真是一个令人不安的巧合，甚至让人惊骇，以至于我脑子里闪过这样的念头，她应该是在什么地方读到或听到过我关于这两部电影的宝贵回忆。但我们之间没有共同的熟人，我也不记得我在媒体上讲过。

是的，我也是，我时常自问：人们怎么做？说真的，问题会有变化，但从来没有停止过：写作，爱恋，一觉睡到天亮，换花样给孩子做饭，看着他们长大，大大方方放手让他们离开，每年看一次牙医，做运动，保持专一，戒了烟就不再复吸，读书+漫画+杂志+日报，音乐上不要完全落伍，学会呼吸，不要毫无防护措施就跑去在太阳底下暴晒，一周一次采购该买的一样没落下，人们都是怎么做的？

这一次，我一定要把事情弄清楚。我直直盯住L的眼睛，问她为什么说起这两部电影。我曾经提到过吗？她看起来有些讶异。她跟我说起这些片子是因为它们给她留下了深刻印象。也因为，说实话，她心中依然有一样的疑问。仅此而已。这就是她为什么会想起这两部片子。

我们继续走路，谁也没说话。

是否，她也一样，一直对自己在这个世界上时而犹疑时而极端的演变方式心存怀疑？一直害怕自己踩不对点跟不上调？感觉对什么事都太用心，不懂得凡事保持安全距离。

还是L想我所想，把我的挂虑当成伪装套到自己身上，好让我从她这面镜子中认清自己？

我的心中生出疑问种种，但最终，我对自己说，我没有任何理由质疑我们之间的相似之处而放弃这些相似之处带来的安慰。

L一直在观察别人。

在街头，在公园里，在地铁上。

L会不惜拿自己当研究对象肆意玩弄，尖锐程度令我发笑。

L不仅满足于提出问题，还会给出答案。

L不乏自嘲精神。

L对所有一切都有一套一套的理论：衣着与年龄的相称性，即将到来的新闻媒体复兴，传统蔬菜的回归，停止打嗝的最佳方法，心灵感应，修颜法，家用机器人时代的来临，语言的演变和词典的角色，交友网站对恋爱关系的影响。

有天早晨，临出门的时候，我在广播中听到吉尔·德勒兹[1]的声音。我在这里抄下当天这段声音档案播出几秒后我凭记忆记下来的句子：

> 如果你捕捉不到一个人身上那点小疯狂，你就无法爱他。如果你捕捉不到他身上的荒唐之处，你就和他失

---

[1] 吉尔·德勒兹（Gilles Deleuze，1925—1995），法国后现代主义哲学家。

之交臂。一个人的荒唐之处，正是他魅力的来源。

我立马想到 L。

我想 L 是发现了我的荒唐之处，反之亦然。

相遇，也许往往都是这样的吧，爱情也好，友情也罢，都是两撮灵魂的荒唐相认相吸。

确定不会碰到弗朗索瓦的那些天，L会来我家里吃个晚餐，或喝杯茶。

秋天放缓了脚步，我既然不写，倒也乐于生活。我不再按固定时间把自己绑在电脑前，我给自己签发了某个暂停令之类的东西，留出时间，等遇见下一本书，等待被故事俘获。我时常想起不知道在哪儿读到的这句话：故事像化石一样，在土壤中长眠。它们是上一个世界的遗物。作家要做的，就是用他小箱子里的工具小心翼翼地把它们挖掘出来，尽可能做到完好无损。

这就是为什么我走路总盯着自己的脚，大概在等着发现石板路下那块给我力量、让我去深挖细掘的小石头。

等到冬天到来时，靠近键盘也开始变得困难。

不仅仅是打开Word文档，而且——慢慢地，不知不觉中——回复邮件、写信，亦变得艰难。我不知道第一次是什么时候，只记得面对电脑时感觉食道在燃烧。我记得这样的感觉反复出现，越来越强烈：胃里有大量的酸排出，我简直呼吸不上来。

我在药店买了一些保护胃粘膜的药物。

要继续使用电脑的话，我得跟我的身体耍点小手段，要向它传达尽可能清楚的信息，不，我并没有尝试的打算，遑论远近,都跟写作一点关系没有。我做出漫不经心、随心所欲的样子,也不会让光标靠近屏幕下方的 Word 图标。只有实施这样的策略,我才能面对电脑。

幸好,还有记事本。我继续在小本子上做笔记,收集一些词语,迷你的开头,沉默里薅出来的零星句子,简笔勾勒出来的人形。记事本就在我包里。我抓住这个念头不放手:化石被困在一页页纸里,在纸张的条条纤维里,化石在等待属于它的时刻到来。一个题目,一次联想,几个有点意思的现实写照,记下来,时候一到,所谓念念不忘,必有回响。说是矿藏也好,宝藏也行,我一准备好,就只需要从里面刨掘就行了。那天 L 关切地问起我在忙活什么,我就是这么跟她解释的。

我的包在地铁里被打开那天,我跟她在一起。我忘了具体是什么原因让我们在高峰时段去挤四号线,我找不到任何记录。我们紧挨着,淹没在密集的人群里,人挤人,人挨人,随着列车的节奏晃动。我当然什么也没觉察到。我们在换乘站分开,我接着又坐了三号线回家,一样的挤。直到晚上晚一些在找小包纸巾的时候,我才发现我的包被人从上到下拿小刀整个拉了一个大口子。我马上想到了笔记本。它们都不见了。一起消失的还有装着信用卡、现金和身份证件的小袋。有人把它们一起拿走了(笔记本封面的材质容易让人以为是个钱包或卡包),或者他只拿了钱,本子随后从大口子掉出来了。我把包翻了遍，所有角落都查了不下十遍，我愚蠢又绝望地大声重复着这不可能，这不可能。然后我哭了起来。

后来，我给 L 去电把事情告诉了她，并确认她没遇到麻烦。她的包倒是完好无损。不过，现在她想起来了，她确有看到两个男人，就在我们身后，形迹显得有些可疑。那种会趁人多揩油的人。

L 给我了一个银行服务号，让我赶紧冻结信用卡。

L 关心我是否还好。

L 问要不要来看我。

我挂上电话就睡了。我也没什么别的可做。我听见自己用镇定的声音回答她说没那么严重。事情没那么严重，我的记事本丢了，我感觉像是被截掉了两条胳膊，不，这也太可笑、太夸张了，没理由。事情不太对劲，这就是证明。如果需要证明的话。

抑 郁

在他内心,头一次,有个声音悄声问道:

你是谁,赛德,在你写东西的时候?你到底是谁?

——斯蒂芬·金,《黑暗之半》

"我知道你和孩子们一起看电视剧,看的都是最好的那些。拜托你,思考两分钟。对比一下。看看写出来的和拍出来的。你不觉得你们已经输了吗?在虚构棋盘上,文学早就被将死了。我说的不是电影,电影那又是另外一回事。我说的是你书架上摆的一套套的DVD。我就不信,这玩意儿从来没让你失眠过。你从来没想过小说或者说某种形式的小说已经死了?你从来没想过编剧们只是在终点线超越了你们?甚至让你们哑口无言。新一代的造物主,无所不知,无所不能,是他们。他们可以随随便便从头到脚造出家族三代,造出政党、城市、部落,总之各行各界。可以造出让人念念不忘或觉得似曾相识的主人公。你明白我的意思吗?人物和观众之间的这种亲密关系,这种在故事结尾心里落空、怅然若失的感觉,已经不会再在读者和书之间发生了,而是在别的地方。这就是编剧在行的。你跟我说过虚构的力量、现实的延伸什么的,这一切,都不再关文学什么事了。你们必须承认。虚构的年代,对你们来说,已经结束。电视剧给传奇提供了一片肥沃不知多少倍的土壤和广阔不知多少倍的观众群。不,这没什么可难过的,相信我。相反,这是个绝佳的消息。你们该感到高兴才对。编剧比你们在行的事,就留给他们去做吧。作家得回到让他们区别于编剧的事情上来,找回成事的关键。你知道是什么吗？不知道？不，你知道得很。你以为读者和评论家们为什么会提出文学作品自传性的问题？因为时至今日，这是文学存在的唯一理由：道出事实，说出真相。其余的都无关紧要。读者对小说家的期待，就是他们把自己的肺腑掏出来摆在桌上。作家应该不遗余力地拷问他在这个世界上的存在方式、他的教育、他的价值，他必须不停地质疑他使用语言的方式，因为他的语言来自他的父母，也来自学校的教育，也会成为他的孩子使用的语言。他必须创造属于他的语言，有他特别的迂回，连着他的过去和他的故事。一种属于作家又不同于其他作家的语言。作家不用去造牵线木偶，再灵活再美妙的木偶也是多余。他只需要跟自己较劲。他应该不停地返回他曾经为了生存而翻越的崎岖山谷，他应该不厌其烦地返回事故发生地，因为就是那个事故，把他变成一个有强迫症的、任谁都无法安慰的生物。不要打错仗，德尔菲娜，这就是我想告诉你的。读者想知道作家往书里都搁些什么，他们是对的。他们要知道馅里是什么肉，有没有色素、防腐剂、乳化剂或增稠剂。从今往后，文学有打开天窗说亮话的义务。你的书应该不停审问你的回忆、你的信仰、你的怀疑、你的恐惧、你和身边人的关系。只有这样，它们才能一石激起千层浪，读者才会有共鸣。"

这就是L那天晚上跟我说的，我们在二十区区政府旁边一家冷清的咖啡馆里。

天已经黑下来，我们还在那里，在大厅深处，这个地方的墙上贴满了五十年代的广告海报，已经被光洗得发白。远处有个收音机沙沙作响，我听不出是哪个电台。我寻思着，这家咖啡馆应该是旧时代最后的遗迹了，这个街区唯一一处抵挡住时尚翻新大举入侵的地方，潮流已经将一条条街道一点点蚕食。这座抵抗的孤岛想必用不了多久也会沦陷。

我听 L 说呀说，没想打断她的话。她夸大其词，简而化之，以偏概全，但我也没有力气回应她。

不，我不想把虚构的疆域拱手让给任何人。但我看着手掌心，里面空空如也。

不，我也不排除有天会回到带自传色彩的写作上来，不管称自传体也好，半自传也罢。但这样的写作，也只有当它能够描绘众生、能够达到普世的高度时才有意义。

不管怎样，我已经弹尽粮绝。

L 就这么说着，我听着，没完全当真，却不免错愕。

她的话让我不得不去思考我一直以来拒绝理论化的东西。为了赋予我的工作意义或者至少让我就此有话可说，我好不容易搭建了微不足道的小楼，而她的理念狠狠撞了上去。

她的话，幽幽钻到我已经无法予以言表的怀疑里去了。

L 曾经跟我说过，我只写过两本书。第一本和上一本。其他四本在她看来不过是令人遗憾的迷失。

秋天里，露易丝和保尔回来过了两三次周末，或同时回来，或分开。距离和思念改变了我们之间的关系，新的纽带正在形成，热烈，健谈，延续着我们一起生活的那些年，却也很不一样。我的孩子们长大了。我依然是那个心中满溢感动和赞叹的母亲。

弗朗索瓦忙着不同的计划和项目，他刚着手开始了他的系列纪录片第二季的工作，不但拍摄制作周期长，还得经常在国外一待就是好几星期。我了解他，他有着永不满足的好奇心，可以一整天一整天地阅读，还热爱旅行。实际上这正合我意，我们有着各自努力的方向，也有并肩前进的意愿——或幻想，不管肩头的担子彼此是否可以分担。弗朗索瓦尊重我需要的孤独，我的独立，我的缺席。我尊重他的选择，他的突发奇想，他持续更新的热情。

L一星期给我打好几次电话，告诉我她就在附近。说实话，她从来就没离远过。每次我都会让她上来。在这片我拒绝明确指出的混乱中，她的出现让我安心。

L带来鲜花、甜酥面包，或一瓶红酒。她知道在哪里能找到茶杯、茶、咖啡、启瓶器和高脚杯。沙发上有她的保留位置。她披着我的披肩，自己开灯，挑音乐放。

她在场的时候，如果我接电话，她不会走开。她不会像大部分人一样，假装看自己的手机或翻报纸。不，相反，她会对我说的话表示赞同或皱起眉头。她不开口，却参与了对话。

L送了我一套再生纸制作的记事本，三本，尺寸不一。她在最大的那本上面写了几句给我加油打气的赠言，我忘了具体写了什么。现在也找不回来了，因为本子都已经被我扔掉。

每个星期，L都会问我工作进展如何，重申如果我需要的话她随时可以跟我探讨。既然我没什么可说的，她就说她的工作。L刚开始动笔给一位著名女演员写自传。三个月前，她还在跟另外两个相当抢手的捉刀人竞争。和他们俩一样，她也是在经纪人组织的一次晚会上见到了这位女演员。女演员挑中了她。L无疑知道该说什么样的话，晓得如何表现出她看人的敏感直觉，她这本事一直让我觉得不可思议。L喜欢说她是多么享受把女演员托付给她的原材料塑造成型的过程。她说起这名女子时语气里有一种把人物视若己出的温柔和怜爱，仿佛女演员只存在于她们一起开始创作的文字之中，仿佛她有义务向世界、向人物本身揭开人物的真面目。L很幸福，这一次，她感觉自己站到了职业最核心的地方。最要害的部位。因为L不满足于被选中。不是谁都能让她动笔杆子。她允许自己回绝某些工作机会，只挑她愿意与之合作的人。有遭际的人，她说。跌倒过、沉沦过、历经过磨难且带着伤痕的人，才是她感兴趣的。写他们如何重新站起来，如何自我建设、修复。她的角色，是把他们交付的材料付诸文字、安置场景、加工润色。她让人们读到的，是他们的灵魂，当他们感谢她时，她总是如此归结：她只是让他们的灵魂变得肉眼可见。

有天晚上，L告诉我，她第一眼就能看出哪些人是暴力的受害者。不仅是身体上的暴力，她能看出，这个人，他的人物、个性，曾经因为另外一个人处于险境之中。她能够识破他们身上携带的某种障碍、牵绊和失衡。片刻的犹豫，瞬间的迷茫，闪现的裂痕，除了她，没有别人能察觉。

冬日将至，L全身心投入工作。而我享受着借口的大旗一挥尚且可以蒙人的最后时刻。拖延着。我声称正筹备着什么，继续编造所谓的材料搜集和故事提纲。

我没想到的是，从那时候起，到我恢复创建处理文字的文档、写一个超过三个词的句子的能力，这中间，会需要三年时间。

从我的孩子们出生到我和他们的父亲分开的时间里，我制作了十几本相册，每本五十来页。再往后，我继续拍照片，有时候也会洗出来，但不会再按时间顺序将它们排列张贴。回头看去，我几乎可以做出我们的分开是因为我停止制作相册诸如此类的推测，但这又是另外一回事了。如果有天我家里着了火，我想我第一时间想带着逃离现场的，不是书，不是信，不是其他，就是这些相册。于我而言，它们代表着我、我们的生活里最最珍贵的时刻。它们是思念的震中，是我记忆深处脆弱的珠宝匣。每当打开这些相册，我经常会对自己说，我真想写写过去的这些时光，瞧，为时间作证的图像，如此确切却又无力。

冬天来了，我眼看着要无所事事，便有了制作相册的念头。距我完成上一本相册已经过去好几年。我花了将近两天的时间在商店里找到和家中样本相似的相册，又花了另外两天挑选照片，大部分都是数码照片，分散储存在多少已被弃用的硬盘、磁盘各种盘里。

照片冲洗好了，我在客厅的桌子上开辟出工作台，摆上空白相册，现在需要我去把它们填满。我对自己说，其实这跟写作差不多：经过挑选、分配、布置、排版的照片中间，会有新的故事涌现。

有天，我刚开始贴照片，L按响了门铃。

照片按时期排列着，摊在我面前。L坐到我身旁，对她面前的那摞照片表现出了兴趣。那是比较新的一个系列，有刚从摩托车障碍赛场回来的、浑身是泥的保尔，还有露易丝和她毕业班的朋友们在一起，在一个下雪的冬日拍的。

"她长得像你"，L对我说，她专注地看着露易丝的照片，不无动容。就在那一刻，我想到露易丝的年纪应该跟当年L和我认识的时候年纪相仿。自从曾经同窗的真相大白之后，这事我们也只提起过一两回。我完全不记得她，也因此觉得此事不便重提。我不想哪壶不开提哪壶。

L应该是读懂了我的心思，她要求看全班合影。我在各种盒子里翻找了半天才找到那张已经有些褪色的照片。合影是在学校操场上拍的。学生们排成五行，哲学老师E先生在正中间。男生在最下排，几乎全都单膝跪地或蹲着。个子看起来最高的女生其实是站在我们看不见的长凳上。L立刻认出我来，用手指出了我的脸，然后她久久地看着照片，仔细端详每个人的脸。接着，从最上面那排开始，她用手指从右往左一个个扫过，一边说出每个人的姓和名。有些光靠我自己肯定想不起来的名字，被她这么一说，便从我记忆深处浮到了表面，没错，就叫这个名。

说出最后一个名字之后，她扭头向我，一副得胜的样子。全班五十个学生，只有十几个她叫不上名字。

但忽然之间，她的神情黯淡下来。

"多可惜啊,那天我竟然不在。我真希望能留下个见证……"

"见证什么?"我问道。

"见证我们一起度过的这一年啊。"

可我们并没有一起度过。和我一起度过这一年的不是她。跟我要好的是另外一些人。而且,说实话,我记忆中的这一年是一个缓慢的下坡。今天,那段时间显得如此遥远,遥远到像是属于另一个人的生活。我当时的身体状态无疑也对搅浑我的记忆作出了贡献。

"是啊,可惜,我还是表示了赞同。不过,为什么我们需要见证呢?"

"因为你不记得我。"

她痛苦眼神里有一丝哀求。也许我应该声称记得她,说我终于想起来了。我不知道怎么安慰她,甚至也没能说句什么俏皮话打个圆场。

我正想盖上盒子(里面有几十张同一时期的照片杂乱地混在一起),L问我能不能给她几张照片作纪念。我还没来得及回答,她已经从盒子里找出照片征求我的同意,是一套三张 Photomaton[①] 黑白照。少了的那张应该是用在学生证上了。

我也还没答应,就已经看着她小心翼翼地把照片装进钱包里了。

我想就是这一天,她对我说了这句话:

---

① 一种证件照的自助拍摄站,拍出来的照片一般四张为一套。

"我们有很多共同点。但只有你能写出来。"

她一离开我便把这句话写到了便签条上。

L留下来和我一起吃晚饭。晚些时候，她又开始盘问了。进展如何？我是不是投入工作啦？她坚持不放，我有些恼火。但同时我也难免发现，她是唯一一个还会问这个问题的人。谁还信啊。

我承认我写不出来，她坦言觉得我精力过于分散。我被这个词惊到。分散？

对于制作相册的事她倒是不持怀疑态度，她甚至觉得这件事还是比较有创造性的，但还有其他一切。在她看来，我和外界联系太多。

我抗议：

"根本没有！我什么人也没见，电话也不打，晚餐、聚会也不去，我拒绝一切。除了弗朗索瓦和孩子们，我已经几乎没有说话的人了。"

L用宣布判决的语气回答，她经常用这种语气说话。

"这很正常，你心里很清楚。宁静有益身心健康，你才能重新投入工作。"

"重新投入工作"，什么意思？在电脑前呆坐有什么用啊，坐好几小时也挤不出来一个字。我得找别的事情做。

L不同意。

路遇拦路虎，与之较量，总能出个什么结果。或一线生机，或干脆放弃。如果我一直逃，那就什么也出不来。

一天早上，我的朋友奥利维耶打来电话，告知我的脸书页面上正发生着一些令人担心的事。其实是我的读者建的页面。我听得一头雾水，什么有一面墙，有个人刷了一夜在上面写了许多关于我的可怕的留言。一个声称来自我的家庭的人，发布了几十条信息，控诉我的可耻行为。我的朋友担心万一被记者看到并以此大做文章。我能不能联系到这个群的管理员？这个群是我的出版人建的吗？

我总算弄明白了他说的情况（对于我这样一个不上脸书的人来说，一个虚拟人物在一面所有人可见的墙上留下若干文字信息这件事并不是太好理解），开始担心。不，我自己不认识这个群的管理员，而且据我所知，我的出版人跟他们也没有任何联系。

我感谢奥利维耶告知我这一情况，挂了电话。我心里正在琢磨着，L来电了，为的是同样的事情。她告诉了我留言的具体内容，不过拒绝给我念那些她认为太伤人的或没用的。内容主要是关于我上一本书造成的伤害，以及，一般意义上的，我给别人造成的伤害，我从小就是个带病之人，我毁了身边的一切，我有着边缘的、毁灭性的人格，我歪曲事实，混淆时间，我写了一本低级的书，比现实低不知道多少，我刻意隐瞒，篡改故事，唯一的目的就是为了掩盖我的病症。

这一夜留言一条接着一条，自相矛盾，一会儿谴责我说得太多，一会儿又怪我说得不够，既说我轻描淡写又说我夸大事实，总之，就是正反黑白都占尽。根据L所言，这个群里有成员对留言作出回应。有人劝留言者去看病。一夜下来，这个人语无伦次，而且越来越恶语相向，已经完全失去可信度。

留言在当天消失无踪。要么是群的管理员认为内容过分，把它们全都删除，要么是留言者自己删掉了。

当天晚上，L按响了我家的门铃。她要看看我怎么样，跟我谈谈发生的事。她认为留言和发匿名信的只能是同一个人。而且这一轮轮的攻击分明是在呼唤反击。

我没回话，她兀自坐到沙发上，拿出一副今儿她要主导谈话就此问题说个明白的架势。而且她很快就开始了：

"你家族中的某人几个月来挑衅了你，你不回应。他或她给你写了好几次信，你没搭理。于是他或她更进一步，把别人扯进来当目击证人，因为他或她在等待答复。就这么简单。"

"可是这没什么好答复的啊。"

"错。当然有。他在等你反击。写一本书。向他证明你并不怕。证明你是自由的，文学拥有一切权利。写你的童年，写你的家族，写你自己，找找。只有写作能让你找到你是谁。你已经开始做的事，你必须把它完成。"

哦，不，我不想再来一次。我要回到虚构上来，我要保护自己，我要重新找回创造的乐趣，我不想再花两年的时间来斟酌每个词、每个逗号，不想再做一些难以破译的噩梦然后半夜醒来心跳到要蹦出胸口。

L有点怒了，但我现在已经见识过她易怒的一面。我试着向她解释为什么不可能：

"听我说。如果我没有写这本书，我可能就永远也不会写。今天我依然可以拍着胸脯这么说。那就像是我必须考的一个试。一个入教仪式。但是写我自己，写我的家族，是冒着伤人的风险的，连那些你以为你特意保护或赞美的人也未必能幸免。我不想再做这样的事。我不是说我后悔了，我是说我没有力气再来一次。反正不是以这样的方式。对，你说得对，我手里是握着一把独一无二的武器，除非世道变了，否则其他人都无法企及。不管他们是谁，都没有权利回应。他们至多也就是给我写匿名信，或者跑到脸书上去涂脏一面不属于我的墙。而我，如果我再犯同样的事，我确信自己会被成千上万人读到，会留下好几年都不消退的痕迹。"

"那又怎样？你手里有幸握着让所有人眼红的东西。你不能当它不存在，当它不属于你。写作是一件武器，没错，那再好不过了。你的家族造就了你这样一个作家。他们养出一个怪物，原谅我的用词，怪物找到了办法，让人听见它的呐喊。你以为作家都是怎么来的？瞧瞧你，瞧瞧你周围！是从羞耻、痛苦、见不得人的秘密、崩溃中来的，是从黑暗的无名疆域来的，你们从里面爬出来了。你们每个人以各自的方式幸存下来，你们所有人，都是幸存者。你们并不会因此而无所不能，但你们能写，相信我，你们有写作的权利，哪怕会引来流言蜚语。"

L说得慷慨激昂，我开始担心。

几年前，我准备以职场关系中的暴力为题材——或者说与此相关、以此为出发点——写一本小说时，见过一位专门研究职场痛苦和社会心理学风险的精神病专家。那时候我正构思着一个轰轰烈烈的结局。我想知道，从精神学科的角度来看，这样的结局是否可能，看起来像不像真的：一名若干周里天天被算计受侵犯的女性，一名在精神上被骚扰的女性，是否有可能出现暴力甚至致命的行为？她是否会真的采取行动？

我向她介绍了故事背景，然后亮出问题，我当时用了这样的字眼：

"这位女性做出危险举动，甚至是不由自主的危险举动，这样的事可信吗？如果您的回答是否定的，我就换肩扛枪。"

我们当时在一家咖啡馆里，精神病专家盯着我看半天，乐了：

"哟呵，您的家伙事儿还挺沉。"

我笑了。从我口中说出的这句话，"我就换肩扛枪"，在我心中盘踞了好几天。我是带着怎样的愤怒来写这本书？它又是从何种痛苦的延伸和变形？

我忍住没有将这段小插曲讲给L听。

没有我的赞同她也会继续。

L 很生气,因为她以为面对威胁我不但没有拍案而起,反而受其恐吓。L 大声批驳,敦促我奋起反抗。

"他们得明白,这只是开始。你戴上手套,踮起脚尖,蹑手蹑脚地把一些东西藏起来,把最暴力、最黑暗的放到一边,这恰恰就是他们对你的指责。你想知道为什么?因为,在他们眼里,这是软弱的表现。你采取了预防措施,你还想接着做那个善良的、对苍蝇都下不了手的小姑娘,你把读者都叫来当证人——你以前从来没这么做过——把你的怀疑和犹豫说出来给他们听,又时时刻刻提醒,'女士们先生们,请注意,这是一部小说,是为接近真相而作的尝试,只是我的视角,我不断言,我不允许,我尤其不想',此类等等,我就不罗列了。你单膝跪地,就是这样。你打开了一个缺口,他们就是通过这个缺口冲进来够到你的。德尔菲娜,你错了,你让他们看到你在乎他们,在乎他们心里想什么,现在他们就是想经由这道裂缝来灭你呢。"

我没有反驳,也不纠正,不做任何评论。

我心里想着 L 来我家之前是不是喝酒了。她的说辞夸大其词,不甚合理。然而,我似乎还是在她浮夸的抗议中听到了一些合理的东西。为了缓和她的情绪,我说我会考虑的。但她还没完。

"是的,写作是武器,德尔菲娜,是他妈的大规模杀伤性武器。写作甚至比你能想象到的一切都强大。写作是防御的武器,是射击,是**警报**,写作是一颗手榴弹,是导弹,是喷火器，可以说，是打仗用的武器。它能摧毁一切，但也能重建一切。"

"我不想要这样的写作。"

L看了我一眼。她的脸一下子沉了下来。她的声音好像突然之间温柔得不正常：

"我不确定你有得选。"

是的，L关注我的事到了如此地步，我本应该有所顾虑的。

是的，她话语中突然冒出来的"他们"，本应该引起我的警觉。

是的，我本应该和她保持一定距离，至少几天，然后重新投入工作。

但我真的有理由不安吗？L是个年纪和我相仿的女人，她的生活，就是写别人的生活。她的文学观极端、激进，但在我看来也颇有厚度，如果撇去情感因素也就是说我个人的情况来讨论，我猜应该会有意思。

况且，L是护着我的。在这样的时候——自我怀疑、诸事不顺的时候——，L的同情是莫大的慰藉。

几天后,我下地窖找旧稿,无意中在一箱存档的材料里发现了一份已经被我遗忘的手稿。十五年前写的,那时候我还未发表任何文字。我不记得是在何种背景下写的,但是我写了。那是相当混乱的一段时间,连记忆都抗拒。稿子用塑料胶环装订着,扉页外面有一层透明封皮。看到题目我笑了。是个好题目。我就着地窖走廊微微颤抖的灯光翻了翻稿子,脑海中有些记忆的片段浮现,是我和一位文学总监的对话,她鼓励我继续写作,尽管认为这份草稿还处于未完成状态。我便放弃了计划,也没觉得有什么难以割舍,当时认为这个选题对我来说过于雄心勃勃,于是把稿子搁到了一边。

我继续在箱子里翻寻,希望找到另外的样本,但仔细找过之后,发现我只保留了这一份。

一整个下午,我躺在床上重读稿子。我不让自己被打扰,什么电话都没接。也没感到有找各种借口在家附近来回绕圈或者给壁柜里的皮鞋都擦上鞋油的需要。这么长时间以来我第一次做到保持精神集中。读完,我仿佛看到大脑阴暗偏僻的某个角落里,有块"紧急出口"的牌子亮起。

后来我又开始找相对应的 Word 文档。什么也没找到。十五年间我换过两次电脑,而且在一个风雨交加的夜晚丢掉了大部分的数据。

下午晚些时候,我给出版人去电,向她宣布:我要重新拾起之前未完成的小说,我刚找到了在数次搬家中幸存下来的唯一一份草稿。工程浩大,得全部重写,但是,这么长时间以来,我第一次想写。我的出版人问我是否确定。这真的是个好主意吗?把陈年旧文挖出来,是不是有风险,就像旧衣服,剪裁已经不合身,或者旧鞋,已经变得太小?

不,我有信心:我手中有一大坨丰富的原材料,粗糙却无比珍贵,而且我知道如何加工。

我记得我跟她谈到了这部旧文,谈到了它可以变成的模样,如今假以必要的距离我能窥见自己的天真。我的出版人自然很高兴有了我的新消息,而且是个好消息,她迫不及待地想读到点什么。

我挂了电话,想到去楼下的复印店复印一份马上给我的出版人送去,但马上我又改了主意。我更愿意让她读新版本。

这通电话几乎刚结束,我的手机又响起。我机械地望向窗外,看了一眼对面的楼房。(几天之前我刚意识到自己有一个奇怪的条件反射,我也不知道从什么时候开始养成的:每次当我回到家,开灯,只要有异常声响,我的目光马上投向对面楼房的楼梯间,确认没人在那里观察我。)

我看到手机屏幕上显示的是 L 的名字,便接了电话。L 经常会打电话来询问我的一天过得好不好,都干什么啦,出门了没。有没有去"不二价"超市瞎溜达？几分钟闲聊足够让 L 觉察到我的心情变化。

"有情况？你有新计划啦？"

我开始顾左右而言其他。现在说为时过早。我试着岔开话题，把谈话引向别处，但 L 绝不是能让你牵着鼻子走的人。

"说吧，德尔菲娜。肯定是发生了什么，我从你的声音里能听出来。"

我呆住了。我从来没见过任何人对他人有如此敏感的直觉，某种第六感。精确。锋利。尖锐。

L 是对的。有些尚且不太确定的事情，微乎其微的，发生了。

我找到了一份旧稿。我又看到了写作的可能。我重新燃起了希望。

L 轻声细语，引我入话题。她太想知道更多了。

我坐了下来，我得字斟句酌。不让她失望。也不惹她发怒。我想好好仔细跟她说一说，突然我觉得自己就像个忐忑的少年，正要向父母宣布她不想走他们给她选好的人生路。

我掂量着说出口的每个字，向 L 解释道，我找到了一份旧稿，是一部小说，我重新读了，觉得挺有意思。还得下很多工夫，但它可以是个很好的出发点。我想去做。

对，是虚构的故事。对，"纯"虚构。

电话那头，L 沉默了好一会儿。然后她对我说：

"你心里有数的话，那自然是好。你很可能是对的。不管怎样，只有你自己知道。"

挂了电话之后，我才发现：她的声音变了。一个忧伤的转调，让她的声音变低，低到我几乎听不见她说的话。但她这句话，非但没有打消我的疑虑，反而在提醒我迷失得有多远。不，我不知道，我什么都不知道。

我有两天没有 L 的消息。这把这两天的时间都花在了旧稿上，我做了些笔记，把看起来还能回收的内容和应该被打入地牢的部分分摘开来。一点点地，我开始隐隐约约能看见故事整改之后的大致模样。

一天晚上，L 给我打来电话，邀请我参加她的生日聚会，就在第二天。她告诉我不会超过五六个人，因为她偏爱小范围的聚会。千万别带礼物和鲜花（她受不了鲜切花），最多一瓶红酒，如果我坚持带东西的话。

我毫不犹豫地答应了。两三周来我一个人也没见，我很乐意出门透透气，见见她的朋友。我提出早点到，可以帮她做准备，她热情地接受了，在其他人到之前我们可以有时间多聊一会儿。

那个周六，我晚上七点到了她家。一切已经准备就绪。

L 摘下裹在身上的围裙，递给我一杯开胃酒。她穿着一条黑色紧身短皮裙加透明丝袜，上身配一件款式非常简单的黑色 T 恤，面料微微发闪。我想到这是我第一次看到她打扮得如此性感。

房子里飘着一股香料和肉桂的甜味。L 刚把一道杏炖肉放进烤箱，那是她自己发明的烹制方法，她肯定我会喜欢，我这么爱咸甜混搭的人。

隔开厨房和起居室的吧台上摆满了颜色丰富的菜肴，装在搭配讲究的小皿中。都是L自己准备的：烤茄泥，鹰嘴豆泥，塔拉马鱼子酱，腌甜椒。餐台上还齐刷刷列着几份甜点，看起来也是L出品。

不，不，我没什么能帮得上的，所有东西都准备好了，我早一点来她就已经很高兴了。

我当时想到的是，L应该是在厨房里忙活了两天两夜才造出了这堆东西吧。

我在客厅里坐下来。L点了香薰蜡烛，放了六套餐盘刀叉在备餐桌上。这样的话，每个人就可以自己盛菜然后想坐哪里就坐哪里，她从厨房里向我解释道，她正在确认烤箱的温度是否合适。我环顾四周。屋子的照明是一系列一模一样的小灯，错落有致地分布着。玻璃茶几透明得无可指摘。像第一次来时一样，我又有一种身处布景中的感觉，所有东西都是临时搭建的。L家的客厅——照明、用料和颜色的搭配，每样东西的确切位置，每样东西和周围其他东西的距离，所有，都活脱脱像从真人秀节目里搬出来似的，仿佛有位高人，在一个周末的时间里，把你家的内部装潢变成了宜家的双开页广告。

在我记忆所能及之处，我一直很难对一个地方的环境感兴趣。只要我视线中有人，周围环境就模糊了，消失了。如果我和弗朗索瓦去一个新的地方（比如一家餐厅），事后我能准确到让他震惊地描绘之前我们身边的人，他们之间的关系，他们的发型和衣着，他们谈及的关键话题，很少有被我漏掉的。弗朗索瓦，他呢，会注意到房屋的布局、氛围、家具的类型，无一遗漏，必要时还能给出小摆件小玩意等细节。而这些，我可能不会有半点留意。

然而，在 L 的公寓里，有些东西让我觉得别扭，却又说不出来到底是什么。

等她的朋友们的工夫里，L 给我倒了杯白葡萄酒。我们聊东说西，L 有讲不完的趣闻轶事，都是关于和她合作过的有名或没名的人物。这天晚上，L 比平常更愿意倾诉工作上的事。她说，几个月间，一次又一次见面，编织起紧密的纽带，随后都让位给了悄无声息。她写过的那些人，她一个也没有再见过，就是这样，她也不太清楚为什么，可能是因为突如其来的亲密，那时是必要的，事后就难免叫人难堪了。

时间一点点过去，我们在那里，在她的客厅里，等着她的朋友们。

L 时不时起身去厨房察看菜肴的火候，我趁机看表。

八点三十左右，我们开了一瓶默尔索①，开始品尝 L 准备的小杯点心。

九点左右，还没人来，L 起身关了烤箱，因为担心肉变得太干。她看起来丝毫不担心，反而有点演过了头的平静。

---

① Meursault，法国葡萄酒法定产区之一，是勃艮第子产区伯恩丘的一个村庄，以白葡萄酒最为知名。

她说邀请的时候她没有特别说明时间，周六嘛，大家都忙着买买买。

过了一会儿，我让 L 确认她的手机是否开着，万一她的朋友们遇到什么问题。

九点四十五左右，L 起身看了烤箱时钟上显示的时间，宣布他们不会来了。她的声音不再那么确定，我没敢多问，只是说再等等。

十点，我们打开第二瓶酒，我问 L 她的朋友们是不是约好了一起来。她不知道。我建议她给他们打电话，至少打给其中一两三个问问，看看到底什么情况。

L 说打了也是**白费力气**。我想，要是没人来，这才是**白费力气**呢。我问 L 她是打电话去邀请他们的吗。她说不是。和往年一样，她给他们发了邮件。和往年一样，他们没有来。

十点一刻左右，我把准备好的羊绒围巾送给她，尽管她明确禁止，我还是给她买了礼物。当她把围巾从盒子里拿出来在面前展开时，我看见她喉部肌肉发紧，脸上泛起了红晕，泪水几乎要夺眶而出。有那么一瞬间我以为她会倒在我面前。于是我用胳膊抱住了她的肩膀以示抚慰。那几秒钟里我似乎感到抵抗和投降两股力量在她身体里斗争。当我把她放开时，她已经恢复常态，对我露出微笑。

"我说过：不许带礼物！还是谢谢你，围巾真好看。"

十点半左右，我从烤箱里把炖肉取出来，L 似乎已经把这码事忘掉。我们盛了两盘热乎乎的菜。

再晚些时候，也许是因为几乎已经喝完两瓶酒的缘故，L 跟我解释说自从她的丈夫过世，她的朋友（小十来人的样子，让在世时他们经常见面）就不再搭理她了。每年的这一天不仅是她的生日，也是让的祭日，她都会邀请他们。但他们从来没出现过。

我试图了解更多，但从第一个问题起，L 就不再开口。

沉默了几分钟之后，她说她现在还没做好谈这件事的准备。她不能再冒着被审判的风险。

她保证有天会告诉我的。我没有坚持。

后来，L 去了洗手间。她不在场的几分钟里，我看着空空的房间，摆起来的漂亮碟子，我们碰都没碰的菜肴，我记得我当时想到了 L 花费的力气，在我看来是深深的悲伤。

她回来后，我们一起尝了不同的甜点，还放了点音乐。

我们笑了一阵，我忘了为什么笑。

十二点已过，我们第三次或第四次碰杯的时候，L 对我刚找到的手稿来了兴趣。我开始重写了吗？我是否给别人读过？我说为时过早，我得先有进展再说。

临走的时候，我在门口穿大衣，她看着我，神色黯然，她拉住我的手向我道谢。

"还好有你来。你不知道这对我来说有多重要。"

然后，她动用了那个我已经开始熟悉的温柔声音，问我能不能让她而且只让她一个人读我刚找到的稿子。绝对保密。

我答应了。

回到家中，我先拉上窗帘，然后才开灯。

L出于博得我同情、让我心软的目的自导自演这出苦情戏的假设，我在事情过去很久之后才想到。

我坐在沙发上，环顾四周，感到出奇的放松。突然，因为有了对比，我一下子明白了L的房子让我觉得别扭的原因。

在她家里，没有任何陈旧、发黄或坏掉的东西。没有一样物品、一件家具、一块布留有过去的痕迹。一切都是崭新的，看起来像是头天晚上或几个星期前才买的。井井有条，却没有灵魂。

我没有看到任何能勾起往昔回忆的照片、明信片或小玩意。

仿佛昨天并不存在。

仿佛L实现了自我新生。

"不,坦白讲,这真的不可能。我宁肯让你觉得我说话太直,也要跟你说真话,这不是一个花多少工夫的问题,这是另外一码事。这些文字没有脉搏,也不知道是什么时候写的,在什么状况下写的,你怎么能够想要把它跟你的轨迹、你的成长、你应该写的东西扯上关系?相信我的判断。我不是说这份文稿一无是处,没人会感兴趣,我的意思是,它不关你什么事了。它跟你、跟你所成为的这样一个作者已经不再有什么关系了。那将会是一个令人费解的退步。灾难。对,我读了,当然,从头到尾,对啊,你以为呢?你让我说读后感,那我就要跟你说,这是个错误,大错特错,对,哪怕你再看,再改,再润色,再加工,妙手回春。这不是成不成熟的问题。我不想打击你,我也不想让你觉得我认为你做不到,不,千万别这么想。你知道我有多么相信你。但是,这一部,不可能。如果我是你的话,这东西从哪里找到的,我还放回哪里去。你害怕,你慌不择路,饥不择食。我们又回到这里来了,你瞧,我们绕来绕去始终绕不开这个问题:你无法前进,是因为你拒绝去写你应该写的。这不是我自己心里的投射,这是我在你身上觉察出来的,从我们认识那天起我就看出来了。我能感到你心里在害怕。你害怕你的脚步引领你去的地方。为什么你是错的,因为当一个什么样的作家,不是你来选的，对不起，真的不是由你决定的。既然话都说到这儿了，我也不妨说出来，有时我会问自己，你是不是应该对你所处的舒适生活有所提防，你的小生活其实还挺安逸的，你的孩子，你的男人，你的写作，一切都恰到好处的样子，我有时候会在心里问，这里头是不是有点……有点麻痹神经的东西。也许你需要这样的东西，这种平衡，我能理解，我知道我在说什么，我知道什么样的裂缝会引来暴力，而且无法修复。你觉得你需要这样的东西因为你不是特别相信自己，但还是要警惕，别睡过去。我理解你的恐惧，但恐惧保护不了你，恐惧也不会告诉你前方有危险。你很清楚。而危险，我知道是从哪里来的。我知道你的短板是什么。我知道用什么样的突袭手法他们就能把你打倒在地，别让他们得逞，这就是我要跟你说的。他们知道从哪儿能够到你，而且完全不懂文学，原谅我如此直白。但必须承认事实。我在说谁？你心里很清楚。我只是想说你不一定非得投降，你以保护中断多年的联系为借口，其实只有你一个人还看重。问问你自己，谁真的爱你。既然说到这儿了。我不确定你可以免去孤独，我甚至觉得你最好要提前为孤独做准备，因为作家的命运就是在他自己周围挖出深沟，我不觉得有其他路可以走，写作修复不了什么，这一点上，总算，我们的看法是一致的，写作不停地挖掘、翻耕，把战壕挖得越来越宽越来越深，把你周围挖成空的。那是必要的空间。最后，再说说这稿子，是的，如果你把它寄给你的出版人，他们当然不会对你说'不'，他们会鼓励你，会告诉你这主意真不错，他们不是疯子，他们需要你弄点钱进抽屉,他们只对这个感兴趣,可别上他们的当,你下一本书,就算很糟糕,他们照样也能把它塞到成千上万读者手里。而且,他们也不会太挑剔的,毕竟也要向上级交差呢,相信我。好好想一下,你应该做什么,要演奏哪部分乐谱。你害怕空洞,但你不应该让步。既然咱们把话都说到这儿了。"

第二天，我把稿子放回箱子底，哪里找到的，放回哪里去。

几天后，我给我的出版人去电告知。她没要求读稿子，没有表现出惊讶。她建议我莫着急，慢慢来。

我没有跟弗朗索瓦提起稿子的事，既然我一早就放弃，也就没什么可说的。没有出门在外的日子里，弗朗索瓦会整天整天地读书，那是他职业的核心。从某个角度来看，他的职业把我们拉近了。我们可以互相交流读别人小说的心得一聊就是好几小时，我们喜欢分享彼此的新发现和心头好，遇到意见不一致就一通辩论。但我不仅仅是一个读者。我还写书。我写的书，他也有可能会发表评论。这大概也是我为什么不愿给他看我的手稿甚至有时候不愿跟他谈及的原因。我怕令他失望。我怕他不再爱我。两年前，上一本书写完的时候，我拒绝给他看初稿。直到第一批样书出来他才读到。

写作，是我最私密、最与世隔绝、最受保护的领地。最少与他人分享。是一片被自私捍卫着的自留地。四周筑着路障和街垒。关于这片自留地我只轻描淡写，从不多说。大多数情况下，在开始写一本书之前，我会跟我的出版人沟通，漫长数月过去之后，我再给她发去初稿。

我一直都是这么进行的。

L很快便弄明白了：写作是一片带防护网的领地，外人免进。但如今，这片地遭怀疑和恐惧围攻，处处是雷，单枪匹马的行进变得难以为继。
　　我本想孤身作战，但其实无比需要一位盟友。

　　几天之后，当我试图回邮件的时候，我发现自己几乎无法在电脑前坐稳超过五到十分钟。除了开机时心中顿生的恐惧感（胸骨处揪心的疼），身体面对电脑屏幕变得越来越困难，哪怕只是写几封邮件的工夫。写，变成了一场斗争。别说写一本书（说实话，书不书的，已经不是问题所在），就只是写而已：答复朋友，回复出版人转发过来的请求，集结词汇组成句子，都是再常用不过的话语。怎么表达，我犹豫再三，语法对不对，我心中生疑，什么语气合适，我琢磨半天也琢磨不出来。写，成了一场力量的较量，而我根本没有较量的力气。
　　而且，一面对空空的屏幕，食道就会有莫名的灼烧感，阻止我呼吸。

　　我没有告诉L我回绝了为一本女性杂志写短篇小说的约稿邀请，某周报的社论稿也迟迟没能交稿，一推再推，已经推了第三次。
　　我没有告诉L我一年前答应给莫泊桑最后一部小说的再版写前言，如今离原定交稿日期已经拖了六周。
　　我没告诉L我现在连三个词都凑不起来。

我双手发抖，有一种隐隐的、模糊的恐慌拍打着我的血管。

一天晚上，我陪弗朗索瓦去参加他的一个朋友举办的展览的开幕仪式。自从 L 生日那天之后我就没外出活动过。

我们属于早到的那一拨。跟主人打过招呼，我们开始看挂在墙上的照片，其中有一系列的六十年代黑白肖像照很得我心。随后是酒会。我挺高兴自己来了，随手抓了一杯香槟，环顾四周。该是喝酒聊天表现一下社交能力的时候。我正瞻前顾后（要知道天天宅在家里终究会让你失掉口头表达能力），就在此时，我看见我认识的几位作家和记者来了。按道理，我至少应该和他们打声招呼的。可我非但没有上前问候寒暄，相反，我看见自己在往后退，可笑的慌张中忙不迭地撤退，就好像我是身处离地二十米的峭壁上，突然一阵晕眩，赶紧找到一片稳当的岩壁靠着。背倚着墙。十五岁的情景重现，聚会上的隐形之手，把我往边缘、外围、边境的方向推。与其冒着被看见的危险，不如学当一条挂毯，对，贴在墙上。这天晚上，同样的力量把我推向圈外，我连说"您好""最近好吗"都做不到，脑子里有个声音气急败坏，妈的，德尔菲娜，你知道怎么做，你说过几百回，简单点，自然点，做你自己，不，太晚了，我已经失去控制。远处，弗朗索瓦转身向我，投来担忧的目光。

不到两分钟的时间里，时光倒流了三十年，我又变成那个害羞又骄傲的小女孩，无法按规则玩游戏。

我现在就是这步田地，不写了，也写不出来了，如果我找不到出路，这就是我的下场：前所未有的退步。

我本该打电话问候多少人，我答应了多少人一起喝个小酒、一起午餐、一起晚餐，有多少人，换作平时，我见到他们会多开心，但现在，不，我有什么好对他们说的呢？告诉他们我才思枯竭、动力尽失，说我在自问是不是一开始就走错了路，说我正寻思着我在这里、在空无一物的中央做什么，江郎才尽，这真是陈词滥调到我都不好意思说出口，才尽，对，抱歉，真是悲情，不过，这不是时间问题，也不关什么成功的事，比这些要深层许多许多，我不知道怎么跟你们解释，这关乎写作本身最基本的理由，写作存在的理由，也许我错了，从一开始就错了，现在也无以挽回，我本该明智点走另一条路的，却错过那个岔路口，另一个人生，另一种人生，没那么自以为是，没那么爱慕虚荣，没那么引人耳目，我不知道我为什么说这些，累，对，大概吧，但有时我好像觉得有个奇怪的粒子进了我的大脑，所有传送、连接、渴望通通被弄混了，原本运转还算正常的东西如今频频突发故障突然失灵，所以我宁愿一个人待着，让自己独处一阵子，你们明白的，有你们的消息我会很高兴，但别怪我，我不需要给你们我的消息做交换，不过这样是行不通的，我知道。

一天早晨，我接到一位编辑的电话，我之前应承过她给莫泊桑的小说《我们的心》作序，这本书要在一个经典文学集中再版。几周前我就该交稿的，但我装鸵鸟玩消失。

年轻的女士开始担心，这本书已经在图书目录中登出来了,不能再推了,更何况不少高中老师已经将它列入教学用书书单中。

我挂了电话,心里一阵慌。作序,显然是超出我的能力范围的。我甚至连写封邮件再要几天时间或干脆宣布弃权都做不到。而且我的邮箱里已经攒了几十封没回复的邮件,大部分连看都没看过。

当天下午,我决定垂死挣扎(几天前我刚读过一篇关于濒死细胞最后挣扎的科学文章,这大概解释了为什么我会想到"垂死挣扎")。我不能不战而降:哪怕孤注一掷,就像小时候我外婆老看的电视节目里说的那样。

我至少得把这个写出来。既然我接了这份活儿。如果食言,如果不抓住点什么东西,我真的就要沉底了。

这本书我是了解的,读过好几遍了,我能写出来,我应该写出来。

我打开电脑,决定兑现我许下的承诺。

等待电脑启动各项程序显示桌面图标的当口,我强迫自己呼吸,试着做出轻松自在的样子,即使要面对中间有个光标无声闪动的白纸一张,我也得拿出泰然自若的架势。我打开编辑之前发来的文档,里面有她列出的一些问题,我得在序中作答。可是页面刚一出现我便觉得一阵恶心,难以置信的反胃感袭来。我赶忙凑到平时扔纸的垃圾桶前,恨不得把五脏六腑都吐出来,完全无法正常呼吸。我感到我必须离开才能停止呕吐,必须远离键盘,越远越好。在两阵翻江倒海的间隙里,我弓着身子,拖着垃圾桶,几乎是爬着到了浴室。关上门,我往洗手池吐了最后一次胆汁。

我洗完脸刷完牙,看到了镜中自己惨白的脸,好像一个刚刚不小心瞥见厄运的人。一看到电脑,一想到电脑,我的脑壳就像被老虎钳夹住一样。

那一刻,我明白了,我在坑底,深坑的最里面。

不仅仅是一个画面。我很清楚地看到自己在坑底,坑壁光滑,任何往上爬的企图显然都是徒劳。我看到了自己——是的,在几秒钟的时间里,我看到自己的境地,确切到骇人——我在一个深坑里,里面全是土和泥。

今天,我可以这么想,这幅景象不是别的,就是一个先兆。

我从浴室里出来,打电话向 L 求援。

我打给她而不是别人,是因为,在那一刻,在我看来,她是唯一一个能理解发生在我身上的事的人。

L 不到半个小时就到了我家。

她脱下大衣,泡了杯茶,要求我坐到窗户旁边的扶手椅上。

L 要知道我电脑的密码。

L 坐到了我的书桌前,我的位置上。

L 对我说:我们先回你的邮件,然后再来写这篇序。

L高声念出她用来说明回绝原因或要求推迟答复时间的外交辞令，从她口中说出，这些话显得那么简单，那么流畅。
　　L说她顺便给这几周来写邮件问候过我的人回复几句，显然，这些邮件都被我搁置了。接着她给我住的这栋楼的物业写了封邮件，这事也是被我一拖再拖。
　　最后，终于到了写序的时候。
　　这篇文字应该以采访的形式呈现。这是该套文集的原则：一位当代作家阐述他为何钟爱这部再版的经典作品。L大声给我读了编辑给出的纲领，十五个问题，我得以书面形式作答。她似乎颇为满意。还好，这事好办，我只需要跟她讲讲这部作品就好了，她负责整理成文。毕竟这是她的老本行，两三天就能完成。

　　L给出版人回邮件，告诉她我们的交稿时间。
　　第二天、第三天，她又到我家里来。
　　我坐在窗户旁边的扶手椅里，向她口头讲述我喜欢这本小说的原因，她在离我不远的地方，写着。

　　最后一天，L把稿子打印出来让我读的时候，突然想到一个细节，急忙抓过一支笔记下。
　　L俯身趴在纸上，估计也是因为事情做完而松了一口气，一直声称自己是左撇子的她（也的确在我面前以左撇子的形象出现），右手执笔写字，字迹完全清楚可辨认。

是的,我本该感到惊讶。

是的,我本该问她为什么突然用右手写字。

是的,我本该问她为什么跟我一样,穿起了踝靴。

我本该感谢她然后让她明白,既然完事了,第二天她就不用再来了。

当天晚上,L还在我家的时候,编辑便告知稿子已收到。很合她的心意,她很高兴。

我心中对L充满感激,于是伸出胳膊将她揽住,我经常如此对待我的朋友们。在身体接触的瞬间,我感到L僵住了。她从我的拥抱中挣脱出来,看着我,不无动容:她很高兴能够帮到我,能为我减轻一些负担,如果这样能让我重回正轨。

她又重复了一遍这句话:让你重回正轨。

如今我把这些事件讲出来，大致按照它们发生的先后顺序一一重现，我发现有条主线渐渐显现，就像用隐形墨水写就的一样，从中隐约可以看到L的影响力一天天在加强，虽然进展缓慢，但步伐却迈得相当坚实。而这，是因为：我写这个故事的时候，心里很清楚这段关系最终演变成什么样子，造成了怎样的损伤。我知道它把我投进怎样的恐惧之中，又是在怎样的暴力中收场。

今天，我又能面对电脑屏幕了（在怎样的情况下做到的，这又是另一段故事），尽管状态并不稳定，但我试图弄明白。我试着把一些事和另一些事联系起来，做些假设和推测。我很清楚这样的立场会让读者对L产生某种不信任感。一种我当时并没有的不信任感。是的，有惊讶，有逗趣，有困惑。但没有不信任。疑心要很晚才出现。太晚了。

弗朗索瓦出国完成他的纪录片，我进入完全与世隔绝的时期。

这一时期持续了好几月，今天我很难为其描出清晰的轮廓。

许多参照物混淆在一起，变得模糊不清，更何况我的记事本也没能起多大作用：一页页都是空白页。只有露易丝和保尔返家的日子有迹可循，蓝色钢笔标着他们名字的首字母，还有我离开巴黎去看他们的那几个周末，实在是窒息生活中的大口氧气。

序言写完了，发出去了，我同意让 L 来家里整顿一下。她注意到我书桌上的信件和发票堆积越来越多，有些甚至都没打开过，她担心有些已经过了支付期限。

L 替我签了几张支票和托收单，回了一些杂七杂八的邮件（保险，物业，银行等），然后把我积压的发票分门归类。

L 也替我回复了一直没有中断过的各方请求和邀约，大部分都是通过我的新闻专员传达的。

我看着 L 打开我的电脑，拆开一摞信纸，挑一个这种尺寸或那种尺寸的信封，将电子邮件归档，总之就跟在她自己家一样，一切看起来非常简单。说真的，她又用上了左手，得心应手到让我觉得装是不可能装到这般水平的，最终我只好相信看到她用右手的那次其实是我看错了。

"你现在已经到了信任别人会有风险的时候了，有天上午她向我宣布，而在此之前她刚扑在我电脑上忙活了将近一小时。"

"为什么这么说？"

"因为我有机会看到朝你递过来的陷阱，有条件知道你的出版人、你的朋友们、你的家人、你认识的人对你都有什么期待，又是怎样想方设法把你往他们想要的方向带，表面上却一副若无其事的样子。"

"但这些人彼此之间并没有什么关联,他们对我的期待也不尽相同,甚至完全相反。"

"我可不这么确定,德尔菲娜。所有人都支持你过这种无惊无险的生活,你的生活。鼓励你回到你的拿手好戏上来,从某种程度上来说,也就是回归到你亲切又讨人喜欢的商业资本上来,这多少也是你的文学招牌。"

"我不知道你在说什么。"

"我只是想提醒你注意。在你接触外界的时候,得有点分辨力。这些你认为亲近的人里面没有一个晓得你在经历什么。你认为你挑了他们当朋友,可是如今你独自奋力挣扎着,他们中没有一个人知情。谁操心了?我的意思是,谁*真*的操心了?"

我依然不明白她到底想说什么,但我不能任由她胡说八道。

"爱我的人会操心,反正他们会关心,因为是我操心的事。他们会在合理的范围内表现出关心,和对待其他他们爱的人一样,如果你爱一个人,就会希望他过得好,会关心他。"

"好吧……如果你这么说的话。但我没看出来。如果你不求助于他们,很少有人会自己出现。很少有人会穿越我们架在松软泥泞的战壕里的护栏。很少有人能够找到我们真正所在的地方来。你和我一样,德尔菲娜,你也不是那种愿意求助于人的人。顶多也就是在某个谈话过程中有意无意提一下,总结性地说一句你刚经历了一个困难时期之类的话。但是在事情发生的时候寻求帮助,在你正往下陷往下沉的时候呼喊救命,我敢肯定你从来没这么做过。"

"不,我会这么做。现在我会这么做。碰到一些具体的事情,我知道谁或能帮我。这是我一开始不会但后来学会的事情之一。

"但真正的朋友并不需要我们去找他,你不觉得吗?"

"我不知道**真正的朋友**如何定义,要么是朋友,要么不是朋友。朋友之间,有些时候你是可以强行推开护栏,没错,但有些时候就没那么容易。"

"但你的朋友们做到过吗,强行推开护栏,在没被允许的情况下兀自闯入?"

"有,当然。好几次。"

"比如呢?"

"好多例子……"

"讲一个来听听。"

"呃,比如,我和孩子们的父亲分开的时候,那已经是很久以前,我经历了一个相当特殊的时期。事情是一点点发生的,在我搬家之后,我自己都没觉察到。渐渐地,我不再给朋友们打电话,不打听他们的消息,我任由日子一天天过去,抱着自己的痛苦蜷成一团,像冬眠一样,为了蜕皮换毛躲了起来,我也不知道,那是一种我从来没有过的、对所有事情都漠不关心的感觉,好像除了我的孩子们,其他一切都无所谓了。我完全没了力气。这样的情况持续了几个月。大部分的朋友继续跟我联系,给我打电话,告诉我他们随时都在,虽然有些离得挺远。三月的一个星期五晚上，大概八点的样子，露易丝和保尔刚离开家去他们父亲家度周末，门铃响了。我开了门。是克洛伊和茱莉，她们站在门口，手里托着一个点着蜡烛的生日蛋糕。然后她们在门外就开始唱了，我看到闪闪烛光中她们的笑容，在告诉我，不管你变成什么样子，我们还是来了。我当时没哭，但我特别感动。最触动我的，你瞧，今天说起来依然让我动情的，是那只蛋糕。她们本来可以在皮卡尔①或者在我家附近随便一家面包店买一个什么挞。但她们没有。她们在几百公里开外做了一个杏仁奶油千层蛋糕，表面覆盖着一层完美的糖釉，装到盒子里，用尽各种保护措施，准备了蜡烛和火机（她们俩都不抽烟），又想方设法坐上同一趟高铁的同一个车厢（一个从南特来，一个从昂热来），然后一起坐地铁，拎着各自度周末的小行李箱爬上楼梯。来到门口，放下东西，点上蜡烛，按响门铃。是的，看到她们敲门前来为我过生日，带着自己做的蛋糕，我心里不知道有多感动，从那时候，我就知道，我的生活中永远会有宽厚和温存，永远会有无比的欢乐。

"几年之后，我母亲去世，我的发小塔德和桑德拉，我跟你说过的，她们俩住得一个赛一个远，都坐火车来了巴黎。她们请了假，来悼念我的母亲，来帮我，和我在一起。"

L没说话，听得很专心。然后她笑了。

---

① Picard，法国冷冻食品专卖店，出售可用烤箱、微波炉加热的成品和半成品食物。

"这些故事都很美。但都是之前的事了。"

"什么之前？"

"这一切之前。"

她往四周泛泛看了一圈，没特指什么，我没让她细说，她也装作没在意。

"现在，有意思的，是要看，你什么都没问没说，谁，能在一个周五晚来敲你的门。你觉得，你哪个朋友会不请自来？"

"现在不一样了。现在有弗朗索瓦。"

"在哪儿？"

我装作没听出她话里的讽刺。

"在我的生活里。我的朋友们知道，她们知道我有他可以信任和依靠。"

"好吧。对，我想这的确有所不同。但我不确定有人能保护你不受你自己伤害，这话就咱俩知道就好。不过好吧，的确，说到底，这也许能够解释为什么没人那么担心没你的消息。"

我觉得这个对话既不诚恳又残忍，我一点也不想继续下去。我是否应该允许自己提醒 L 她的朋友不仅没打电话祝她生日快乐，甚至收到她的生日邀请他们都不来？我是否应该允许自己告诉 L 她看起来孤单极了，像是在自己周围制造了一层真空？

我想到 L 的苦涩应该是来自她自己的孤独，心里挺难过。

我不能怪她。L 失去了丈夫。她的生活中发生过严重的事,让她和大部分的朋友断了联系。L 在我身上投射了一些与我不相称的期望。但她用她的方式,想帮我。

时间已近中午,L 称她约了人吃午饭。

临走前,L 劝我出去透透气,我的脸色非常难看。

几天之后,我才不得不意识到:L 说得对。已经有好一阵子,除了弗朗索瓦和孩子们,没有别人给我写邮件或打电话。

L如何在我的默许之下,借助日益增强的魔法,在我的生活中站稳脚跟,大概就是这样了。

我时常想,到底是哪道裂缝让我变得如此脆弱不堪。遇水即漏。

我收到一些匿名信,一封比一封来势更凶。

我的孩子们离开了家,到别处去建立属于他们自己的生活。

我爱的男人忙于工作、出差,忙着完成我鼓励他应承的千百个计划。我们选择了这样的生活方式,把空间留给了其他顽念和欲望。出于天真或出于过分自信,我们自以为不受任何侵略企图的威胁。

成年人的世界里,友谊往往建立在某种认可和默契之上:有一片共同的疆域。不过,貌似我们也在他人身上寻找着在自己身上只有微弱存在或只有雏形的、或被抑制的东西。于是,我们会愿意去接近那些我们想成为却成为不了的人。

我知道朋友们身上令我欣赏的是什么。我说得出来她们中每个人身上有的而我没有或含量太少的特质。

L在我眼中无疑代表了某种沉着、坚定和善于思考,这些都是我感觉自己缺乏的。

L几乎每个下午都来。

L比任何人都猜得透我的情绪、我的挂虑,似乎所有与我相关的事她都能提前知道。她对我产生的影响是我之前任何朋友都没有的。

L什么都记得。从第一次见面起,所有小插曲、细节、日期、地点、谈话中不经意提及的名字,她都记着。我曾经想过她是不是每次和我见面后都会做笔记。今天,我知道这是她的第二天性,有选择性的超强记忆力。

的确,我觉得L应该是唯一一个对我这场自我斗争的规模有所认识的人,斗争理由也许显得微不足道——书,我写还是不写,都不会改变这个世界的进程——但L知道那是我的重心所在。

L变成了我生活中必须有的、不可或缺的人。她就在那里。也许我是需要这样的:有人关心我,而且只关心我。我们每个人心中难道不都暗藏着这个疯狂的欲望吗?这个孩提时代就有的欲望,有时候不得不匆匆放弃。等到成年,我们知道它太自我、太极端且危险。然而,我们有时还是会让步。

L无疑填补了连我自己都没意识到的某种空虚,安抚了我无以言状的恐惧。

L唤起我心中以为已经埋藏妥当或修复的东西。

L似乎满足了我被抚慰的需要,这种贪得无厌的需要存活在我们每个人身上。

我并不需要新朋友。但在一次次的谈话之后,在她对我持续的关心中，我最终相信了，L是唯一能理解我的人。

有天早晨，L一早给我打电话。她的声音比起平时没那么平稳，听起来好像有些喘。我表示担心，她承认遇到了点问题，并不严重，但她想让我帮个忙：我能不能让她借住我家两三星期，等她找到新的房子？

接下来的那个周一，L搬来了。和她一起的还有一个年轻的男孩，二十来岁的样子。他的身材，超长的睫毛，还有小年轻那种漫不经心的样子，让人忍不住多看两眼。他很好看。

他先去了她家，帮她运她要带的那四件硕大的行李。刚到门口，他马上又下去搬刚留在楼下的。这一批运到了，他又再次跑下楼去拿L车里的几个包。我住在七层，没有电梯，但他看起来并不吃力。

看到大包小包的数量，我想L备得可真够足的。我无法设想她不把大半个衣柜随身携带，而且估计她也带了一些工作上需要的文件。

男孩第三次上楼的时候，我问他要不要喝杯咖啡。他看着L，等着她批准，但L故意忽略他目光中的询问。几秒之后，男孩说不喝了。

门一关，我就问L这男孩是谁。她笑了出来。这重要吗？不重要，我回答，只是好奇。她说是她一个朋友的儿子。她没说他的名字，没向他道谢，连再见也说得很敷衍。

我打算让L住进保尔的房间。我记得她第一次来我家时表示很喜欢那间房的墙壁的颜色。我让L慢慢整理拆包，我已经提前把几个储物架和衣橱的一部分腾出来好让她放东西，床也铺了，书桌也清空了。她迫不及待地把电脑摆到书桌上。没多少时间了，她手头那本女演员自传很快就得交稿，这也是为什么她眼下没法立刻去找房子。我一直也没有知道她为什么如此仓促地搬出原先住的房子。

我很快就明白，L几乎是把所有家当都搬来了，只有四五只纸箱的东西没搬过来，她存到了楼下邻居的地窖里。L没有任何家具，她跟我解释过，丈夫死后她就把所有东西卖了（她特别强调了所有，示意没有任何一件幸免于难）。从那时候起，她就总是找有家具的房子租。她不想给自己制造累赘，更不想扎根在什么地方。不过，她有很多衣服。非常多，她承认。

关于她在我家的头几个星期，我没有太多记忆。
八成是因为她忙于手头的书稿，很少出房间。透过关闭的房门，我听见她一遍一遍听采访录音，那些未经加工的话语，有时迟疑，有时前言不搭后语，是她创作的原材料。她在某句话上停住，回放，又从头开始。同一段话她可以来回听十遍，好像在试图捕捉某种言外之物，也许得靠猜。灌上一茶壶滚烫的水，她可以在房间里待上四五个小时不出来，而且一点声响也没有。我听不到她的椅子在地板上滑动，听不到她起身走动伸展腿脚，也听不到她咳嗽或开窗。她专注的本领让我另眼相看。

我曾经指望跟L一起住能帮我恢复工作状态。

我总觉得，肩并肩一起，干活更容易。在相对的孤独中。我喜欢这样的感觉，在离我不远处，有个人处于跟我相似的状态，同样在努力集中精神。这也是为什么大学时代我总泡在图书馆里。

但L的勤奋并不能阻止我继续团团转。

今天我已经说不上来我那时候在忙什么，时间轻易过去，也不觉无聊，但就是出不来东西。

上午，我给自己和L准备好沙拉或意面。

下午一点左右，我喊L出来，我们面对面坐在厨房的小餐桌旁，迅速吃完午饭。

接着我便出门，独自一人久久地漫步。我裹着L搬来那天送给我的橘色大围巾，走啊走，心中构想着那些我已经写不出来的书。我在外头晃悠到天色变晚。漫无目的的游荡中，我总会经过那个小广场，露易丝和保尔小的时候我经常带他们去那里玩。游乐区里人迹渐稀，我依然戳在滑梯或动物摇摇车前，试图寻找幼年露易丝和保尔的面孔，他们的笑声，他们鞋底踩在厚厚的沙层上发出的声音，我仿佛又看到他们的羊毛帽的颜色，他们晃悠悠的人生第一步。这里发生过一些事情，无法挽留的事情。

晚上有时候我会听见L讲电话，一讲就讲好长时间，我只能捕捉到语气，听不清内容。我也听见过她放声大笑。因为从来没听过她手机响或震动，我记得我还想过L是不是在自言自语。

搬进我家之后，L终究掌管了一切——各种信件、声明、该缴纳的费用，总而言之，一切需要打开电脑或手中握笔才能完成的事。这些事在我看来如不可攀越的高峰，而她几分钟便搞掂。

她替我回邮件之后，一般会在当晚跟我大概交代一下：我们拒绝了这个或那个，另外一个我们争取到了延期，要给"女人的巴黎"戏剧节写的短剧二〇一六年再说了。

L包扎修补了我的故障。我完全无法撰写任何东西，握一支笔没法超过三分钟，但到头来，我应付得也还过得去。

我们一起面对。

L出门购物或赴约的时候，我总是忍不住到她房间里去，在几秒钟之内把一切收入眼底——搭在椅子上的衣服，摆在暖气片底下的一溜儿鞋，撇在一边的工作。其实，最令我感兴趣的，大概也是我最不得体的举动，是观察她摊在书桌上的草稿，我的手滑过这些铅笔修改过、橡皮擦过的纸，但没有读。还有棕色的圆圈，那是她的杯底留下的茶渍。

我看着这个被她占领的空间，正在施工的明显信号，笔记、便条、修改过的打印稿，这一切，不但没有令我觉得熟悉，反而像是属于另外一个我不得进入的陌生世界。

L就是在这一时期开始了很快被我称为"书架礼"的行为。一星期好几次，晚上，L会花上若干分钟检阅客厅书架上的书。她不像大部分人那样，只是漫不经心地粗略扫过。她不慌不忙地仔细查看每一排。有时候还会把书拿出来摸一摸。我观察她的脸，有时候神情柔和，大约有赞同之意，有时眉头紧锁，颇为不悦的样子。而且她总会再一次问我，你都读过了吗。是的，几乎所有在这里放着的书，除了少数几本，我都读过。于是 L 用指尖掠过书脊，大声宣读每本书的名字，好像在念一个华丽的、令人费解的长句。我有没读过宣言，如果在冬夜，一个旅人，完美幸福，海之边缘，没有一天，冰冻的女人，回声制造者，男孩天堂，鸟类的生活，悬崖，昨日，以后，现在，你觉得我怎么样，大转弯，优雅与贫困，孤独及其所创造的，当我们谈论爱情时我们在谈论什么，看起来多像天堂，为我们祈祷，回忆，潮涌，我曾经爱过，我爱过，尖叫，身体，星期五的晚上，风筝，暴力的起源，非家庭，散步，碎片，相片上，纪念，姊妹，幕间，小生活，夜巡，我的小男孩，他人之肤，和父亲的相似之处，知情人，约瑟芬娜，性事之夜，开端，缺少的那部分，死拳，落下之前的雨，噪声之间，对手，干涩的眼，诉讼笔录，驼鹿，未来，红色笔记本，替补，过分敏感，毒物，童年，顺其自然，触觉失忆。

德尔菲娜：

你不作声，恰恰证明你有多羞愧。你有理由羞愧。

你真吓人。瞧瞧你都怎么穿衣打扮的，瞧瞧你站着的样子，只要看你的动作，还有你奸诈的眼神，就够了。这也不是什么新鲜事。你还是孩子的时候就很吓人，你身上一直有点什么不对劲，一眼就能看出来，就跟脸中间的鼻子一样显眼，这么多年也没见起色。我可怜的姑娘，你脸上写着不幸。

市场营销方面，没什么可再说的了，你是最厉害的。包装自己，你干得漂亮。你先是卖你母亲，然后又跟一个搞文学节目的主持人好上了，好推销自己，这一着，实在是高，真得这么干。这个可怜的家伙，他应该性功能有严重问题才会跟像你这样的女人在一起。你觉得他爱你吗？你觉得像他那样的男人会爱一个像你这样的女人吗？哪天他把你甩了，我猜你也得出本书吧。一本下作的好书，反正你很拿手。把我的电话号码给他吧，我有两三件事可以跟他讲讲。

你在你身边制造了许多痛苦，巨大的伤害。

你知道为什么吗？

因为人们相信印出来的白纸黑字。他们信以为真。

真恶心。

我把这页打印出来的纸重新装回信封,和其他信件放到一起。我在电话里跟弗朗索瓦提到了这件事,但没有细说,只是告诉他我又收到一封信,比之前的更狠。我让他放心,没事,总会结束的。

当时我应该没有跟 L 提起过。

两三天后的一个早晨,我起了床,穿好衣服,做了杯咖啡,然后,突然一下子,没有任何原因的,我开始哭。L 就在我对面,我在起身躲到自己的房间之前,还来得及瞥见她脸上的惊慌。我哭了好几分钟,停不下来。

那些信就在我的身体里:是毒液。从第一封开始。它们终于开始放毒,缓释的毒液足以突破所有免疫防线。

我从房间里出来,L 递过来一包纸巾。她给我泡了杯茶,用手按着我的胳膊,显得颇为动容。

我平静下来,她问我要看那些信。她按时间顺序读了一遍,嘴角带着一丝嫌恶。她翻来覆去地研究信纸,好像寄希望于某个潜藏的细节背叛它的作者,给她答案。地址和信的内容一样,也是打印出来的,信封是标准的,信是从巴黎不同街区投递的。没有任何踪迹可循。

L 想方设法宽慰我,挽回局面。这事没那么严重。我不该把什么都混在一起,什么都往心里去。L 提醒我,书出版之后我也收到过许多亲人发来的动情的话语。这并不是说这事对他们来说一点也不难,而是说他们理解了。书并没有让人们质疑感情。可能,有些情况下,它还加深了感情。对,当然,信的作者必然是亲近的人。某个早在书问世之前就对我怨恨已久的人。某个一直在心中咀嚼恨意和怒火的人,终于找到了发泄的机会。

L不觉得这是件难过的事。相反,我的书激起了一些东西,让这股原本就存在的暴力得以释放。这正是文学的使命,靠语言来完成的使命,多幸福的事。要的不就是让文学对生活产生作用吗,让文学激起愤怒,引来蔑视,招来嫉妒,是的,这是个好消息。有什么事情发生了。这正是命题的核心。这些信应该把我带回正轨。

L相信家族亲属关系间的暴力是文学灵感的来源。她已经在我面前阐述过好几回她的理论。这种暴力,不管是潜伏的还是暴露在外的,是创作的必要条件之一。此为她的理论出发点。

这些信让我心里难受。她看出来了,她很抱歉。她理解。这些信阴险地躲在暗处啃噬我,因为它们瞄准的是小时候的我,也是我成为的这个女人。因为它们指认我为罪人,提醒我暴力的起源。

L默默把最后一封信又读了一遍,接着往下说。

"对,人们相信写出来的东西,那再好不过。人们知道只有文学能允许他们接近真相。人们知道写自己的成本有多高,他们看得出谁真诚谁不真诚。相信我,他们的眼睛是雪亮的。

是的，人们，用你那位神秘朋友的话说，人们要真货。他们想要知道这些东西是真实存在过的。人们已经不相信虚构了，甚至，我可以告诉你，他们质疑虚构。他们相信实例，相信证词。瞧瞧你身边。作家们对社会新闻趋之若鹜，纷纷开始写内省和纪实类的东西，他们对运动员、流氓、歌手、国王王后什么的都来了兴趣，他们开始对自己的家庭故事刨根究底。你觉得，这是为什么呢？因为这些是唯一有价值的材料。为何要倒退呢？你不能打错仗啊。你想逃，你声称要回归虚构，理由只有一个：你拒绝写那本幽灵一样的书。对，不好意思，我又说到这上面来了，但这话是你说的，不是我编的。这就是你的原话，一样的用词，我又读了一遍你那篇采访，你自己可以看看，网上很容易找到。其实，给你写信的人害怕你接着写。这些信应该让你睁大眼睛，应该给你来一下像电击一样的刺激，让你有力气和勇气去面对等待的东西。写作是一项格斗运动。它有风险，容易让人受伤。但如果不是这样，那它就一文不值。你可以冒这个险，因为我在这里。我在这里，德尔菲娜，我不会丢下你。我会在你身边，相信我，多久都可以。没人能伤害你。"

L一旦开始大段独白，就听不进任何话。我什么也没说，只听她讲。等她讲完，我再来回答。不管怎样，看到她对这些问题这么上心，我不能不再一次感到宽慰。我就像对待一个因为累而闹脾气的孩子一样，轻声细语地对她说：

"对，的确，你说得对。我还记得。我说过这本隐藏的书，我可能会写的书。我不排除有天会去写的可能，写成这样或那样。但不是现在。我的工作把我领向了别的方向。我不想……"

L打断了我的话。

"哪里？把你领到哪里了？我看到的是，到目前为止，它哪儿也没领你去。"

我没接话。她说得对。

而事实是，她在这里。只有她一个人真正在这里。

我想应该是当天晚上，或第二天，L阻止了一出窒息身亡惨剧的发生。后来我们经常提起这一茬，管它叫**那天晚上L救了我的命**。我们喜欢这个句子里强调的后半段，戏剧化的语气，好像是一个劣质的虚构故事，属于我们友谊的一个所谓惊心动魄的篇章。但实际上，我们俩都很清楚，这的确就是那天晚上发生的：L救了我的命。

我们俩在厨房里，正准备吃晚餐，就在这时候，我咽下了一粒咸杏仁，横着下去的。我经常跌跤绊脚走错路，但从来没到这地步。那粒杏仁正巧还出奇的肥硕，我感到它在我的嗓子眼里滑动，我的喉咙发出惊愕的喘息声，很快我就呼吸不上来了。我企图咳嗽、说话，但没有任何空气流通，一克也没有，好像气阀一下子被拧上了。我看了L一眼，恰好在她眼中看到从以为是个蹩脚玩笑切换到明白正在发生的事的那一瞬间。她往我的背上拍了三四下，没起作用，于是她贴着我的背，双臂从后面将我抱住，然后朝我的胃猛击。打第二下的时候，杏仁出来了，空气也回来了。我咳了有两三分钟，嗓子眼跟着了火似的，突然特别想吐，一边眼泪直流，既是疼痛也是松了一口气。我渐渐喘上气来了，捡起了掉在地上的杏仁。

L关切地看着我，等着确认一切恢复正常的信号。

过了片刻，我们开始大笑，越笑越厉害。然后，第一次，L抱了我。我感到她的身体在发抖，她刚才跟我一样害怕。

后来，L告诉我她是考过急救证的，但从来没机会实践海姆立克急救法，一种呼吸道排障手法，上世纪七十年代由一位美国医生发明的，一般是在人偶上教，她解释说。她喜欢这次经历。

接下来的几天，我做了好几个噩梦。其中一天夜里，我被自己的尖叫声惊醒，就像少女时代梦见有人拿抱枕想捂死我或朝我的腿开枪时发出的那种划破夜空的尖叫。

自从收到最后一封信之后，我的黑夜就布满各种撕烂的纸、燃烧的书、被扯掉的书页。愤怒的言语突然间响彻我的房间，巨大的嘈杂声猛然把我从睡梦中生生拽出来。我同样记得的，还有另一夜，一阵无比残忍的狂笑声把我惊醒，我睁大眼睛，笑声却依然在我耳边萦绕着，持续了好几分钟。

我就那样坐在床上，浑身是汗，以为这一切都是真实发生了的事。得开灯，看到房间里熟悉的物件之后，我的心跳才有可能平缓下来。我轻手轻脚起了身，光脚踩着木地板然后是瓷砖到了厨房，洗把脸，或者泡杯茶汤。我会在厨房里坐上一到两钟头，等着那些画面退去，才好回去睡觉。

应该是在这一时期，我把露易丝和保尔留着的他们小时候读的绘本重读了一遍。说过好多次要把这些东西搬到地窖里，但终究也没搬，如今他们已经二十岁，绘本还在他们的房间里。于是，半夜里，我小心翼翼地翻看着，幸福地重温这些铭刻在他们童年里的图画和我给他们高声读过不下一百遍的文字。这些绘本有着惊人的召唤记忆的魔力。每段故事都能唤出一个确切的睡前时刻，我能感到他们的小身子贴着我的身体，还有他们的平绒睡衣柔柔滑滑的手感，我能想起自己读每个句子语调，那些他们喜欢的词，喜欢到我有时得重复十遍、二十遍，所有一切浮出水面，完好无损。

几乎每天夜里，四点到五点之间，我重温着熊、兔子、龙、蓝犬和爱唱歌的苏菲的故事。

我记得有天夜里，L也是半夜醒来，看到我在厨房里专心致志地读菲利普·高洪丹的绘本，是露易丝酷爱的一本：老鼠一家住在图书馆楼顶，以书为食。吃书，这个主意深得露易丝的欢心，尤其当主人公的母亲在他准备和表弟出门时对他说："给我带两页《匹诺曹》回来。你父亲特别喜欢拌在沙拉里吃！"幼年露易丝的笑声响起。这些句子我依然记得清清楚楚，说不定L走过来的时候我正乐呵呵地在嘴里笑声念叨着。她拿烧水壶装了点水，翻腾了两下壁柜找到一个茶包，然后坐了下来。她用指尖翻了翻绘本（尽管样子被风格化而且色彩鲜艳，老鼠毕竟还是老鼠），问我：

"你觉得，有什么寓意？"

我不明白她想说什么。她换个问法：

"以书为食的老鼠，好像书本是再普通不过的纸，这难道不正意味着虚构小说的死亡吗，或者，至少是它的用途吧？"

"可是，这，哪跟哪，八竿子打不着吧。这根本不是书的主题。如果书中确实有要传达的信息，那也跟你说的这个没有半点关系。"

"是吧，那又是什么信息呢，你觉得？"

L打断了我怀念旧时光的温情时刻，我难以掩饰心中不悦。况且我也不想在凌晨三点论述受众为三至六岁小儿的绘本《小霸王皮皮奥里》隐藏的深意。

我做出站起来要走的样子，L把我拉住：

"你拒绝考虑背景，什么事你都是这样，德尔菲娜，你拒绝用整体的眼光看问题，你总是满足于盯住某一个细节。"

我感觉受到侵犯。我用最小家子气的方式反驳，问题出口的那一刻我心中难为情到了极点：

"说到背景，说说，你房子找得怎么样了？"

这句话不仅有辱我们的关系，而且我一点儿也不想让她走。

"如果我在这里碍着你了，只要你一句话，我立马走人。"

她起身把茶杯放入洗碗池里，把糖放回壁橱中，重重的动作暴露了她的怒气。

我呆坐着，因为自己对她说了这么蠢的话而愣在那里。她站到我的椅子旁，弯下身子：

"看着我，德尔菲娜。我不会说第二遍。只要你一句话，我马上消失。都不用等天亮。只要一句话，你就不会再听到关于我的消息了。"

我嗓子里差点迸出一声干笑。想问她是不是上过表演课，跟帕西诺或白兰度学的吧。她的话里带着威胁，我不可能听不出来。我试着缓和局面。

"抱歉，我不是那个意思，这真是太荒唐。你知道，你想在这住多久都行。"

L重新坐到我身边。她深吸了一口气。

"稿子一交我就开始找房子。别担心。"

我们没再提起过这段对话。

几天后,L完成了女演员的书,我们打开一瓶粉红香槟庆祝。L按时交稿,编辑对她的工作很满意,女演员很高兴。

这天晚上,L向我透露了她作为作者一直坚持不懈地耍着的小花招。每部她为别人捉刀的文字的末尾,她都要写上一个"完",旁边加一颗小星(一个不带注释的星号)。她通过合同条款强制要求这个签名必须出现在篇末。那是她的爪印,她的招牌,某个只有她自己才能认出来的印章。

我表示友善的嘲笑,我觉得这样的做法已经过时,现在很少看到有书在篇末搁一个"完"字。

"我们知道完了啊,"我开玩笑道,"后面没有了嘛!"

"不,我不这么想。我觉得读者希望我们告诉他。'完'这个字会让他从书本的特殊情境中脱离出来,把他交还给他自己的生活。"

那天晚上我们听了许多老碟。我向L展示如何跳斯卡[①]风的舞,因为她声称已经忘记。

L先是坐在沙发上乐不可支地看着我在客厅里蹦来跳去,后来起身模仿我。为了盖过音乐声,她扯着嗓子喊:

[①] Ska,起源于牙买加的音乐风格,放慢鼓点的斯卡即为著名的雷鬼。

"谁还记得斯卡存在过？还有谁能想得起来 The Specials、The Selecter[①]？说不定只有咱俩记得呢？"

许多人都会记得。和我们年纪相仿的人。说到底，一代人之所以为一代人，最直接的表现，不就是因为他们有着共同的回忆、记得一样的劲歌金曲、节目片头音乐和字幕吗？一张电影海报、一支曲子或一本书的印迹。对，她愿意的话，这个晚上，我们可以假装全世界只有我们会跳斯卡舞，只有我们记得《缺席的词》和《压力山大》的歌词，我们现在正高举双臂扯着嗓子唱着呢，我看着映在窗玻璃上的我们的样子，我好久没有这么笑过了。

---

① The Specials，The Selecter，均为英国老牌斯卡乐队。

有天，L出门了，我接到法国文化广播一个记者的电话，她想就我先前的一本书采访我。她正在准备一个关于职场痛苦的选题，希望了解我是怎么写的那本书，以何种方式搜集材料。

我不知道自己为什么答应了她的采访要求。大概是为了证明我能独自做点什么吧。在L的掌控之外。这回我不需要她的帮助就可以回答问题，这回她管不着了。我发现，随着时间的推移，或者是说，随着时间把我和书之间的距离越拉越远，我对自己的书的论调也在变化。就好像情节里有某样东西——起伏、纹理之类的——只有离远了才能看出来。我很好奇，我想知道这条地毯里会有什么图案浮现，也很高兴看到还有人对此感兴趣。在局面发生扭转之前，尽管我写不了，但我还能说。

两天后，记者来敲门。她在电话中跟我说过，她习惯前往被采访者家中，随身带着相对轻便的设备，记录下当时的氛围，去遇见被采访者和他们的世界。她随后再对采访录音进行剪辑，在节目中播放。

记者到的时候我们刚吃完午饭，L面露愠色，她不赞同我继续去谈我的某一些并不值得我再花时间在上面的书。

我还来没得及将记者迎进门，L已经溜进自己房间。年轻的女士选择在客厅做采访，还让我把窗户打开，这样她才能录进背景声，接着她给我解释了大致流程。喝过咖啡，她启动了录音设备。我讲了这本书的创作念头是如何产生的，大区快速地铁D号线上，一个疲惫的早晨，写作的过程。然后我们开始东拉西扯，天马行空地聊了将近一个小时，女记者很热情，我还记得我们聊到了我的街区，她好几年前在这一片住过，曾经上映过的一两部关于职场暴力的电影，话题随后变得越来越闲杂细碎。有那么一会儿，我们俩都在笑的时候，我似乎听见L房间的门开了，我猜她应该是想知道我们进展如何。

后来，我把年轻女士送到门口，她拿出日程本，告诉我节目播出的确切日期。我们握了手，我关上门，立刻感到L就贴在我身后站着。我转过身，她拦住了我的去路。那一刻，我想我应该是犯下了不可饶恕的错误，从此家门半步都进不了了。不过L还是让了一下对我放行，但她撑着我的脚后跟到了客厅，像一条怨气很重的影子。

"这么说，交新朋友啦？"

我笑了出来。

"你以为我没听见吗？"

我在她脸上寻找着能确认她在说着玩的笑意，但她的表情和她的语气如出一辙。我没来得及反应。

"如果你觉得这样就能解决问题，那你就错了。对，德尔菲娜，我听见你们的对话了，演了半天戏不就为了知道你进展到哪儿了,'这么说,您要回归虚构小说了?'(她做出引号的手势),这关她什么事,有人问她了吗,我们问她了吗,带着她两千块钱的纳格拉①,她是哪行的记者啊,她又是谁,轮到她发表意见了吗?"

在她脸上,似乎每块肌肉都在发怒。她怪我,怪我跟这位年轻女士分享了那么多时间,怪我和她一起开怀大笑,怪我允许这一时刻在甜美的午后延长再延长。她指责我放弃原则、沾沾自喜。如果这些话从一个男人嘴里说出来,我马上会认为他是吃醋过了头,立刻不由分说结束对话。她好像读出我心中所想,态度缓和了下来。

"请你不要怪我。我看着你浪费时间,心里非常恼火。我不是生你的气。你知道我有多么希望你重新找回写作的路。要做到这一点,你早晚得承认,你跟人们想让你成为的那个作家一点关系也没有。是,这对他们很方便,所有人,他们给你贴上标签,你自己也乐意顶着标签。可我了解你。只有我知道你到底是谁,你能写什么。"

我不知道为什么,大概是因为我刚度过了一段愉快的时光,而她却败了我的兴,我爆发了:

"你难道看不出来我根本就不知道自己是什么样的作家吗?你难道看不出来我什么事都做不了,已经害怕得要死吗?你没看出来我已经江郎才尽,再写不出任何一星半点东

---

① Nagra,一种录音设备。

西了吗？你别再拿你那些什么幽灵书的故事来烦我了，没有，没有隐藏起来的书的影子，你还不明白吗？啥也没有，帽子里，窗帘后，什么都没有，没有忌讳，没有财宝，没有不能说的。空的，是的，空洞，这个倒是有。好好看看我，运气好的话，你能把我看透，直接看到我身后。"

我抓起大衣，出了门。我需要透口气。

弗朗索瓦离开太久了，我很想他。我在街上瞎走。后来，我想我去看了场电影，但也不完全肯定。也许我最后是跑到咖啡馆里歇脚。

晚上七点左右，我回到家中。房子里弥漫着煮熟的蔬菜和鸡汤的味道。我看到 L 在厨房里，腰间系着围裙。她正在准备一道汤。我在她身边坐下，观察了她好几分钟，没说话。她的头发用发卡挽起来了，只有刘海的几缕头发逃脱了束缚，落在了发髻外面，L 的发型中难得一见的凌乱。突然间在我眼里她变得很小很弱，而且我还看到她光脚踩在地板砖上，我想到我是第一次看见她没穿高跟鞋。她对我微微一笑，我们一句话也没说。我也对她微笑。烤箱亮着，透过玻璃门，我看到里面有一道蔬菜烤奶酪。L 看起来在厨房里花了不少时间。她还买了瓶红酒，已经打开。一切好像恢复了正常秩序。我感觉颇为舒服。下午的插曲已然成为奇怪而又模糊的回忆，我甚至都不确定那段对话发生过。我坐下来。L 给我倒了杯红酒。

我看着L把煮好的蔬菜倒进搅拌机的容器里,往里加了点汤,然后试图启动机器。一次,两次。没动静。我看她把插头拔出,又重新插上。她叹了一口气,确认机器跟底座的连接没有问题。她仔细查看搅拌杆一端的刀片,用手指拨了拨确认刀片可以转动。然后我看着她从头开始,把机器各个部分重新拼装,接通电源,再次尝试启动。

L看起来非常平静。平静到叫人不安。

我本来想提出让我来看看,却见她将机器举过头顶,重重砸在工作台上。一次不够,再来一次。我从来没见过她如此狂怒。她使劲砸,用尽所有力气的样子,直到机器碎成好几块。搅拌刀的刀片掉到了我的脚边。

L顿时停住了。她扶着桌子,气喘吁吁,盯着地上的机器碎片。我以为她的怒火已经平息下来,但又见她最后爆发,操起擀面的大棍,两下将马达剩下的部分敲碎。

然后她抬眼看我。这个晚上,她眼中闪烁的胜利和野蛮的亮光,是我从来没见过的。

从这一天开始，就不再是她找不找房子的问题了。我没有再问过，也没有表现出任何不耐烦。我觉得 L 在这段时间里也没有做出在找房的样子。我们没有再谈及这一话题，好像她在这里长时间住下去已经是商量好的事。

除了搅拌机这一出（第二天她就买了一台新的），L 很平静，情绪很稳定。

她表现得很殷勤很贴心，从来不乱放东西。她时常去购物，把家里缺的东西补上。我们住在一起，似乎水乳交融，从来没有过内部纷争。

L 融入了我的生活场景里，好像她从一开始就在这里。她的在场带给我某种安慰，这点我无法否认。我们很亲近。而且我们是同谋，不管从哪个方面来看。除了彼此的默契之外，我让 L 成为我的一个秘密的唯一知情人。只有她一个人知道我一行字也写不了甚至连笔也拿不住。她不仅知情，而且包庇我，替代我，为了不引人生疑。行政邮件，职业信件，一直没断过，都是她在替我回复。

我们回绝约见和约稿。

我们拒绝谈作家们经常会被要求谈的话题。

我们手头的工作多着呢。

今天，我不得不承认，那段时间我心里其实清楚，我知道收到我所谓的笔头回复的信件的人会在字里行间读出那不是我。他们会在电子邮箱或信箱里发现一封邮件或信件，签的是我的名，但实际上我一个字也没写。

我请求他们的原谅。

显然，同一屋檐下的境况让 L 得以稳固她的影响力，而我也不敢肯定我有表现出多强烈的抵抗。我很想写我斗争了我抵抗了我试着逃跑。但我能说的除了这个简单的陈述别无其他：我完全信任 L，因为在我看来她是唯一一个能把我拽出深谷的人。

有时候我脑海中会浮现有些俗套的画面，一只耐心织网的蜘蛛，或者一只触角很多的章鱼把我团团围住。但其实是另外的景象。L 更像水母，轻盈，半透明，贴着我灵魂的一部分停靠着。水母接触的地方留下了灼伤，却是肉眼看不见的。表面上看，这个印记并没有限制我的行动自由，却把我和她拴在一起，比我想象的要紧密许多。

跟我还有联系的人为数不多（我的孩子们，弗朗索瓦，我的出版人），我有办法让他们相信我已重新投入工作。朝着某个方向出发了。八字刚有了一撇，事情正在进展中。

关于自己被困死胡同的境地，我没有打电话跟任何朋友哭诉。我怕他们觉得这不过是被溺宠的小孩在闹脾气，他们也不是没道理。我没有任何借口，也无法为我的游手好闲找到理由。

对弗朗索瓦我也只字未提。我怕他会不爱我。不仅什么都没跟他说，而且在他回来的时候，我还煞费苦心地安排了一番，就为了不让他见到 L。因为我知道，他要是见到她，第一眼，他就能看穿：谎言、诡计、狼狈为奸的组合。

我对弗朗索瓦撒了谎，对身边的人都撒了谎，这是我今天必须承认的。我在谎言中越陷越深，心里既有害怕，也有厌恶，而且，大概也有一丝快感。

有些早晨，当我感到焦虑像一团锡纸一样在我嗓子眼膨胀时，我就拼命抓住 L 某天跟我说过的这句话："真正的创作激情来临之前总有黑夜。"

晚上，我们两个人都在家时，L 会继续行书架礼，她站在书架旁，用手抚过书的封面，貌似随意地停顿。

我有没有读过背包，无处藏私，犬夜，道格的黑夜，三角裤，唯有爱，放手，不可能之书，我放弃，忧郁的星期天，清洗，傻子，落马者，姑娘们，幽灵的诞生，母性，饥饿的艺术，灿烂，被遗弃的感觉，人，下坠之人，撞车，诗人，问尘情缘，手绘鼓，地势，独行侠，那个他未曾死去的夏天，光荣与真理，眼前的生活，反生活，寄养，遥远，远离他们，远离欧迪尔，爱的历史，大瀑布，回声制造者，我们的传奇生活，我最好朋友的女儿，过往，英雄与坟墓，真相大白，死亡间歇，幽灵，天堂，柳树，世界边缘的旅店，忧伤咖啡馆，守望灯塔，苏宽岛，岛，伊丽莎白不见了，恋恋笔记本。

弗朗索瓦回来了，我们俩一起去库尔赛叶待了几天。我把L一个人留在家中。我（理所当然地）没有带任何跟工作相关的东西。我让弗朗索瓦相信——他看到我如此轻松自在远离战场的状态也相当吃惊——我给自己放了个小假。他问起我的工作进展时，我就重复一样的话：现在说还为时过早。

回到家中，我看到L在保尔的书桌旁埋头干活。她告诉我出版社发来邮件，是关于我三个月前答应的在图尔一所学校里的见面会，之前推迟了好几次，原因我也想不起来了。学校档案员打来电话，得赶紧再定一个时间。有一个高二的班级和三个高一的班级已经针对我的好几本小说做了功课，正等着我呢。

我没有太高涨的热情，但毕竟是我答应过的事。乍一想，这事没有不顺利的理由。我对这种见面会已经是驾轻就熟。L和我，我们一起看了看哪些日期合适。

L在我不在时还替我回复了另外两三个请求，她也一一告知。她觉得我在乡下待了这么些天后脸色很不错。至于这些天我过得好不好，她没有问起。

当天晚上，L问我是否介意她再住一阵子。我还是那句话，不着急，慢慢来。

L从来没有问起过弗朗索瓦,不像对待我其他朋友那样刨根问底。她从来没问过我,我们是如何认识的,在一起多长时间。每次我从他家或从库尔赛叶回来,她只是满足于知道我怎么样。她回避细节、趣事和一切形式的叙述。弗朗索瓦是我生活的一部分,她无法否认。她默认他是问题的已知条件。对于这段关系她持一定的怀疑,这点她并不掩饰,而且有时候从她一句话里就能听出她依然认为这段关系是多么反自然。我并不为此恼火。在L眼里,弗朗索瓦是我的设置里的常设参数,问题来源的成分多过有利因素。爱一个把时间都用来接待、赞美其他作家的男人,在她看来是件很冒险的事。跨过芒什海峡,越过大西洋,去见其他国家的作家,因为他觉得他们比法国作家更有意思——他频繁出差不正说明了这一点——应该不会有助于我找回自信。有天晚上,喝了点酒之后,她甚至把我跟选择和督学一起生活的小学老师作比。我觉得好笑,她于是往下说:

"瞧,这家伙每天晚上回家跟他讲了不起的老师们在重点中学里带头进行的各种先进实验,而她连一个小学五年级的班级都管不了……"

我不敢肯定自己听出她在含沙射影。或者说,听出她话里的所有意味。L的言外之意,我有时要在对话过去之后好几天才猛然意识到。

我们的同居生活就这么继续着。弗朗索瓦的回归也没改变什么。如果我在他家过夜,第二天总是以工作为借口早早回家。回到家里看到L正在厨房喝茶。

只有一次，L问了一个稍微直接一点的问题：如今我的孩子们都走了，我们会不会考虑一起生活。

我把球踢回给她（她想不想开始新生活?），她笑我这句话里的天真。"开始新生活"，什么意思，仅仅是开始，还是拆掉以前的，重新来？就好像我们只有一根绳可搓似的。她先是笑，接着又说：

"好像我们都是单一的生物，都是单一材质一体造出来的似的。好像这生活只能过一次。"

记忆中浮现的，还有两三件事，我想也是同一时期的。但我得说我不太肯定它们发生的先后顺序，因为我越往下写，记忆就越模糊。

先是L买了一两条和我一样牌子的牛仔裤。当时我并没有太在意，这些细节我后来才想起来，在我们的关系真的急转直下之后。看朋友穿了件什么衣服觉得不错去找同款的事我也干过，我会去试，甚至也买过。但在别人身上贴身合体、风情万千的衣服，穿到我身上往往不是太肥就是太紧，不合身。

我注意到L买了跟我一样的牛仔裤是因为在我俩认识之前她压根儿就不穿牛仔裤——反正我们刚认识的那段时间我没见过她穿。

接下来那几天，我觉得L好像变了。我是说，L变得像我。我很清楚这很奇怪（在另外一个人身上发现与自己的相似之处），而且大概也有些自恋的嫌疑。但我的确是这么觉得的。不是真的在细节和线条上相像，而是轮廓、举止上的相似。我已经注意到我们身高差不多，有着一样颜色的头发（只不过L的头发顺滑有型），在此基础上又有了新元素：在她的动作里、她站立的方式中，有些东西让我想到我。时不时，她的身影就像我身体的投影一样，从我身上剥离开来，投射到一个更柔软更平滑的表面。我也注意到 L 化妆化得少了。比如，她不再用粉底液了，我们刚认识那阵子她老用。L 一点点将我的举止姿态、我的小习惯占为己有。这让我困惑，不舒服。但也许这只是一个念头，我的念头。

（经常有人说我女儿像我，这里的像，大概是出于一种我自己无法洞见的、不自觉的模仿。我兴许可以在露易丝的某些照片上发现我们的确有相似之处，因为她的照片会让我想起同样年纪时候的我，但如果露易丝就坐在我对面，我是断然看不出来我们有什么地方相像。我能看到保尔像他父亲的地方，那是他坐下的动作，他思考时撇嘴的样子，他讲话时的手势。但我想他父亲自己应该是无法察觉到保尔无意识模仿他的地方的。）

事实是，L 对我的模仿的性质完全不同。她的模仿不是自然的、无意识的，而是刻意的。这大概也是为什么她的模仿会被我看出来。

但当时我已经无法对任何事情抱有确定的看法了。我想我给自己下的结论是我想多了。

一天清晨，我从弗朗索瓦家回来，看见 L 在厨房里，穿戴不整，头发凌乱，眼睛红红的。几星期前有人找她写杰拉尔·德帕迪约[①]的自传，她刚得知这单活儿最终交给了里奥耐

[①] 杰拉尔·德帕迪约（Gérard Depardieu，1948— ），法国著名男演员，"大鼻子情圣"扮演者。

尔·杜华。这不是她头一回跟这位作家竞争。作家跟演员一起吃了顿晚餐，就把订单拿到手了。

缘分的事，她也明白。这两个人她都认识，她知道他为什么会选他。但她还是很失望。她很少接为演员捉刀的活。但德帕迪约不一样。她知道怎么写。

后来，看到她如此沮丧，我便提议到外面吃饭，换个环境。冰箱空空如也，我没勇气做饭。

她把自己在浴室里关了半个小时。

她重新出现的时候，我不得不赞叹，最起码可以说，她真的有一手。除了眼睛还有点肿之外，前后称得上改头换面了，她脸颊绯红，看起来气色不凡，精神饱满。

我们往附近一家以当日特餐闻名的餐馆走去，之前我们也去过一两次。正要进餐馆的时候，我听到有人大声喊我的名字。我一回头，看见纳唐，露易丝在托儿所结交的朋友。幼儿园和小学，他们都是同班同学，尽管后来各自走了不同的道路，但一直保持联系。慢慢地，纳唐的母亲和我也成了朋友。几年前，我们还一起带孩子去美国长途旅行。

纳唐站在我面前，几秒钟的工夫，他儿时的小男孩形象（他的金发、肥嘟嘟的脸和托儿所照片上他穿的黄色手工编织毛衣）和眼前高大英俊、编着一头脏辫的年轻男子的样貌重叠起来。自从露易丝去了里昂我就没再见过他，互相亲吻之后，我们开始询问彼此近况。

若碰见的是我的朋友，我肯定 L 不会走开。但这会儿她没太在意，示意我她先去里面暖和的地方待着。

"听说你闭门苦干好几个月了呀，"纳唐开玩笑说，"妈妈说你甚至还发了封邮件给所有哥们姐们让他们别联系你！"

我没有立时明白过来。我不愿意明白。我想我应该是在心里说年轻人说话就是这样吧，总爱夸大其词。我当时应该还认同他的说法了呢。纳唐跟我讲起他的一些计划，又问了露易丝和保尔的消息。分手前我们约定等哪个周末双胞胎都回来了要和他和柯琳一起吃晚饭。

看着别人家的孩子长大也是一件高兴事，那些从他们一丁点大我就认识的孩子。那些班级合影或假期留影上的孩子，那些我安抚过、喂饱过、责备过、给他们掖过被角、把他们抱在怀里过的孩子。我想到所有那些已经长那么大的男孩女孩，每个人都不一样，我和我孩子们的朋友，还有我朋友的孩子们和我，我们之间连着一条饱含无限温情的纽带，我真想写下来。

我走进餐馆，看到 L 坐在一张大桌子前。我也坐下来。L 看完菜单，服务员过来了。

"两位要等人到齐再点菜吗？"

L 朝他抬起脸，嘴上挂着一丝失落的笑。

"我想我们还是先点吧，她正在赶过来。"

我们把我的图尔之行定在了五月。现在五月到了。

出行日期临近，焦虑日渐膨胀，我尽量不去想。临行前一天，接近傍晚，我被一阵恐慌击中。突然一下子，我觉得我完全无法去和四五个班级的学生见面。一想到得装得像模像样，得演，得回答关于手头工作的问题，而我心里却没底，如此慌张，我就无法动弹。问题在于你是否能想象。哦不，我无法想象自己面对八十名少男少女，声称自己正在写书。不，我无法想象自己回答那个不可避免的问题："**这本书之后，您还能写什么？**"

高中学生们读了我的好几本书，准备了问题，有一些还做了额外的功课（拼贴，短片）要向我展示。于情于理我都没有办法退却。但我也实在去不了。

晚上，L看我如此焦头烂额，便提出替我去。好像这是世界上最自然不过的事情了，跟其他办法没什么区别，这样的话，学生们不会失望，也不用再把见面会往后推，不用换火车票，不用再面对同样的担忧。

我惊呆了。替我去？可是，她怎么能觉得没人会看出来呢？L一副胸有成竹的样子。这些人都只见过我的照片，一般来说，我也得承认，大部分照片很有欺骗性，跟真实相去甚远。况且，在她看来，网上能找到的照片跟我本人都不像。

这些照片不仅无法组合成一幅和谐的肖像，反而让我的形象变得模棱两可难以辨认。我的头发时卷时直，有些照片上我像是刚从地中海俱乐部的度假村回来，有些上面则像刚从监狱里出来的，有些看起来三十五，有些看起来五十五，时而像讷伊的有钱人，时而像蓬头垢面的垃圾摇滚乐手，总而言之，这给"重新打造我，"用她的话说，留下了相当的操作空间。挑好几个细节，做到位，这事就八九不离十了。她敢肯定能行。风险并没有那么大。而且报刊杂志上所有关于我的采访她都读过（包括最早期的，她强调），也听过好几次我上广播的节目，她觉得自己完全能胜任角色，去回答那些关于我的书我的写作的起源之类经典问题。剩下的，她就即兴发挥。

我愿意认为这个念头看起来很疯狂，但我接受了。

第二天一大早，L 穿上了我的衣服（本着我的某身打扮可能已经在来宾们的潜意识里留下蛛丝马迹的想法，我们挑了网上能找到的照片里我最常穿的衣服），然后我花了半个小时把她的头发烫出卷，多亏了露易丝留在房间里的卷发棒。L 的头发跟我的头发一般长，颜色稍微淡一点。结果让我们笑了出来，尤其是 L 正儿八经开始模仿我的动作和语气的时候，就好像她已经自己对着镜子练过几十遍了。她还真有两下子。

六点，她怀揣着火车票上了出租车，前往蒙帕纳斯火车站。

她在高铁上给我发过两三条短信，然后一整天，我就没有她的消息了。我们约定，如果她不是因为盗用他人身份进了警局，就不要给我打电话。

除了每十分钟看一下手机，我什么事也做不了。我任凭自己想象了三两个灾难性的剧情：L被学生们识破，学生们往她身上扔书，L回答问题时胡说八道，L对一位可能对她表现得不太尊重的老师破口大骂。

L不让我去火车站接她。她认为我更应该享受这段独处的时间。快到十点，我已是坐立难安，这时我听见她上楼梯的声音。

她脸上是我熟悉的疲惫。L证实，从头到尾无缝衔接，高铁，食堂的午饭，和学生见面，签售，教师，高铁。没有一秒的空隙，没有任何意外。只有在图尔火车站，档案员来接她的时候有过短暂的犹疑时刻。后者看了她好几次才朝她走过来，互相问过好，档案员依然暗地里斜眼瞟她。片刻的不知所措之后，档案员为自己没认出她来表示抱歉，她想象中的她完全不是这个样子。不过，学校里的两位文学老师倒是没有半点犹豫。他们见到我很高兴，学生们对我翘首以盼。一个男孩提了个令众人哗然的问题，他问L是不是整容了：她看起来比照片上要年轻。老师训斥了他。学生们提的问题大多关于我的书的自传成分，尤其是最后一本。L惊讶地看到绝大部分的疑问都在一个点上：既然讲的都是真事，为什么还将这本书视为小说，这个或那个人物后来怎么样了，我的家人如何看待这本书？都是一些我心中熟稔、已经回答过无数遍的问题。

在我面前，L无法掩饰她的兴奋和自豪：她扮演了我，而且成功了！我意识到这意味着什么吗？这意味着我们可以互相替换，反正她可以替我。大概演技还有待完善，她可以做得更好，这点她很肯定，这样的话，她就能够把我从一切"不得不"中解放出来，如果我愿意的话。

"你知道，德尔菲娜，只要你需要，我都可以。而且我肯定，在你认识的人面前也能行。书商，图书馆员，记者。确定以及肯定。相信我，人们都不知道怎么看人。他们都自顾自忙着呢。你随时想试试都行。"

L如此开心，好像刚捧了个什么最佳表演大奖。

她沉浸在自己的欢乐中，没有察觉到我难以掩饰的不自在。我努力赶走了让我微感眩晕的诡异感觉。这一次，她真是救我于危急。

我对她表示感谢。我甚至记得我还加了一句：我不知道怎么谢你。

第二天，L告诉我老师们发来了一封热情洋溢的邮件。他们收到非常好的反响，学生们都很喜欢，他们觉得这次见面会生动有趣又十分轻松。

我们去对了。

我是一个手脚笨拙的人。我会撞到墙，绊到地毯，会弄掉东西，打翻水、酒、茶，会滑倒，会趔趄，笨拙到不可收拾，所有这些可以在一天之内完成。倒不一定是地面不平或障碍物不醒目。更多是由于非常心不在焉，或者是与周遭环境格格不入的一种隐性表现。在此基础上再添加其他因素：疲劳，他人的目光。直到今天，如果我知道有人在看我，我可能穿过一个房间或下楼梯时心中想的唯一一件事情就是如何走到头不跌跤。直到今天，如果我心里发慌，我可以一整顿饭听别人讲话都是左耳进右耳出，因为我得专心进食以免噎着或掉东西，而这需要我全神贯注。

我学着掩盖这一缺陷，现在我想我已经做得不错。我练就了一些习惯性动作、策略和预防性措施，可以让我安全度过一整天而不会撞到什么东西或当众出丑，或置他人于不利。但今天，我也很清楚哪些疲惫、悲伤和冲突的时刻我需要加倍当心。

因为我已经好几次，有时是在公开场合，表现出难以想象的笨手笨脚。我不知道其他人在我这个年纪——也就是说经历过一定时长的训练——是否有过跟我处于相同境遇的时候。

若干年前，有一次，为了一本小说的英文版，我的英国出版人让我去了趟伦敦。我已有好几年没去过伦敦，而且第一个采访要用英语，我心中不无忐忑。我的出版人到圣潘克拉斯火车站来接我，我们打车直接前往录制节目的工作室。我可能还特意穿了条裙子。在出租车里，我们交换了彼此近况。我的出版人是英国出版界的一位人物。这个五十来岁的男子，非常英式，非常迷人。在我眼里他就是英式优雅的化身。我们到达目的地，他先下了车，替我扶着车门，面带微笑。我只不过需要下车而已。就在我开始进行下车这组动作之前的几秒钟里，我脑子里有个声音发出警告：**你做不到**。毫无意义，没有任何客观理由，但恐惧就在那里，好像我正身处马戏团大棚的高空中，必须从一个飞荡的秋千跳到另一个飞荡的秋千上。我心中有些慌乱，我想好好表现，想显得收放自如，有女人味，想讨他喜欢。突然之间，在我的英国出版人的眼皮底下钻出这辆出租车变得无比艰难。

就在那一瞬间，我想的是：中了某些话语或某些目光的伤，就永远好不了。尽管时间过去，尽管有另外一些话语和目光来抚平。

从汽车里出来的那一刻，我没弄清到底是腿还是脚绊了一下，反正我朝前摔了下去，不是飞出去的那种扑倒，那样至少还有观赏性，而是干巴巴地、悲催地往下沉了一下，我就发现自己面朝大地了，我包里的东西也散落一地。我的英国出版人朝我伸出手，扶着我站起来，动作高雅至极，没有流露一丝惊讶，就好像扑街摔倒是法国作家的拿手好戏，见多了。

跟 L 接触的那段时间，尤其是她住到我家之后，我的笨拙不断成长，节节攀升，好像一种复活的病毒经过变异，变得更具杀伤力，更顽强。我四处磕磕碰碰，东西在手里拿得好好的，突然就掉了，好像东西本身自带动力。我的动作各种失调，磕、摔、碰，越来越频繁。我已经数不清身上有多少青紫，打烂过多少东西。我的身体对它所属环境的不适应，我本已经适应，已经学会将其隐藏，这下又在某种持续的断层中苏醒过来。我所在的地方是一段事故多发地段，一片雷池，每一刻都有侧滑、陷落或塌方在等着我。所到之处，我都担心是我自己在摇晃。我觉得自己焦躁又笨拙。我在颤抖。垂直站立的身体不再是与生俱来的，而是极其不稳定的状态，得不懈斗争才能获得。

以前老拿我的笨手笨脚开玩笑的弗朗索瓦（我会不会是皮埃尔·里夏尔[①]或加斯通·拉加菲[②]的私生女呢？）也开始担心。他远远地观察我，仿佛在寻找事情不对劲的铁证。在他眼皮底下，我曾经在移动过程中突然摔倒或撒开手中的东西，就那样，没有任何理由的，完完全全就像是"我正把一只杯子往嘴边送"或"我右手拿着一口锅"的信息突然从我大脑中消失。有时候，连接冷不防地断开。而且，由于我越

[①] 皮埃尔·里夏尔（Pierre Richard，1934— ），法国喜剧演员、导演，经常扮演滑稽的人物角色。
[②] 加斯通·拉加菲（Gaston Lagaffe）比利时漫画家安德烈·佛朗坎笔下的漫画人物，是个爱干蠢事常犯错的公司小职员。

来越难以正确估量我的身体和周围世界的距离,我们还讨论过好几次去看神经科大夫的问题。

细思起来,我发现我的手脚笨拙是这一时期出现或重新出现的众多症状之一,这些症状多少让我变得萎靡,而我就这么接受它们共存、相加、相乘,从未感到警惕。今天,我能够看清它们之间千丝万缕的关联。但在当时,这一切都融入了悲伤和孤独的大背景中,我不知道自己的悲伤和孤独从何而起,也拒绝向任何医生求助。我很悲伤,仅此而已,不是头一回,大概也不会是最后一次。

是的,有时候,我的确想到过,L跟我这样的状态可能不无干系。

表面上看来,她支持我,帮助我,保护我。但实际上,她吸收着我的能量。她截取我的脉搏、血压和我身上从来没缺过的对天马行空的喜爱。

于是,在她面前,我整个人一点点被掏空,她埋头工作,进进出出,搭地铁,下厨房。我看着她,有时候觉得像是看着我自己,或者是重新造出来的另外一个我,更强大,更能干,充满正能量。

用不了多久,我会只剩一具干枯的死皮囊,空壳一个。

这个故事越往下讲，我越发现自己对时间参照真是有着深刻的顽念，我试图放置更多时间参照点，拙劣地把这个故事嵌入客观的时间里，所有人共有的、切实的时间。我知道这一切迟早会轰然爆炸，到那时候，所有标示时间的记号都不再有意义，有的只是某种空空如也的走廊之类的东西。

如果我能的话，我会动用更多细节来丰满夏天到来之前的那几个星期。但关于那段时间，我既没有任何记录，也没有记忆。我猜我的生活在这个迟疑的假面舞会中继续，尽管前方什么也没有。

我猜L继续工作，继续处理我的邮件和文件，我继续啥也不干。我猜她和我，我们有一两个晚上出去喝了几杯，换换思维。

露易丝和保尔回来过两个周末。第一次，L趁机去了布列塔尼她母亲家。第二次，她说她不想打扰我们，选择去住酒店。

有天晚上，弗朗索瓦和我在他家里，我记得我们吵了一架。我想是关于精神分析（精神分析在我们的分歧话题列表上排位很靠前，紧随其后的有淡咖啡、引文的使用、怀旧、我捍卫而他不欣赏的作家或者他酷爱而我觉得是糟糠萝卜的电影，反之亦然）。我们很少吵架，即使吵也从来不超过十分钟，但这天晚上是我率先唱反调，我很拿手，一旦有一部分的我决定要吵一架。声调逐渐抬高，我自己没意识到。我神经紧绷，他很累，空气中有电光火花。

我们每个人，一生当中，是否都曾经，至少一次，有过破坏的邪念？突如其来的眩晕——摧毁一切，消灭一切，碾碎一切——因为只消几个词，精心挑选的、辛辣的、锐利的、不知道从哪里来的词，伤人的、一针见血的、无法挽回也无法抹去的词。我们每个人是否都曾经，至少一次，感到过身体里涌动的这一奇怪的冲动，低声咆哮的、极具破坏力的冲动，因为，到头来，要把一切摧毁，只需吹灰之力？这恰恰就是这天晚上我心中涌动的：我有能力抢在前面，自己毁掉我珍视的一切，通通毁掉，直到再没什么可失去。我被这个疯狂的念头占据，是时候结束这一切了，这段梦幻的插曲，还有所有那些我曾经信以为真的傻话，我以为遇到了一个能爱我、理解我、跟随我、忍受我的男人，可实际上，哈哈，不过是黄粱一梦，一个漂亮的大骗局，是时候画上句号了。哪些词伤人不眨眼而且无法补救，我很清楚，我知道弱点是什么，短板在哪里，只需瞄准，找对地方，话都不用说完，这事就能了结。

这就是 L 重新激活的：我身上那个没有安全感的、有本事毁掉一切的人。

一分钟的工夫，我站到了灾难的边缘，然后又退了回来。

这一时期，弗朗索瓦提出过好几次让我搬到他家住，至少住一段时间。他很担心。他没有上我的当。我的对抗也好，我所谓正在进行的工作也罢。他认为那些匿名信给我造成的伤害比我自己承认的程度要厉害得多。他认为有个从过去浮现出来的怪物或幽灵缚住了我，而我束手就擒。

我还记得，另外一个晚上，我们在从库尔赛叶回来的路上有过一段奇怪的对话，就好像弗朗索瓦发觉我周身有一簇簇不正常的射线却说不出到底是什么。天色已晚，路上很空旷。在车里，他开始问我。是的，我让他担心。我需要孤独，我保护我的工作，有些事我不想和他分享，这些他都能理解。但我做得有些过头了，我让自己置身险境。我拒绝他的帮助。也许，这一次——至少短期内——我能否考虑接受让人来管管我。在他看来，我又重新在身边拉起了卫生隔离带，要害问题或者真正让我挂心的事，不让任何人触碰，连他也不行。他明白我不想什么事都跟别人说，但我也没必要筑起一套这样的防御系统。又不是战争时期。他不是我的敌人。他认识的我要平和许多。

然后，他的视线短暂地离开前方的路，投向我。

"你知道吗，有时候我在想，你是不是被谁附体了。"

我不知道那天我为什么没跟他说。为什么我没提起 L，没有告诉他，每次和她接触，我就感觉有猛禽的利爪在捣我的脑壳。

任何经历过精神控制这所看不见的监狱和那里无从理解的规则的人,任何感到过无法自己想问题或所有思考、感受和情绪都被某种只有自己能听见的超声波干扰的人,任何害怕过会变成疯子或已经变成疯子的人,大概都能理解我的沉默,因为我面对的是爱我的男人。

太迟了。

从十二岁开始，直到双胞胎出生，我一直坚持写着日记。这些学生的小作业本上，爬满我幼时的字迹，然后是少女的我，然后是年轻人的我。它们带着编号，按顺序被存放在一只密封塑料箱里，我好几次把箱子抱到地窖里，最终又抱了上来。这些日记在我写第一本小说和最后一本小说时派上了用场。除了这两次（中间相隔十年），我没有翻阅过。如果有天我遭遇不测，我希望它们会被销毁。我对身边的人都说过，还写了书面委托：我不想让任何人打开或阅读我的日记。我知道由我自己来处理更谨慎，比方说烧掉，但我又下不了决心。塑料箱在挨着厨房的小储藏室里找到了自己的位置，跟各种各样的杂物在一起：吸尘器，家纺用品，工具箱，针线包，文具盒，睡袋，露营用具。

一天晚上，我正准备拿熨衣板的时候，发现塑料箱——放小作业本的箱子——的盖子被挪开了。我打开凳梯，打算把箱子搬下来。就在这时，L可能是听到了我的动静，要么就是她的确有第六感，她从房间里出来了，来到厨房。

我把箱子放到地上，开始检查里面的内容。等我确认本子没有少，L吹了一声赞赏的口哨。

"瞧啊，你可有得忙了。"

我没有接话。本子的顺序完全被打乱了，不过倒是都在。

我差点问 L 是不是她打开了箱子，但又觉得太过分，就这样无凭无据的，等于是指责她乱翻东西。然而，剧情的确有这样的可能：L 知道这些日记本的存在，也知道它们放在那里，她也许没读完，所以放的顺序被打乱了。

我盖好箱子，将它放回原处，整个过程中她的视线没离开过我。我想我得找个别的地方放这些东西，就这几天。

当天晚上，L 对日记的用处来了兴趣。在她看来，这是难以置信无与伦比的原材料。积累超过十五年的记忆、趣闻轶事、感受、印象、人物描写……她谈论的方式里有某样东西向我证实了她读过我的日记，至少一部分。我很难解释这一点：她说得就好像她凭直觉（而不是冒昧乱翻）隐隐约约知道本子里的内容。如果我有异议，如果我责怪她，她肯定立马否认。

她认为我拒绝从日记里萃取宝贵原料写我的幽灵书是件遗憾的事。它就在那里，她能感觉到，她知道，被禁言的一页又一页，只等我愿意讲述的那一天。

"就跟一座矿似的，被你封起来了。你是有多幸运，都叫你给写下来了。你意识到了吗？"

对，她说得对。是很宝贵。这些日记本是我的记忆。里面有各种各样已经被我遗忘的细节、趣闻和情境。里面有我的希望、疑问和痛苦。我的痊愈。里面有我为了站起来而卸掉的东西。有我以为已经忘记但永远也抹不去的东西。那些背着我们继续起作用的东西。

L没给我留出回答的时间。她的声音更低,却更坚定。

"我不明白,为什么你手里捧着这些东西却还在寻找题材。"

我感到一阵反胃。

"首先,我并没有寻找题材,不像你说的那样,其次,这些材料也只是对我有价值。"

"我认为正相反。我认为恰恰就是这些,这个现实,这个真相,才是你应该面对的。"

怒火一下子冲上头,我自己都没回过神来。

"可人们不在乎这个什么真相,根本就不在乎!"

"不,他们在乎。他们知道。他们能感觉到。我每次读一本书的时候,我都能知道。"

总算有一次,我想据理力争,追根究底。

"你难道不觉得你之所以能感觉到,就像你说的那样,只不过是因为你本来就知道?因为已经有人很贴心地以这样或那样的方式告诉你,这是一个真实的故事,'取材自真实事件',或者,'自传色彩浓厚',而这么一张小标签就足以引起你特别的关注,某种好奇心?所有人都对社会各色新闻多少抱有好奇心,我就是个例子。可是,你知道,我不肯定单单真实就足够。真实,如果的确存在的话,也得能够被重现,你所说的真实,需要被体现,被加工,被演绎。撇除眼色,不带观点,把你烦死,就已经算好的了,糟糕起来,能让你得焦虑症。而这个过程,不管你的原材料是什么,永远都是一种虚构。"

总算有一次，L 没有立马奋起反击。她沉思片刻，问道："那你为什么还迟迟不开始？"

"开始什么？"

"你说的这些啊。"

当天晚上，我做了个诡异的噩梦，而且记得相当清楚：我面对一块黑板站着，教室的四面墙上贴满小孩的画。一位老师在向我发问，他的面孔对我是完全陌生。我每次都答错，老师就改问 L（她也是个孩子，但比我稍微年长一些），她总能给出准确答案。其他学生都不看我，他们生怕让我更难堪，只是低头盯着自己的作业本。只有我的朋友梅兰妮在看我，而且越来越迫切地示意我赶紧逃走。

我从梦中醒来，浑身是汗。

我打开灯，等着心跳恢复正常节奏。我应该没能再入睡。

第二天，我花了一上午的时间整理信件。收到的所有信件我都会保留，孩子写给我的几句话，明信片，花束上的卡片，所有。两三年一次，我把它们整理，打包成箱。

下午，我出门散步。

路过幼儿园门口的时候，纳唐（露易丝的朋友，几星期前我在家附近碰见过他）那句话像个回力镖一样迅猛飞来：

"妈妈说你甚至发了封邮件给所有哥们姐们让他们别联系你！"

这段时间里我一直跟这句话保持着一定的距离。它在那里，离得不远，悬着，等着，因为我还没有鼓足勇气去弄明白，去正视它所意味的，我没有勇气也没有力气去正常处理这条信息。

我在街上给纳唐的母亲柯琳打了电话。她接得很快，热情洋溢。我可算是从石窟里出来了！

柯琳证实了，我的确给她发过这么一封邮件，而且貌似给我所有联系人都发了——从那一长串的收件人名单可判断——告知他们我投入工作了，我需要和一切诱惑保持距离。

我问柯琳是否可以去她家让她给我看这封邮件。我需要亲眼看到。柯琳不是那种会为别人的怪念头伤脑筋的人，她说我随时可以去，她都在，哪儿也不去。

我到了她家，她已经把邮件找了出来，署的是我的名，发给我所有朋友和几乎全部联系人。

她后来把邮件给我发了回来。抄录如下：

亲爱的朋友们：

　　你们中间很多人都知道，我难以重新投入工作。伴随这一失败而来的，是我在各种事情上分散了大量精力，是某种我深恶痛绝的无所事事，它啃噬着我。

　　这就是为什么，我请求你们，在这几个月里，不要联系我，不要邀请我，不要提议在这里或那里见面。当然，除了不可抗因素。而我呢，在这本书完成之前，不会告知你们我的任何消息。

你们兴许会觉得这样的措施太极端。但今天,我敢肯定我必须经历这一步。

吻你们。

德尔菲娜

发送日期是十一月,是 L 第一次得以使用我的电脑那段时间。柯琳回复了一句鼓励和支持的话,不敢给我打电话,但给我写过一两次邮件。(和我的大部分朋友和某些亲人一样,我后来才知道。L 当然都没有给我传达这些信息。)

我谢过柯琳,承诺改日再来看她或一起出去喝一杯,我很快会给她打电话。

我往家的方向走。我感到非常疲惫。

在我家楼下,我试着打给弗朗索瓦,他出差两天去外省拍摄。听到的是他的语音信箱。我的行为举止像个心怀恐惧之人。真可笑。我为什么不等到家里才舒舒服服给他打电话呢?为什么 L 在家的时候我总是小声说话?

L 在厨房等我。她没想到我散步散到这么晚,她都开始担心了。她泡了我喜欢的红茶,还买了马卡龙。她有重要的事要告诉我。我打断她的话。

"不,是我有重要的事要告诉你。"

我的声音在颤抖。

"我知道你给我所有朋友发了邮件让他们别再联系我。"

我以为她会矢口否认。或者至少会显得措手不及。但她没有流露出半点吃惊的表情,也不尴尬,她回答得毫不犹豫,好像她百分百肯定自己的行为无可置疑。

"对啊。我想帮你。我的角色,就是要为你的工作创造良好条件。避免你分散精力。"

我惊呆了。

"可,你不能这么做。你明白吗?你给我的朋友们写了一封可笑至极的信,让他们别再联系我,这事很严重,非常严重,你没有权利不跟我商量就这么做,我需要我的朋友……"

"但我在这里。这还不够吗?"

"不……问题不在这里,我没法想象你竟然做了这样的事。"

"因为有这个必要。现在也一样。你得当心。你需要安静和孤独,才能写这本书。"

"哪本书?"

"你知道哪本。我想你没得选,你得回应大众的要求。"

大概是"大众"一词冒犯了我,让我觉得好刺耳。这个词被她一说,就好像我是个即将开始巡演的当红通俗歌手似的。我忽然觉得不能再无视 L 把我当做另外一个人的事实了,她投射在我身上的幻象跟我本身是一个什么样的人相去甚远。我反驳她,语气很坚定,我怕自己的声音变尖,我想保持平静。

"听着。我要跟你说一件事:我从来没有为了取悦谁而写作,我也不打算开始这么做。当取悦的想法,很不幸地,蹿到我脑子里的时候,没错,你不是想知道吗,它确实在我脑子里出现过，我用尽全力把它踩烂。因为，说到底，写作比取悦要私密得多，高傲得多。"

L 站起身来，看得出来她在努力让自己的语气保持温和。

"没错，这就是我说的：更私密。这就是你的读者对你的期待。不管你想还是不想，你引发的关注和喜爱，你必须负责。"

我想我应该是吼出来了。

"但这跟你有什么关系？你掺和什么？你是谁呀，你怎么就知道什么是好什么是坏，什么样的就合乎期望，什么样的又令人遗憾了？你怎么就知道文学是什么不是什么，读者们期待什么？你以为你是谁？"

她没有看我。我看着她起身，抓过那只她仔细摆上马卡龙的碟子。她用脚尖轻按垃圾桶的踏板，把马卡龙通通倒进桶里，动作迅速到令我咂舌。

她一言未发，离开了厨房。我们连茶都没碰。

夜里，我听见 L 起来了好几次，我想她应该是失眠。那是个满月夜，她跟我说过，满月会影响她的睡眠。

第二天早晨，我起了床，发现她已经准备离开，行李堆放在门口。她的脸上显出平日少见的疲惫，眼圈很重，好像完全没化妆。

她应该是收拾了一夜行李。她看起来并没有生气（或者有，但隐藏得很好），只是很平静地告诉我，她在十区找了家旅馆，房间不大，但也能凑合一阵。我还想提出异议，但她摆了摆手示意我不要说。

"现在不是争论的时候了。我觉得我在这里给你造成压迫感。我不想阻碍你写作。你知道我是多么尊重你的工作。你可能需要一点孤独吧,在你的孩子们回来放假之前。我理解。我以为可以帮你找回自信。我以为能帮你避免掉进陷阱里浪费时间。但也许那是必经之路。我想错了,抱歉。你说得对,你的工作方式是什么,只有你自己知道。这对你是件好事。我要是说了什么伤了你的话,请你原谅我,那绝非我的本意。"

我突然感到很内疚。我正在把一位这么长时间来帮助我、替我干了许多脏活累活的朋友赶出家门。

L打开大门。犹豫片刻,她又折回来。

"你知道吗,德尔菲娜,我真替你害怕。我希望你别出什么事。我有不好的预感。你自己小心。"

说完这些话,她就走了,门在她身后关上。我能听见她下头几级楼梯,然后就什么也听不到了。我借给她的钥匙,她留在了厨房的餐桌上。

当天下午,另一个男孩,比之前来的时候那一个更年轻,来取走了她的行李。

接下来那些天,我没有L的消息。

我没有试着给她打电话。

我无法控制自己不去想她最后几句话。那不是提醒,是个诅咒。是L朝我丢过来的噩运,我躲都躲不过。

背　叛

"安妮，你能不能告诉我一件事？"

"当然了，亲爱的。"

"如果我帮你写这个故事……"

"是小说！跟所有其他苦儿系列一样厚的小说，也许更厚！"

保尔闭目片刻，然后睁开眼睛。

"好吧，如果我为你写这部小说，等完成时，你会放我走吗？"

安妮的脸上一阵阴晴不定，然后她小心翼翼地看着保尔说：

"你的意思好像是说，我把你当囚犯绑着，保尔。"[1]

——斯蒂芬·金，《头号书迷》

---

[1] 此段译文出自《头号书迷》，柯清心译，上海文艺出版社，2013 年。

L走之后的那个夏天是怎么过的，我没有太多记忆。

露易丝和保尔在六月里回来陪我过了两星期，然后我们一起去了库尔赛叶，他们先是和我们在一起，后来去找他们自己的朋友。整个七月，我和弗朗索瓦一起住在乡下。面对他带来的那么多书，我记得我心中好不焦虑，一种既着迷又觉得倒胃口的混合情绪。每年夏天的惯例：一百多本书分成一小摞一小摞，散落在客厅里，桌上，或者干脆堆在地上，怎么个摆放顺序，只有他自己知道。我记得我曾经觉得L说得对，作为一名作家，和他这样一个人过往甚密，真是找死。他的职业就是读书，和作家见面、对谈，点评他们的作品。每年的文学季，出版的书有几百本之多。这可不光是媒体引用的数字。这些书就在那里，在我的眼皮底下，成摞地堆着，或者还封装在纸箱里，他很快也会拆开：五六百本厚薄不一的小说，会在八月底到九月底这段时间内出版。

我是在弗朗索瓦的工作中与他结识的。起先两个人都只是扮演自己的职业角色，过了好几年之后才真正相识。

我爱他。我有一千个爱他的理由，我爱他因为他也爱书。我爱他常新的好奇心。我爱看他读书的样子。我爱我们的相同之处，我们的分歧，我们没完没了的讨论。我爱和他一起、或赶在他之前、或拜他所赐发现好书。

但这一次，所有这些小说让我受不了。封面、腰封、推荐语，无一不在嘲笑我的无能为力。摊在我面前的这么多的纸突然显得不合时宜，而且来者不善。

我想从他手中抢过这些书，全都从窗户扔出去。

有时候，那些失望或疲累的夜晚，弗朗索瓦也表达过放弃一切的念头，我多想对他说，行啊，干吧，现在，就让我们来瞧瞧你能不能做到，抛下这一切，去别处生活，到另外一个地方、另外一种生活里，重新创造自己。

八月里，我和露易丝和保尔一起前往"度假屋"和朋友们相聚。写下这些字的时候，我才发现我对我们在这个夏天租的房子一点印象也没有，画面从记忆中溜掉，或者和以前的画面混在一起，我不记得那地方长什么样，也想不起来离得最近的那座小城。

我只记得通往海边的那条自行车道，我们骑着车，风迎面吹来，吹进嘴里，下坡时的速度感。我很高兴我在那里，没有错过和孩子们、朋友们的约定，焦虑在那几天里总算也放松了包围。

两周的休憩过后，我们坐上了返程的火车。露易丝、保尔和我，我们坐进家庭四方座时，我眼前浮现出一年前的景象，真的是整整一年前，我看见国营铁路公司特有的灰绿色窗帘，那个空间跟我们现在的座位也几乎一样。我瞬间准确回忆起了我们仨一起的那趟旅程,也是同一时期,从"度假屋"回来:摊在小桌上的食物,保尔的新发型,露易丝的红T恤,他们古铜色的皮肤。突然,这一切就好像是昨天,我看着窗外飞驰而过的同样的风景,眼睛寻找着一个不可能的固定点,心中想起了那一天的思绪。我想到弗朗索瓦,接下来的一年他会很忙,我想到我准备写的书,我想到我订购了关于亚美尼亚大屠杀的纪录片要给我的孩子们看(他们从他们的父亲那里继承了亚美尼亚血统),我想到冬天的天空,然后我打翻了一瓶苏打水,我们用了一包多纸巾才吸干净。所有这一切无比精准地浮现,我还记得保尔要玩小时候玩的"是和不是"的游戏,但最终被我们的邻座认定为大声喧哗。

一年过去了,是的,从那趟旅程算起整整一年,我啥也没干。没有。我还在原来的地方。怎么说呢,也不完全是。如今我连坐在电脑前、打开 Word 文档、回邮件也做不到了,我没有办法握住一支笔超过四分钟,没有办法俯身面对一页白纸,不管是横纹纸还是格子纸。总之,我丢掉了进行我的职业活动需要掌握的最基本能力。

九月初,露易丝和保尔又走了。

和不少人一样,我也是按学年来思考和表达的,九月到六月,夏天像是一大段插曲,一个空档期,没有什么约束。我在很长一段时间里一直以为这纯属家庭母亲的职业病,弄不好生物钟最终也要跟学期日程合二为一,但后来我觉得这更多是留在我、我们身上的孩子在作怪,孩子的生活长期被切割成段，这在我们对时间的感知上留下顽固的印记。

开学了。是买新文具、立新决心的时候。是开始或重新开始的时候。

可是没有任何空气分子在流动，一切仿佛凝固。

这一次，我不再应承自己要投入工作。连写的念头都已经离得有些远。我已然想不起来那可以是怎样的状态，我的身体已经忘了曾深爱的疲惫和兴奋感，坐在圆形光束里度过的一个又一个钟头，敲打键盘的手指，略微紧张的双肩，在桌子底下伸直的腿。

孩子们走了，家中又剩我独自一人。露易丝和保尔不在，如今 L 也不在了，我开始体会到这个额外损失的后坐力。只消看看身边。信件在客厅的桌子上堆积，电脑屏幕也蒙上了一层薄灰。我任凭自己从一天飘到另一天，继续假装，用各种小事填满时间，把微不足道无限拉长，最好持续下去，才好填补这空白的一年时间里我在自己身边不知不觉挖出来的深不可测的空洞。

老年人大概就是这么生活的吧，颤颤巍巍的一小步一小步和缓慢到足以填满空洞的动作相互交替。也不是太痛苦。

我想象我们所有人都曾经在某天发现偶然这个东西并不存在。我想象我们每个人都曾经历过某一连串的巧合，然后赋予它们特殊的、不容忽略的意义，而且是当事人觉得只有她或他本人才能解读的意义。我们中间，有谁，不曾至少一次觉得这个或那个巧合肯定不是偶然，而恰恰相反，是茫茫人海中只为她或他而来的讯息？

我就经历过。那两三周的时间里，我似乎觉得L的话，她想让我接受的她内心的笃信，不再需要她这个载体就可以到达我这里：它们继续在空气中漂浮，自行来去，在这里或那里找到新的媒介来说服我。

一天晚上，我接到一位导演的电话。若干年前我和他因为一部长片的剧本一起共事过，尽管得到各方相助，也有好些组织的参与，但电影最终未能面世。资金未能到位，计划泡了汤。导演提出见面喝一杯小叙，跟我讲讲他的一些计划。我们在以前一起工作时常去的咖啡馆见面。他很快切入正题：他在寻找可以改编的真实故事。这是唯一有市场的，看看各种电影海报，有多少上面写着"根据真实事件改编"，几乎跟电影名字一样大小，只要读读杂志，看看电视，看看那帮见证人和小白鼠，听听广播，就能明白人们想要什么。

"真的，只有这个是真的。"他总结。他知道我拒绝了好几个改编我上一本小说的邀约，他也理解，但如果我有什么想法，或者我听到什么——新事也好旧闻也罢，或者某个被历史遗忘的人物，千万要想着给他打电话，如果能再次跟我合作他会很高兴。

我从咖啡馆出来，心情好不沮丧。所以……是真的，人们等待的，是烙在电影和书上的真实保证的标签，就像食品包装上品质保证的红色标签或有机标签。我以为人们需要的是能吸引、撼动他们、令他们沉醉的故事，但我错了。他们要的是，事情在某个地方发生过，经得起考证的故事。他们要的是亲身经历。他们想要进入角色，感同身受，为此他们也就需要商品品质有所保证，要求最基本的可追溯性。

接下来那几周，每次我打开电视，翻开杂志，或者看到新的电影海报，一切似乎都直指话题：真事，真实，如实，通通塞进同一箩筐，好像都是一回事，是份促销装，某种套餐，从今往后，我们都可以声称自己有权利享用。

写下这些字的时候，我也说不上来，这些事到底纯属巧合，还是受我的忧虑操纵的主观臆念。

二十年前，我迟迟未能怀孕，而就在我怀孕之前的那几个月里，我难道不是认定自己被孕妇包围吗？真像场瘟疫啊，当时我对自己说，好像附近的所有育龄妇女都商量好了要抢在我之前怀孕，放眼望去，满街只见她们和她们隆起的、迷人的、幸福的肚子。

不管怎么说，所有迹象都朝向 L 所指的方向。

如果 L 是对的呢？如果 L 早已看清我们读、看、思的方式正在经历深刻的变化？作为读者的观众，我其实也不例外。我对真人秀的迷恋不是我的文学计划足以解释的，我每次去发廊或牙科诊所都会一头扎进八卦杂志里，我时常看传记电影或改编自真事的电影，然后迫不及待地上网考证事实，查看真人的面孔，贪婪地求证，对细节和证据如饥似渴。

如果我拒绝承认的东西，L早就明白了呢？我写了一本自传体小说，里面的人物原型都来自我的家人。读者对他们产生了依恋，追问我这个人或那个人变成了什么样，承认对她或他有特别的感情。他们追问事实的真相。他们进行了自己的调查。这些都是我无法忽略的。这本书的成功，说到底，可能也仅仅在于此。一个真实或者被认为真实的故事。不管我打了多少预防针，声称现实是如何无法捕捉，频频强调我的主观视角。

我一只手指摁进了真实里，陷阱就闭合了。

从今往后，我造的所有人物，不管他们有着怎样的维度、故事和创伤，都永远达不到同样的高度。从头到脚生造出来的人物，散发不出任何东西，没有气质，没有磁力，没有味道。不管我多有想象力，他们注定矮小、平庸、苍白、没有分量。他们没有血肉，单薄无力，可有可无。

是的，L是对的。必须和真实决一高下。

做经典文集的那位编辑，即邀我为莫泊桑的小说写序（其实是L写的序，我署的名）的那位，每年都会在奥岱翁剧院举办几次读者见面会。再版的书发行之后，她给我打来电话，确认我没有将之前签合同时就定下的这个约定遗忘。见面会安排在有一百多个座位的小厅罗杰·布兰厅，会持续大概一个小时，如果我同意的话，将由我来高声朗读小说的节选作为开场。主持人会围绕我关于这部小说的阅读和我对作者的喜爱来提问，目的在于激发人们去发现或重读莫泊桑这部相对不知名的小说的兴趣。

我挂掉电话之后的第一个念头是，找L，让她替我去。打她的电话一直是语音信箱。让我不禁想到她的这个电话号码是为我而设的专线，她还在生气，专线就会一直关闭。我没有留言。

这一次，我也是事先应承了的，见面会的消息已经在不同的网站上发布，想反悔已太迟。仔细想来，让L来扮我一点可行之处也没有。我认识出版社里的好几个人，以前在各种书店里见过我的读者可能也会去。这种情况下，用不了两分钟L就会被揭穿。

见面会前一天，我重读了小说，还有L写的序。一夜没有合眼。

见面会当晚，我提早到了，跟剧院的文学顾问先聊了聊，访谈将由他来做。他先是宽慰我（我看起来应该不是一般的紧张），然后又重复了一遍游戏规则。时间一到，我们登上小讲坛，面向观众。

座无虚席。我高声朗读了书的节选，读了有十来分钟。我一抬起头，就看到了。

她在那里，坐在第三排，穿得跟我一样。不是同一风格的一样，不，而是**完完全全一模一样**：一样的仔裤，一样的衬衣，甚至一样的黑色外套。只有短靴的颜色略有不同，她的颜色比我的稍深一点。我很想笑，L在跟我开玩笑，她打扮成我的样子，像在电影里一样，演替身。L在告诉我，如果出现什么状况，她随时可以跳到台上给我当临时替补。她是在悄悄给我使眼色，除了我似乎没有其他人注意到她的小把戏。

关于书的介绍，我的记忆很模糊。我的回答平淡无趣，越往后，我越感觉我陷入一套温吞的、无比空泛的说辞之中。我看到坐在听者中间的L，我不由自主地把目光投向她专注、镇定的脸，这张脸在提醒我，那个堕落在冒名顶替的骗局里的人是我。尽管她在微笑，尽管她频频点头示意（就像在鼓励学期末嘉年华会上表演节目的小孩），我依然无法自控地想，她的位置应该是在这里，在台上，她的回答会比我的中肯不知多少倍。

见面会结束，人们停留了片刻才四散离去。我签了几本书，和一些人简单交谈。我远远地看到L混在一小群人中间，然后在跟邀我写序的编辑说话。我打了个寒颤。似乎没人注意到。没人注意到L很像我或者说L在模仿我。L似乎与背景浑然一体，没有引起任何讶异或怀疑。我突然惊觉，这一切只不过是我个人的投射。自恋的臆想。一厢情愿的妄想。L并非穿得和我一样，她穿得和大部分我们这个年纪的女性一样。我是谁，我以为我是谁，竟觉得L想方设法拷贝我？我必须承认的是：对于L，我心中养成了一种不成比例的惧怕。诚然，L是个带有点侵入性的朋友，但她确有试着帮助我，给我建议，而我回报她的只有怀疑和揣测。除了我，没有人觉得她奇怪，只有我一个人频频向她投去忧心忡忡的目光。

后来，人群散去，我和出版社的人决定去喝一杯。我们围坐在离剧院最近的咖啡馆的一张大桌旁。我很高兴在那里，我有好的陪伴，气氛简单而热烈，我感觉很好。

大概过了十来分钟，我看到L从咖啡馆的大玻璃窗外走过，她朝我投来一个悲伤的示意，然后就消失了。

第二天，我给她打了好几次电话，但回应的一直是她的语音信箱。有天晚上，她给我发了条短信，说她有想着我，等她"看清楚一点"之后就会给我打电话。

我们曾在一起住了好几星期，我们共用一个卫生间，分享了几十顿早午晚餐，我们尽可能地照顾彼此的情绪，然后L走了。我的房子里没有半点她的痕迹，没有任何遗忘的衣服或物件，没有贴在冰箱上的留言。她把她的一切收拾打包，什么都没留下。

一两个星期就这么过去了，我一点记忆也没有。我的电脑一次也没打开过。

然后弗朗索瓦又出国了。

我本可以打电话给我的朋友们，重新联系他们，让他们知道我就在这里，我完全有时间，但我没有这么做的力气。这样的话，我就得说起L，解释她为什么住到我家里来，为什么她可以任意使用我的电脑，我就得坦白我什么也写不了，而且写作恐惧症并未减弱。要么，我就得说谎，承认是我自己发了那封愚蠢的邮件，令他们疏远了我。

我就这样，一个人，被困在谎言里，没有任何回头的可能。

十月的一个早上，我在信箱里发现了新的匿名信。一样的信封。我把信的内容抄录如下：

德尔菲娜：
　　你还是孩子的时候就很吓人。你浑身上下流淌着不自在。所有人都看得见，都这么说。所有人。你这个样子没变好。甚至变得糟糕许多。因为现在夫人是搞文学的人了。
　　可是今天不会再有人上你的当。你的光辉时刻，你的小伎俩，和你蹩脚的下作手段，结束了。你不会再得到同情。对你的书毫不客气的评价，我每天都要忍受，到处都是，商店里，街上，晚餐中。我到处能听到嘲笑、冷笑，你不会再让人有幻想。你的故事，你的幽默，只能博你自己一笑。没有人在乎。我知道你的童年和青春期很考验心理，甚至可以说是病态。你的书打动了很多人。但这一切已经结束。
　　像你这样去揭人老底，总有一天会后悔的。你的所作所为只能让你的精神状况恶化。你以为你只要退出媒体光圈就能让人忘了你是边打着自己的小算盘边跟人睡的。你已经彻底玩完了。最糟糕的是，你自己都没发现。

我把打字机打出来的这张纸放回信封,和其他几封信放到一起。焦虑像一摊血,在屋里蔓延开来。

我无法再否认这些信件在伤害我,玷污我。

我没有告诉弗朗索瓦,没告诉任何人。

我没有跟谁说起过胸口持续的压迫感,也没说过每天早上一醒来便侵入腹中随后又渗遍全身的酸液。

几天后,在地铁里,两个刚从电影院出来的少年坐在我对面。甲向乙解说他们刚看完的电影,按他在 AlloCiné① 上看到的,那电影特别贴近现实:几乎都是真事。乙很赞同,但随即又表示惊讶。

"你看到现在出的这些电影有多少是真事改编的吗?那些人是不是都没灵感了!"

甲思考片刻才回答。

"嗯,不是……主要是因为现实有种,走得更远。"

让我惊愕的,是这句话,这句从一个脚踩耐克鞋、看上去像是为了去外星行走而打造的十五岁孩子口中说出来的话,这句话的内容如此平庸,但表达的方式却如此特别:现实有种。现实具备意志和属于它自己的活力。现实是更高级的力量造就的成果,这股力量比所有我们能发明的要更有创造力、

---

① 法国一个主流的电影电视剧数据及资讯网站。

想象力，更大胆。现实是一个巨大的阴谋，造物主是主谋，力量无可匹敌。

另一天晚上，我回家的时候，在楼门口闻到了L的香水味。我想应该是巧合吧，或者是嗅觉上的幻觉。

我打开家门，城市的灯光照亮了客厅的一部分，在地板上投下家具的影子。我没有立即开灯，大概是觉得隔街有眼，于是透过窗户往外望。对面建筑物的楼梯间里，似乎有个人影。眼睛渐渐适应黑暗之后，我试着辨认，模糊的印象变成了肯定。有个人站在那里，一动不动，楼梯间的定时灯是灭着的，此人大概觉得不会被看见。隔着那样的距离，我看不清这个人的脸，也无法辨认是男是女。

我就这么停留了一阵子，在黑暗中侦察，试着猜出一个动作，一件衣服，或是一个身形。后来身影往后退去，直到完全消失。

我拉上窗帘，在不透光的窗布后面又静观了一小会儿。我守着一条缝隙，等着身影回来。但身影没有再出现。

第二天早晨，当我望向窗外，看到白日的光，我心想我是不是做梦了。一切看起来一如往常。

一两个钟头之后，我出门准备去理查-雷诺阿大道的市场，却从楼梯上摔了下去。这一跤有点难以描述，我想我只是忘了我正在下楼梯。那一瞬间（脑子短路不到一秒）我抬脚向前踩，以为在平地上。闷声一阵响之后，我在十几级楼梯之下着陆，已下了一层楼。过了几分钟，我发现自己站不起来。是一位邻居叫来了消防员。他们把急救车停在楼门口，坚持要用担架抬我出去。他们把我运到车里，车外已经围了一群好奇人士，被一名工作人员拦着。就在车门要关闭的时候，我看见L突然从人群里冒出来，一副惊慌失措的样子。消防员告知将把我送至圣路易医院，她对我大喊她去取车，医院见。

我当时并没有去琢磨她是出于怎样的偶然恰恰在这节骨眼上出现。我很高兴看到一个熟悉的面孔，我都不用喊救命，就有个熟人不早不晚地蹿出来，跟魔法似的。

半小时后，L在医院的急诊部找到了我。正常情况下，亲友是不允许进治疗区的，但L没用多久就说服了某个人让她穿过防火门来到我身边。她还很快找到一把椅子，在我躺着的担架旁边坐下来。我问她怎么进来的，她告诉我她跟实习护士说我有很严重的抑郁，最好能让她陪在我身边，这样能让我安心。我不知道这是她的幽默还是真实想法。不管怎样，她说服人的功夫我是知道的。

我的脚很疼，但身体其他部位除了有点挫伤之外似乎无大碍。情况不是太危急，我等了好久才被带去照X光。这个过程L一直在我身边。我们好几周没见面，我得说我很高兴重新见到她。我们最后几次争论让彼此有些疏远，但我从来也没能真的怪她。我想那会儿我已经完全消化了L是个奇怪、神经质、爱走极端、说变就变的人这样一个事实，但我没有估量到其中的危险。奇怪、神经质、说变就变、爱走极端的人，我不是不认识，我自己大概也是个奇怪、神经质、说变就变、爱走极端的人。况且我对她起的疑心也许毫无根据。是的,她抱着助我集中精力的希望,自作主张给我的朋友们发了邮件。她也许并未意识到此举的影响。但我也不肯定就要因此生她一辈子的气。因为还有除此之外呢。她为我做的,那段时间里,L给我帮助,她在我身边,给我安慰。

这一次也是,她坐在我身旁,表现得善解人意,知道说什么话叫人宽慰。没用几分钟,我们就找回了彼此曾经的默契。

就是在这个等待的过程中,L第一次向我吐露心声。

我不知道我们是如何说起的,大概说到了医院和住院的经历,L先是暗示她曾经在一所私人精神医院里待过好几个月。我问了几个问题。她起先回答得很含糊,后来开始讲。她丈夫的葬礼结束不久之后,她失掉了运用语言的能力。就这样,一夜之间。没有任何先兆。有天,她在半夜里醒来,浑身骨头疼,胸闷气短。她发烧了。她能感到自己的身体在被单底下散发着热气。她想自己应该是得了流感或感染了某种病毒,她躺在床上,等着天亮。透过窗户,她看着周围的楼房里的灯光亮起,天色渐渐由黑变灰。闹钟响了,她起床给自己泡了点茶,然后,一个人在厨房,试着开口说话,好像凭着直觉,她已经明白自己身上发生了什么。她的喉咙出不来任何声音。在浴室里,她看着镜中的自己,她刷了牙,检查了上颚,捏摸了脖子周边的淋巴结。她试着咳嗽。没有,连一声杂音都没有。她的嗓子没有发炎,淋巴结也没有肿。

她一整天都没出门，待在家里，她试了好几次想说话，但发不出任何声音。

几天过去，她的家人没有她的消息，开始担心。某个人把她送到了私人医院。她已经不记得是谁。

她在那里待了六个月。那年她二十五岁。她尽可能不吃医生给的药。她把自己关在了沉默里：好像有一团厚厚的棉花卡在了喉咙里，从那里开始不断变大，直到把她整个包裹住。一层柔软又致密的物质保护着她。

有一天她突然明白她不能一辈子都活在静音之中。她得沿着来时的路往回走一遭，收复失去的语言。她必须面对这件事。她躲在被子里练了好几夜。为了不被听见，她把手捂在嘴上，轻声细语，一音一顿地练习简短的词句。

Hello。

有人吗？

有。

我。

L。

活着。

能说话。

呼出的热气聚在她手掌中。一个个词，慢慢地，被收获。所以，她知道她将收复失去的语言，她不会再停止说话。她又说出了一些新的词。

她第一次开口说话，那是个星期二。护士进房间给她送早餐。阳光将窗棂的影子投在床边的墙上。年轻的女子语调欢快,是医院或养老院所有这类健全人照顾伤病人士的地方常听到的调调。她把托盘放在滚轮桌上。

L注视着她的一举一动。她想说点什么。有首诗的记忆突然浮现出来。

"我梦你如甚以至于我习惯/拥着你的影子在胸前/交叉的双臂不会围着/你的身体弯曲,也许。"

护士停下手中的动作,用同样的语调对她说:您找回了您的声音,这难道不美妙吗。她本想对她笑,可却哭了起来。没有啜泣,只是无声的眼泪,不由自主地,从脸颊滚落。

让死了,但她还活着。

L讲完了。她显然有些激动。

六个月,一个字也没说过,完全是哑的。我看得出来这段记忆有多痛苦。

我想是在这个时候,我第一次有了一个念头。

因为这段叙述,这第一次的倾诉。

我们周围不停地有人来,受了伤的,吓坏了的,生活突然来了个急转弯、痛苦不堪的,第一次,我有了写L的念头。

这本身就是一个选题。一次冒险。我得展开调查。L不会轻易开口。她嘴很紧。

但一切豁然开朗。但一切都有了意义。我们奇怪的相遇,她迅速地在我生活中占据了一席之地,甚至这次在楼梯上摔跤。突然之间事情纷纷对号入座，找到了存在的理由。

突然之间，我心里只有一个念头：写一本关于 L 的小说。我所知道的她。她的怪癖，她的恐惧症。她的生活。

这是理所当然的事。不容回避。

她说得对。现在已经不流行从头到脚制造人物，然后举着他们在空洞中挥舞，可怜的玩偶，都用坏了。

到了讲述真实生活的时候。

比起我的生活，她的生活更像一部小说。

我拍 X 光的过程中，L 回到候诊室。X 光片的结果显示第五根跖骨有裂口但无错位。

没过多久我就离开了急诊，从脚到膝盖被夹板固定。

L 把车开过来。我们不想坐救护车，那还得再等上至少一小时。

L 小心翼翼地帮我，让我坐到副驾驶的座位。路上，我们在药店停靠，买了医院开的止痛药和拐杖。

按医生的话说，这夹板我至少得戴四周，脚不能沾地。

L 开车送我回家，一路上她很沉默。后来，她提醒我，没有电梯的七层楼，弗朗索瓦又不在，我的生活会相当麻烦呢。要靠一只脚上楼已经很不容易，上去之后，是不可能再下来的。对于难以忍受一整天不出门的我，这显然会很艰难。

我不记得她是如何说到去库尔赛叶的，但我肯定这是她的主意，不是我的。于我而言，库尔赛叶毕竟是弗朗索瓦的地盘。尽管这些年来他花了不少心思，力求让我在那里觉得自在（实际上，一层有一间特别舒适的屋子变成了我的工作间），我依然认为那个地方是他的，充满他的气场。我从来不在没有他的情况下去那里。

所以，当我打电话告诉弗朗索瓦发生了这么一起意外并询问他我是否可以在库尔赛叶住一阵子的时候，他在担心过了之后很快表现得很兴奋。是啊，这主意很棒，如果我有人陪伴就更好了。房子出门就是平地，而且我也有工作间。无奈他实在没有办法提前回来（此次他与一支四人团队同行，航班、拍摄计划、与作家们的会面，都是早早敲定的），但如果我和某位友人一起在库尔赛叶，会比独自一人被软禁在七层楼高的地方更让他安心。而且钥匙我也有，直接上路就好了。通话过程中弗朗索瓦不止一次问起我摔的这一跤，很是担心：**怎么会弄成这个样子？**我想没有什么"怎么会"，根本没有。但现在我有了一个计划。一个可以具备规模的计划。写 L 的念头一直盘踞在我心头。从这一角度出发，我很高兴和她一起去乡下，她对我来说便是唾手可得了。

说到最后，弗朗索瓦再次问我和谁一起去，我第二次说出了 L 的名字，一段短暂的沉默之后，他嘱咐我小心点，我觉得他想的只是我们要赶的路和我动不了的脚。

我挂了电话，L 把我放在我家楼下的一家咖啡馆，她准备出发事宜的这段时间里，我可以在里面暖和着。她提出由她上楼到我家收拾点东西。我接受了。我累坏了，摔了这一跤,又在急诊等了好几小时,疼痛也开始一波波袭来。我没有力气去爬七层楼。

她告诉我她会帮我浇花,把暖气调低。然后她再去酒店收拾她的东西。

我在咖啡馆里待了一个多小时,也许更长。我坐得有些昏昏沉沉。我记得我看了好几次时间。

然后我看见L的车又一次停在咖啡馆的大窗玻璃前。她示意会下车来里面接我。

一切准备就绪。

我们没有耽搁,上路了。

出巴黎的路有点堵。我们开了已经二十来分钟,我什么也没问,L自己说起了她和她丈夫的相遇,那是在一个交通系统罢工的晚上,整个城市几近瘫痪。拥堵的路上,第一个男人敲了敲她的车窗。出于防备或有些荒谬的条件反射,她锁紧车门,开到了红绿灯路口。男人也跟了上来,有那么一瞬间她以为他又要来敲车窗,却见他上了另一辆车。他露出一丝嘲讽的笑,她对自己的反应感到有些难为情。这大概也是为什么开出一小段之后她接受了另一个搭顺风车的人。他很高,年纪比她第一眼看到的显得要大一些。他钻进副驾驶的座位,然后观察她。她立即被这个男人身上的香水混合着烟草和皮革的气味所吸引。他们开了一小会儿,谁也没说话。后来,车在一条小道上停了下来,他们一起进了一家没有旅客的巴黎旅馆。L想要让。就在他坐进她车里的那一秒,在她吸入他的气味的那一秒。从第二天起，她就知道，她会跟他在一起。因为在此之前的一切仿佛忽然间不复存在。那年她十九岁，他二十八。

说到这里她停住了。我记得我表示这真是一次浪漫的相遇，跟电影里似的。我肯定，在那个时候，我心里并没有在想什么。

我们的车在国道上飞驰，我一边不由自主地瞟仪表盘，一边提问。头一回，L有问必答。我得知她和让一起生活了六年。然后他死了。他们相遇时，他是位牙外科医生。他和另外两位医生一起经营一家诊所。结婚前的几个月，他们俩一起找了一套房子。然后，过了一两年，让停止工作。他学了六七年的牙外科，但不想再当牙外科医生。L开始给人捉刀，而让先后送过快递，当过酒吧服务员。他说起过要在家附近开一家上等香料店，或者旧货店。然后又有了去国外生活的念头。然后都没有任何念头了。慢慢地，在L身边，让陷入了无声的哀伤之中，她却没有估量到其中的风险。

我们又沉默无言开了十几分钟。然后L开始讲述她丈夫的死。我想她之所以选择在这个时候说，是因为我们处于无法面对面的状态。我在露易丝和保尔更小一些的时候就发现了这一点，他们跟我说事总是选择我们在街上走的时候，或者当我们并肩坐在地铁、火车上，或者当我忙着做饭。他们的青春期里我们所有过的最热烈的交流总是发生在我们多多少少忙于做别的事情的时候。

当我们开车飞驰在十二号国道上，L开始了这段她一直回避的叙述，我心里想的是：因为我们无法面对面，因为我只能看见她的侧脸，所以，总算，她才能够跟我讲她丈夫的死。

L喜欢山。与世隔绝，直面自然。她和让经常一起去山里。一直以来，她总想去阿尔卑斯山深处的孤独小屋过上几星期。他们刚庆祝完结婚三周年的时候，她邀让一起去。他不想去，她很坚持。她觉得这能帮他脱离萎靡不振，也许还能给他们的关系带来一线生机。让最终答应了。他倒也不遗余力地投入准备，该带什么，自己还查资料。他们带够了足以自给自足的东西，衣服，睡袋，露营气罐，脱水食物，各式罐头。从最后一个村庄出发，他们还得走上一整天才能到小屋。让想带把卡宾枪，他怕万一路上被野兽攻击。酒吧里的一位客人借了他一把。

他们往山上走的那天天气清朗，阳光明媚。木屋有一大一小两间居室，大屋有一口火炉，有窗户，小屋则没有对外的门和窗。

四下里全是雪。寂静，偶尔被一些噪声撕裂。他们也渐渐学会辨别这些声音。只有他们，远离一切。时间被拉长，变得跟他们所知道的时间不一样。

一星期之后，让想回巴黎。他觉得不舒服，透不过气来。他需要城市，需要汽车的噪声、喇叭声，需要人声阵阵。但L不想放弃。他们说好的，储备能支撑多久就待多久。她想把这次试验坚持到底。

让想离开。她让他独自下山,质疑他说话不算数。她说了一句有点刻薄的话(提起这一细节的时候,L的声音开始颤抖),她不太记得具体用了什么字眼,但话挺重的,她又一次地责怪他选择退缩。

让留下来了。

他们每天穿着雪鞋在外面行走。他们很多时间用来读书。他们不再做爱。夜晚,他们很快入睡,因为寒冷令人疲累。虽然有火炉,但他们无时无刻不在对抗寒冷。这样的抗争把时间拉长了。她后来都忘了让状态不好这件事,因为让没那么不好了。

有天晚上,他甚至说他很幸福。

暴风雪刮了好几天,刮得他们出不了门。他们待在屋里,窗玻璃上的雾气越来越重。那几天里他们只听见风的嘶吼和自己说话的声音。她突然生出一个可怕的念头,而且再也抹不去。她曾经爱过的这个男人,她已经不再爱他。

第四天,暴风雪总算平息下来,L出门透气。她留下让一个人在木屋里,蜷在鸭绒睡袋里。她朝森林的方向走去,突然间听到身后传来一声巨响。枪声在寂静中回响,然而几秒钟过去,什么也没剩下。不再有任何回音。她心想她是不是在做梦。

回到木屋,她发现了让的尸体。那已经不完全是让,因为脑袋没了。他的脑袋被崩飞,到处是血。L看看自己脚下,发现自己正踩着丈夫的颅骨的一部分,她开始往后退。黑色的头发被血粘在一起。

她大喊大叫，但没人听见。

L说完了她的故事，我好几分钟都说不出话来。我很想说一些表示同情安慰的话，配得上她刚向我袒露的隐情。但我觉得什么话都不合适。

我最后说了一句：

"你肯定很痛苦。"

L对我露出微笑。

"那是很久以前了。"

我们一语不发接着赶路，天色渐暗。

到达目的地，我让L下车去把院门打开。在车大灯的灯光中，我看着她把门一扇扇打开，动作强悍有力。手里攥着钥匙的是她，这个句子突然从不知道是我的意识深处还是侦探小说里突然冒出来，我当然没漏掉其中的双层意味。L把门都打开了，她转身向我，一副胜利者的姿态，她的头发因为起静电而在脸周围形成一圈闪亮的光晕。随后她又回到车上。

她把车开到房子前面停下，提醒我注意花园，就跟矿场一样。的确，临街的部分有好几个地方被挖出深坑安放排水系统。工程涉及整个村子，随处可见红白相间的护栏，示意正处施工中。

L打开房子大门，把我和她的行李搬进去。我带她参观了一层,但二层我就让她自己上去了,我还玩不转拐杖,没法跟她上楼。

我们决定起用楼下的两间客人房。平常我和弗朗索瓦睡在楼上的房间,但楼梯对我来说太危险。

我们在食品柜里找到脱水汤粉和意面。

吃过晚饭我即上床睡觉,累坏了。

第二天，我给 L 指明去往最近的连锁超市的路。我们一起列了购物清单，打算备足支撑一周的物资。

L 离开后，我打开了工作室的门，这是一间小房，在房子另一头。我把暖气开到最大，拉开窗帘。从窗户望出去，我可以看到她留心关好的院门。天空低沉，色如水泥，似乎坚不可摧。

我感到有东西在我的身体里、手里跳动，熟悉的脉动，某种冲劲、希望，稍微一点操之过急都可能把它毁掉。

我没有试图打开电脑，也没急着拿起笔和纸。我慢慢坐下来，把椅子往桌边挪了挪。与其试着写，我想到的是手机的语音备忘录功能。

我录下了 L 和她丈夫让的相遇，他的死，按照她讲述的那样，包括所有我能回忆起来的细节。

我像写字一样，一句一句把内容口述下来。

为了找到 L 的原话，组织语句，我中间重录了好几次。

L 的故事在我心头萦绕了大半夜，频频回响，有种似曾相识的感觉。

我依然对自杀（以及由自杀引发的无力感、罪恶感和悔恨）的问题很敏感。L 的故事重新激活了几年前我发现母亲的尸体之后的恐惧感，以及接下来肾上腺素分泌过度的那几年。

但问题不在这里。不仅仅在这里。有种我熟悉却难以言表的东西在干扰我。

痛楚和伤痕，L并不掩饰，我往往能听出来，但她从来没对我讲过。这一次，她向我吐露了故事的一部分，也解释了我所知道的关于她的二三事：她生活在孤独中，朋友们对她疏远，不来给她过生日，她的存在方式中有某种蛮横的东西。

L肯定还藏着其他故事，像保存完好的化石，埋在她记忆的泥土之中，一些避开光线秘密封存着的故事。

某种可以被写出的东西。应该被写出来的东西。

我趁L不在，把我还能记得的对话里的这一点那一点录在语音备忘录里。为数不多，且四下分散。这是个难题，我能猜到会很复杂。

可是没错，我会写。必要的话，大声地写。

我会从她接近我的那次聚会和接着发生的一切写起。

我会写她对我的吸引，建立在我们之间的奇怪关系。

我会找到办法让她开口，让她掏出知心话。

我会试着了解她是谁，她，有天对我说过，"我可以接着你的每句话把它说完"或者"我不是遇到你，我是认出你来了"。

院门开的时候我正在罗列一系列我认为必须问她的问题。趁着 L 把车开进来的工夫，我确认录有我的声音的音频文件出现在备忘录列表中。然后我走出房间，关上门，朝她走过去。

L 笑盈盈的。汽车后备箱装满了食物，我想她准备得有点过头，或者是她打算待上好几星期。

我拄着拐，看着她把一包包东西从车上搬下来，没能帮上忙。就在她又一次往厨房去的时候，我抓起后备箱最后一个袋子，看起来挺轻。L 回到车旁。

"你就不能好好待着吗！你干吗非要跑到这儿来，我自己一个人能行！我不想看见你在这里碍手碍脚。"

她关上后备箱，把我靠车门放着的拐杖递给我。她又加了一句，脸上带着我从来没见过的诡异笑容：

"不然我把你另一只脚也敲烂。"

我等到一个合适的时机，终于问 L，为什么我从楼梯上摔下那天她会出现在我家楼下。她向我讲述了事情经过。那天她正在街上走着，突然感到脚上剧痛，痛到好几分钟走不了路。然后，一个无比清晰的念头浮现：我出事了。与其说是一种预感，不如说她很肯定，于是她决定马上赶来看我。结果在街角就碰上了消防员的救援车。

出于各种各样的原因，我属于能够相信这类事情而不去寻求合理解释的人。某个复活节假期的一天，保尔摔断了胳膊（就在家附近的小广场，我眼睁睁看着他从游戏设施上掉下来），当时露易丝住在她班上的一个同学家里，她要求同学的妈妈给我打电话。大下午的，在距离几百公里的地方，坐在餐桌边，面对着甜面包和巧克力酱，她对那位阿姨说：保尔把自己弄疼了，我得给妈妈打电话。

还有一回，双胞胎还是小宝宝的时候，他们在同一个屋睡觉，保尔半夜里突然哭闹起来。很奇怪的哭喊声，跟以往任何一次都不一样。我进屋，打开灯。哭的是保尔，但满脸冒疹子的却是露易丝。

直到今天还是这样，露易丝不用给他弟弟特别设置来电铃声就能知道电话是他打来的。

我记不起来是否跟 L 讲过这类小故事。反正我是信了她的话。

午饭的时候，我向L宣布我已经着手开始写书，是一本关于我的思想和情感建设的书。很个人的东西。

不，我不能透露更多，我怕说多了会影响这意外的写作冲动。

对，会有很浓的自传成分。

我看到L的脸亮了起来。她的面部线条一下子放松了。看到她脸上露出无法抑制的满足的笑，我赶紧补充说现在八字还没一撇呢，不能高兴得太早。

我告诉L我现在还没有办法开电脑，也无法做笔记。只要一想起这些动作，我的手便开始颤抖。但这一切会改变的。我能感觉得到。我可以肯定的是，只要我能抓住新的写作计划坚持不放手，事情就会回到正轨上来，只是时间问题。在此之前，我会采用另外一种方式。我会试着高声写作，每天如是，直到我能重新握住一支笔为止。因为这有点像忏悔、自省，所以第一时间我会先用录音的方式打草稿，以此作为基础，等我恢复好些之后进行加工。

L很高兴。欣喜若狂。

她赢了。

接下来的那几个小时，她的五官打开了，态度也变了。我从来没见她这么从容过。平静如水。让人恨不得相信这几个月来她的全部生活一直悬着，暂停，就等着我妥协。

第二天晚上，我们开了一瓶香槟，以庆祝我回归写作大业。我看得出来 L 从头天晚上就忍着没细问，她没能忍太久：

"你开始创作的这个，跟你的幽灵书有联系吗？"

我犹豫了好几秒。那本著名的幽灵书。她自己都想象了些什么？她想让我讲哪个孩提故事还是哪段青春往事？我们之间到底有什么共同之处，真实的也好，她幻想的也罢，让她这样上心？

我看到她眼中的希冀，有间歇闪烁的亮光，在等待我的肯定。我并未事先设想过，但我回答有。有，这本书当然跟那本幽灵书有一定联系。我又补充说这一本会很难写，她应该明白。但她是对的。是时候投入了。

我听到自己声音里的转调，低沉，坚定，我想风向是变了。我不再是几个月来 L 搀着的那个苍白孱弱的作家，我是马上就要咬破她脖子的吸血鬼了。我感到脊梁骨一阵发麻，既有害怕也是兴奋。

"你知道吗，让我感兴趣的，是去弄明白我们是拿什么东西搭起来、造出来的。通过怎样的工序，我们能够成功地把一些事件、记忆吸收消化，好像它们已经化在我们的口水中，渗入我们的血肉里，而其他一些却依然像鞋里的小石子一样，顽固地硌着我们的脚。怎样在我们想要成为的大人的外皮上识破儿时留下的痕迹？谁能读到这些隐形的文身？它们用哪种语言写就？谁能明白那些我们已经学着掩盖的伤痕？"

"你的伤痕吗？"她问我。

她的口气里没有任何怀疑的意味。

再次犹豫片刻之后，我回答：对。

接下来事情的发展跟我期望中的完全一致。

L相信我为了写这本隐藏起来的书，正处于深深的自省之中，便主动跟我讲起她自己的故事。出于鼓励或支持，她开始讲述她童年或青春期一些具体的事件，她以前从来没跟我说起过的。无疑，她觉得这样的知心话可以刺激我，帮助我召唤自己的记忆，挖掘自己的伤痕。我没想错。只需让她相信我在写作计划中稳步前进，她就会一点点把素材交出，毫不知情地为我的书提供养料。

我以L为原型创作出来的人物，复杂和真实程度可想而知。

当然，等到有一天，这本书进展到一定程度了，也许完成了，我得告诉她真相。我会提醒她别忘了当初是她否决一切脱离生活的写作。我会提醒她，她当初力图与我分享的那些信条，我最终接受了。我会跟她说起我们的相遇，在她身边度过的这若干月，只有她能当这本书的主角，这是多么显而易见的事啊。我感到别无选择，我必须把她自愿向我倾诉的那些片段都攒起来，给它们一个新的排列组合。

现在，不管从哪个角度看，我都离不开L。

首先，我的脚不能着地。其次，我需要她的词句，她的记忆，来供养这本刚开了个头的、她完全不知情的小说。

但这种依赖的状态并没有让我心慌。

这种依赖的状态背后有一个更高级的计划撑腰,尽管她对这个计划的拟定一无所知。

L 手头也在写书,夏天之前就已经开始。又是来头不小的人物,合同里就规定啥也不能说的那种。署的会是别人的名,那个号称写了书的人。

我问 L 到底是谁。这次是哪位女演员、女歌手还是女政客要借她的妙笔?

L 很抱歉,她无可奉告。保密条款比合同本身还要长,她不能冒任何风险。她有一次就没忍住透露了机密,后来听的人无疑中出卖了她。我试探了一两下:米蕾叶·马修[1]?赛格林·罗雅尔[2]?

L 一脸不为所动,我也不再坚持。

几天过去,我们又重新找到了不久前同居时期的习惯。L 比我醒得早。我从房间里可以听到淋浴的声音,然后是咖啡机响。我起床之后,我们一起很快地吃个早餐,然后她就开始工作了。打第一天起她就把工作室安在了厨房旁边的小屋里,阳光照不进去,她喜欢那样的氛围。她在一张小桌子上放了电脑,摊开一堆草稿、提纲和材料。

---

[1] 米蕾叶·马修(Mireille Matthieu, 1946—),法国著名流行女歌手。
[2] 赛格林·罗雅尔(Ségolène Royal, 1953—),法国政坛人物,社会党党员,2007 年曾以社会党候选人身份竞选总统。

稍后，在房子的另一头，轮到我把自己关在工作室里。我采用平时写作的坐姿，上身稍微往前倾。拐杖就在我伸手可及的地方，手柄卡在小桌的抽屉处稳稳立着。我裹着披肩，轻声低语，开始口述。鉴于我们之间的距离，L不可能听到我说话。

然而，我还是忍不住每天要确认好几回，看门是否关严，L有没有躲在门后。

一点左右，我会到厨房，跟L一起分享一道她做的汤或面。

下午，我们又各自回屋干活。L写她的书，我则继续背着她，把我们越来越私密的对话用口头汇报的方式一一录下。

几天后，为了保存录在我手机上的音频，我成功地开了电脑。

临近傍晚，我们有时会出去溜一圈。

我的手臂肌肉日渐发达，我们散步的区域也越来越广。

晚上，L准备晚饭的工夫，我们在厨房里喝上一杯。我坐着可以帮她打下手：切香肠，切马苏里拉干酪，剥洋葱，拣蔬菜，剁碎香叶。L负责其他一切。

我们开始闲扯，天马行空，然后不知不觉地，总会跑到我感兴趣的话题上来。我给L讲我的记忆。童年的记忆，青春的记忆，只要能跟她的记忆有所呼应。

吃过晚饭，L生起火，我们靠坐到壁炉边，让手享受火焰的温暖。我相当了解她了。经过这段时间，我已经学会解读她的答话、情绪和反应。我能够从她脸上读到最短暂的、透露快乐或不悦的表情。我知道如何从她的身体姿态上看出，她接下来要讲重要的事了，或者，她又要拉开距离。经过这么多星期，她的句法，她绕开某些话题然后在我最意想不到之时又杀个回马枪的方式，我也已经习惯。我从来没见过她如此平静。如此从容。

在 L 看来，我摔坏脚并非偶然。骨折，以一种可见的方式，把将我困在沉默中的障碍和阻隔表现出来。"摔倒"一词，应该从各方面解读：不单是身体失去了实际中的平衡，其实我摔的这一下，是为了把某件事情了结。结束一个章节。摔倒，或躯体化，说到底，是一回事。而且，用 L 的话说，躯体化的表现往往为了揭示我们拒绝承认的焦虑、恐惧或紧张。是对我们的警告。

L 有好一阵子没给我晒理论了。她又拿出那种让我发笑的腔调，一副无所不知的博学模样，不难猜出其中有自嘲的嫌疑。我们都笑了。我觉得她的理论颇有道理：她认为，随着时间的推移，为了不让同一器官负担过重，我们会改变躯体化的表现，从偏头痛变为胃灼烧，从胃灼烧又转到腹胀气，又从腹胀气改肋骨间疼。我注意到了吗？仔细想想，我们每个人多少都经历过不同的躯体化阶段，而且为了不累垮同一器官，也都考验过身体的不同器官。只需要听听人们讲讲他们的小病小痛。摔倒，不过是以一种较为惊心动魄的方式，在关键节点上，为常规的报警系统做个补充。值得解读一番。

弗朗索瓦每天都给我打电话。我会拄着拐杖走到花园深处，不无费力地爬上小土包，因为只有那里有正常信号。通话持续几分钟，我放心大胆靠拐杖做支撑，他则在中西部或蒙大拿的酒店房间里。他很快便感觉到我的状态有所好转，他问我是否能写东西了。我告诉他我决定开始一个新计划，一个更有分量的计划，我手里已经有料，迫不及待地想和他详谈。但我没有透露更多。

L很快在库尔赛叶的房子里找到自己的坐标，轻而易举到令人咂舌。她属于那种能以超快速度适应陌生环境的人。才几个小时，她就已经把什么东西在什么地方都摸清楚了。任何抽屉、角落都躲不开她的雷达。当我看着她来去自如，好像那地方她已经再熟悉不过，我不得不说，她"没把自己当外人"这句话真是太贴切了。

我在库尔赛叶的电脑里找到头几天备份的音频文件。除了每个人听到自己说话都会有的奇怪感觉之外,我有点认不出自己的声音。我的声音压得很低,怕 L 听见。我把音频的内容抄录在此。

二〇一三年十一月四日　音频文件

L 的母亲在她七岁或八岁那年死了。

是她发现她母亲的,就那样,在地上。她母亲躺在过道的木地板上。为了让她听清她说话,她把她的头发拨开,让耳朵露出来。但她没反应。她觉得有些不对劲,便整个人躺到她母亲身上。她母亲身上穿着那条她非常喜爱的黄色花裙子。她就这样躺了好一会儿,同一个姿势,甚至还睡着了,胳膊耷拉在母亲身子的两边,头枕着她的胸口(这个画面让我心碎)。

后来电话响了,她醒过来。她起身接电话,头发因为睡觉出了汗还有些粘潮。她拿起电话,是她母亲的一位朋友,要跟她讲话。她说妈妈在睡觉,朋友有些担心,她母亲从来不会在白天睡觉。她问,她是不是病了,L 回答说不是,但她就是不醒。朋友让她待在妈妈身边好好等着。她说她马上就到。

L又回到母亲身边躺下。

母亲去世之后，L有一段时间没出门。我没能知道多长时间。好一阵子。我想她没有上学。

要弄清楚的：我想，L的父亲禁止她跨出大门，除非有不可抗因素。我想她非常怕他，怕到真的不敢出门，在家中待了好几个星期，甚至好几个月。独自一人。

她没去上学。

她不得以任何借口去把门打开。

他父亲把她传唤至书房，给她下达命令。她得站直，昂首挺胸。立正的姿态。

L想象中的世界全是敌人。她不知道外面会是什么样，如果她逃走的话。食肉的人类，武装的小孩，她想象。

尽快再回到L提到过的这些：她对自己说她不会活着出这房子的时候。自杀的念头。

可能的话，再让她说说她的父亲。

我感觉有些危险。

L不愿意按顺序讲。我觉得她会东一段西一段地讲，我得自己想办法把它们拼起来。

L 昨晚说的一句话，关于她的父亲：我身上所有的不确定、不合群、破碎的东西，都来自于他。

二〇一三年十一月六日　音频文件

我试着还原 L 使用的确切的词语。

她精心挑选的词语，在我看来每一个都很重要。

我很后悔没能偷偷拿 iPhone 录音，但那样太冒险。

后来有了某个人的介入，她得以重返学校。然后又上了高中。

她和父亲一起的生活无时无刻不处于责难的氛围中。她的每个动作、每句话，都可能被阐释、剖析、抽离背景。她说的每个词总有一天会变成伤她自己的利器，迎面朝她砸来。

他观察她的方式，他那种控诉的目光。

无言的怒火充斥着屋子，有时令空气难以吸入。

他在寻找裂缝，背叛的迹象，内疚的证据。他不怀好意地四下观望，伺机发火。

他持续的暴力如同不间断的威胁，压迫着她。

L 接着跟我讲了这种环境下所需的自控力。

因为一切个性（欢乐、热情、滔滔不绝）的外露都会被看作不正常。

她经常回到这一点上来：不可能的青春期。

在她从女孩变成女人的年纪，要承受他的目光里毁灭的力量。

但她的性格中有某样东西是在这些年里造就的，某种能够在敌对环境中保证自己幸存下来的配置。

从L的言语中能听出，她变成了一个警惕、戒心十足、时刻准备战斗的生物。

L上初、高中的时候，她父亲不愿意她跟小伙伴们一起外出。也不愿她把他们招呼到家里来。

她提到过两次的，跟一位邻居有关的诡异故事（试着再让她多说）。

二〇一三年十一月七日　音频文件

好几年里，L有一位假想的闺蜜，名叫琪吉。

琪吉整日整日跟她在一起。L睡觉的时候侧着身子只睡床的一边，另一边留给她，门里门外也留心让她经过出入，饭桌前也小心留出给她坐的地方，两人独处的时候她便高声说话。

L的父亲不知道琪吉的存在。

夜晚，她会梦见和琪吉一起逃走。搭顺风车，乘火车，去很远的地方。

有天，琪吉问她是不是依然想离开。L说是的，但碍于他父亲，这看来不太可能。

琪吉说她会想办法的。

怎么想办法？

琪吉用手指压住嘴唇，意思是：什么都别问，因为你不会喜欢答案的。

几天之后，房子着了火。一切化为灰烬。

家具，衣服，所有儿时的玩具，所有照片。

所有一切。

他们搬到了另外的房子里。

我没能知道这事发生的时候L几岁。

我问了好几次，试图得到更确切的时间顺序。但L就好像不希望我能把某些事件联系在一起似的，她装出对事情发生的顺序拿不准的样子。

我问L，后来琪吉怎么样了。她犹豫了片刻，说琪吉被车撞了。有天她们并肩在街上走，琪吉滑下马路牙子，被汽车碾过。

即使有些混乱，但L讲述的过往印证了我的直觉：L曾经是某种难以诉诸言语的无形暴力的受害者，这种潜伏的、迂回的暴力，从最深处造就了她存在的方式。但L挣脱了束缚。她的自我建设和自我修复的能力，她依照自己意愿行事的能力，不断刷新我的观念。在我遇见她之前的某一天，她已经变成了这个高度自我保护、意志坚决、执拗的存在，但我知道,她的甲胄,有可能在一瞬间分崩离析。

头些日子里,L开车去买过一两次面包或生鲜食品。剩下的时间里,院门一直紧闭。

L心情很愉快,对我关照有加。这一时期,她从来没让我觉得是她在打点一切。我曾想,她对我付出的毫不吝惜的关心和坚持不懈的照顾,其实是另一种形式的控制。

但我们俩之中,到底谁握着主动权,我说不上来。

有一点是肯定的:一听见L的脚步声靠近我的书房,我会马上停止录音,等她脚步声再次远离的那几分钟的工夫里,我发现我的心跳加速蔓延至全身。我害怕极了,怕她发现我正在做的事。

有好几次,天黑之前,我看见L走到房子前面的小水池跟前(尽管晚上气温骤降)。她俯在水面上,观察那两条红金鱼,一看看好久。那两条鱼是弗朗索瓦和他女儿几个月前在附近的宠物店里买的。有天晚上,她结束了当天的观察,进屋之后向我宣布那两条鱼是肉食动物。她认为,如果我们拒绝给它们喂食,它们终将会互相残食。我把她的这一定论归入她的怪念头库里(那不过是两条最普通不过的金鱼)。

那天夜里,我梦见L发现了我正在做的事。她背着我翻看我的手机,找到了音频文件,她逼我坐下来,听自己的声音正讲述她的生活。然后她把电话砸在地上,发疯似的一顿乱踩，踩到只剩几块大的碎片，要求我吞下。但我做不到（碎片太大，噎在我的喉咙里，噎到我吐出血来），她便勒令我丢入垃圾桶。就在我起身之时，她又挥起扫把，用尽全力打我的脚。我疼醒了，真疼：因为我脚上的夹板卡在墙和床垫之间，我的脚是拧着的。我呻吟着从梦中醒来，真实的疼痛在黑夜里继续。

呼吸总算是平息下来，我透过百叶窗等着天亮，好像黑暗会带着这个可怕的噩梦一起离开。

另一天夜里，我从梦中惊醒，确信有人进了我房间。我坐在床上，整个人处于高度警惕状态，睁着眼睛在黑暗中努力辨认眼前那团一动不动的黑影。我听见自己的心在胸前狂跳，太阳穴也咚咚直敲，脑袋里一片慌张嗡嗡作响，连四下的寂静都听不清了。屋里的空气变得稠密、饱和，好像有另外一个人把氧气都吸光。有个人在那里，我敢肯定，有人在监视我。我等了好几分钟才有勇气开灯，发现那团黑影不过是件衣架上的衣服，头天晚上我把它挂在了搁物架上。又过了好几分钟，血液才在我冰冻的皮肤底下恢复正常循环。

然而，在最开始的这段时间，并无任何迹象显示 L 对我正在进行的活动有所怀疑。我的解释似乎令她十分满意：我录下口述的片段，为未来的书备料。

慢慢地，每晚聊天过后，我开始用便笺纸记下只字片语，字迹潦草、不安。然后我把便笺粘到笔记本内页里，防止在

L趁我不在进我书房时被发现。第二天，我靠着这些标记回忆起L说的话，再口述出来。那个时候，我依然没有找到事件之间的联系，我找不到其中的意义，或者一条主线索。每天，我伏在电话上，试图将L向我袒露的片段按顺序排列，尽管我仍看不出这些片段的粘合力，但我相信总有一天它会在我眼皮底下显现。

这么长时间以来，我第一次能拿稳一支笔，能每天坐在书桌前，能写上几个词——我在进步。我心中重新生出希望。用不了多久，这几个月来的绝境，生理上的写作无能，面对电脑时犯的恶心，这一切，将不过是片惨淡的浮云。

我们开始了第三周——我刚开始能靠夹板走路——有天早上，我听见L的尖叫，惊声尖叫的那种。此时我们俩刚各自回屋工作。我定住了好几秒钟。现在回过头讲起这件事，我觉得自己当时的反应很奇怪。我没有急着去帮L，我的第一反应不是去找她，而是待在那里，一动不动的，处于警戒状态，竖起耳朵听外面动静。然后我听见L匆忙的脚步，我还没来得及明白她是在朝我这里来的时候，她已经站在我面前了，她满脸通红，呼吸急促，慌张得有点不像真的。她把门从身后关上，开始讲话，语速奇快，地窖里有老鼠，至少两只，她敢肯定，它们很快就会找到来厨房的路，有天晚上她听到过，但她不愿相信，现在是百分百肯定了，这房子里有老鼠。她有点呼吸不上来，难以平静的样子，我从来没见她这样过，如此脆弱。我起身让她坐下，她一下跌坐在椅子上。她试图找回正常的呼吸,两手拧成一个焦虑的结,手指尖因为按压太用力而发白。

我开始轻声安抚她。地窖的门关得很严,老鼠没理由能进到房子里来,我们可以买些捕鼠器或灭鼠药,把它们杀掉,我会给弗朗索瓦打电话,看他有什么建议,她没必要担心。

几分钟过去,她总算平静一些。我的记事本就摊开放在桌面,结果她的目光落到了贴在上面的黄色便笺纸上。上面有我头天晚上睡觉前写下的字:

试着了解更多离开父亲家。

回到让的死的后果。

我看到L的目光落在便笺纸上,有十分之一秒的样子,整个身子有难以觉察的后退动作,胸腔处好像受到轻微一击。她抬头看我,眼中有怀疑。

她肯定看到了。她肯定也明白了我正在做的事。

她没有问任何问题,只是叹了一口气,问我能不能去把地窖的门关上。她刚才慌张至极,门也没关就跑了,现在决然不敢回去。

我没有选择。我抓起拐杖,半跳半走到了厨房。

我关好门,刻意用轻快的语调喊她:放眼望去没有老鼠,这地方安全啦,她可以回来啦。

我记不清我们是否成功做到各自回去工作还是在厨房里磨蹭到了午饭时间。

吃过午饭不久,L开车去做一周的采购。走之前她把客厅的壁炉点上了火，我坐在炉火旁打算看书。但我怎么也无法集中精神。才读了几行，我的思绪便开始乱飘，飘向各种情节假设，即使不往最糟糕的方向想，我心头也不得安宁。如果她明白了，那我很快便会知道，按我对她的了解，我有理由担心她会有激烈反应。如果她只是怀疑，那她会再提起这一出的，会向我发问。

天色渐暗，树梢挂上了团团雾气。L离开这么久，我想过她是不是把我丢在这儿不管了，剩下我一个人，没有车，事先也没得到警告。

晚上接近七点，L回来了。我透过客厅的窗户看到她微笑着从车里出来。她手里拎着大包小包进了门，问我有没有担心。她给我打了好几次电话，打不通。这倒也不奇怪，我的电话只在室外有信号。她一边整理采购物资，一边给我讲述她这一趟的曲折：她在超市没找到想要的东西，便绕了一圈到市里的药店，在那里终于找到灭鼠指南。她一脸得意地打开袋子，满满一袋捕鼠器和老鼠药，足够消灭好几个军团的啮齿类动物。卖家已经跟她解释过鼠药和捕鼠器应该放在什么位置，她于是慌张急忙，不能再等下去了，但她要求我自己下去放药布置陷阱，因为她无论如何也不敢再迈进地窖一步了。我把拐杖倚在楼梯口，靠双手撑着墙，一级一级往下挪。我花了好长时间才下到最底下，好几星期不怎么动，我的肌肉已经退化。

L从高处把捕鼠器和一块块的鼠药扔下来，让我去摆在她指定的位置。

我又一点点慢慢往上爬,脚很疼。

我回到厨房,L宣布她准备了惊喜。她转头对着我,脸上有我从没见过的挑衅的表情。

"总是有些事值得庆祝的嘛,对不对?一本书开了头,一段故事结了个尾……"

她弯腰拎起一个小木条筐,原先放在地上我都没注意到。她小心翼翼地打开,从里面抓出两只活龙虾,她在超市的海鲜档买的,她特别强调,刚从布列塔尼来的鲜货。我看着它们惊慌失措地乱动。

我打开L买的酒,某庄园的一级酒,她买了好几瓶,因为从今往后就甭提开酒窖的门了。我坐在厨房的桌子旁切蔬菜,L准备煮那两只甲壳类。

她先用洋葱煮底汤。等到水开,她毫不迟疑地抓起两只活物先后塞进锅里。我看见她的表情,她用漏勺把龙虾的头压在水中,脸上露出满足的微笑。我好像听见了虾壳裂开的声音。

我们共享了这顿晚餐,L想象的节庆的晚餐。

我任凭自己滑入这悬停的时光中,像某种暴风雨前的平静,正常状态下,我应该会格外当心。但是焦虑退却了,我不知道酒精是否足以解释焦虑的退去、头脑的平静和信任的重现。L成功地催眠了我的担忧,让我相信自己有胜利的可能。

是的，这天晚上，我依然相信自己可以战胜恐惧、疑虑和恶心——就是这些，这几个月以来，令我不能动弹，无法写作。

我们喝着白葡萄酒，喝到很晚。

我想我还记得 L 在一家糕点店买的甜点，某种草莓奶油蛋糕，我们吃了又切，切了又吃。气氛愉快而友好。一切看起来很正常。

后来，喝花草茶的时候，L 主动说起某天发生在她和邻居之间的事。她在此之前提及过一两次，但总不愿意详说。

我精疲力竭地睡下，心里像是吃了颗定心丸。

我想我只是成功地说服了自己，相信 L 跑到我书房里来的时候慌里慌张的，可能并没有看见那张便笺纸，或者看到了，但没有注意。

第二天早上,我觉得非常累,累得有些出奇,但还是挣扎着坐到桌子前录下关于头天晚上的对话的回忆。

我在电脑里找到这一音频文件,是我成功传到电脑里的最后一条。

十一月十二日　音频文件

L说起了邻居的事。我没问她,她自己说起的,好像那些细节、补充信息都是她欠我的。

事情发生在第二套房子里,就是火灾之后住的地方。

放学后,她有时会帮邻居看他的小孩。他对她很友好,看她的眼神很温和。每次他来接儿子的时候,如果L的父亲不在,他会跟她聊几分钟。她和他一起有说有笑。

一天,他大下午的来按门铃,L一个人在家。

他什么也没说,就贴到了她身后,站着,靠着墙。然后,他的手伸进了她的裤子里,伸到了她的内裤的弹力松紧带下。接着是他的手指——先是一个,然后好几个——进入了她的身体,把她弄得生疼。

邻居抽出手的时候,她身上已经全是血。

L对谁都没说过这事。

我得记住这一段叙述的细节,极其野蛮。

录完音,我觉得整个人像被掏空。有点像以前的疲惫,以前,是我能够连续写作好几小时连头也不抬、写完连走路都跟跄肌肉也痉挛的时期。但我在书房里只待了二十来分钟,而且也只是口述了一点东西。

天空晴朗,我坐到屋外的小石凳上。我需要光。我需要感觉阳光洒在我脸上,需要感到这股热量一点点温暖我的皮肤。我待了好几分钟,寄希望于阳光能赶走身体由内而外的哆嗦。

后来,跟往常一样,我们一起吃了午饭。我感到实在太虚弱,吃完饭我就回房间躺着了。我看了点书,打了个盹。

晚餐是L做的鱼汤。我不喜欢鱼汤,但我也不想惹她不高兴。我知道她下午在厨房里忙活了大半天。

餐桌上,L表现得愉快又健谈。她说起了她假想的闺蜜琪吉。我想她还讲了一些其他的事,我忘了。

我是何时回的房间、何时睡下的,已经完全不记得。半夜里醒来的时候,床单已经完全汗湿,黏在我身上。我只穿了一条内裤,我感到血管在表皮下跳动,湿漉漉的头发像冻住了一样。突然,我把身子探到床外头,吐了。

我想起身漱口洗脸,但我完全无法站立。我重新躺下。

想到头天晚上的鱼汤,我又吐了。

L应该是听见我这边的动静了。她进了我的房间,走到我身边。她扶我下了床,搀着我走到浴室,先把我放在矮凳上,然后塞好浴缸,放水。我的身体因为痉挛而抽搐,四肢不停颤抖。浴缸的水放满之后,L扶我起身。我看见她犀利的目光掠过我的肩、我的胸、我的腿。她双手撑住我的腋下,让我躺进水里,然后扶起我的坏脚架到浴缸边上,再用毛巾裹住夹板以免浸湿。确保我稳住之后,她又去厨房倒了杯凉水,连同两片药一起递给我。她说我浑身滚烫,得先退烧。我吞下药片,继续在水里泡着,她忙着给我换床单,每隔两分钟过来看是否一切正常。

我重新感到睡意沉沉袭来,无法抵挡的。我想我应该是在浴缸里睡着了。再次睁眼时,水已经凉了,L坐在矮凳上看着我。她没说话,去取来一条浴巾,又扶我出了浴缸,回到床上。应该是她给我裹了件睡衣。我冻坏了。

上午,我的手机响了。我从铃声判断出是弗朗索瓦打来的。我在床边找手机但没找着。手机在书桌上,我够不着。L进来了,接了电话。我听见她重复"喂、喂喂"好几次,然后她就到院子里去了。

过了一会儿,她对我说她已经把我的病情告诉弗朗索瓦,看起来像是食物中毒。他显得很担心,但她让他放心。她答应,在我能自己给他去电之前,她会跟他保持联系的。

从那一刻起，我就失掉了一切时间概念。L给我端来茶或温牛奶，有时候是一碗汤，她扶起我的头，喂我喝下去。我不再呕吐，但嘴里一直有一股金属的味道。她一走，我又开始睡。昏沉的时间，我连抗拒的力气都没有。我陷入了厚重、致密、几近痛苦的嗜睡之中。醒来时发现要么是白天，要么是晚上，有时出汗，有时发抖，L一直在，几乎我每次睁眼都能看到她，静止而专注。我起身上厕所，厕所在过道的另一边，我得扶着墙才能挪过去。我不知道这种状态是什么时候开始的。有天晚上我连站起来的力气都没有。是L给我换掉了湿床单。

我让L把情况告知露易丝和保尔，以免他们因为联系不上我而担心。她说她已经跟他们说过了。

时间已经变得无法辨读。

直到今天，我依然不知道这段时间持续了多久：两天，四天，六天？

我有天半夜醒来，开始找手机。身边能看到的地方都看了，不在。

这时候，我明白了，L拿着我的手机呢，她可以慢慢听我的语音备忘录。我把音频文件传到电脑里备份了，但手机里的并没有删掉。

惊恐如潮水漫遍全身。

L当然都知道。

L当然都明白。

太迟了。一切都太迟。

我已经没有力气去向她解释我想写的这本书是什么样的,没有力气去说服她,也没有更多力气去道歉。

一天晚上,在一种半混沌半清醒的状态下,我听见有人在按门铃。有人成功地穿过了最外面的院门,来到屋前。门铃响了好几次,我听见过道里 L 的脚步声,就在我的房门口,她停留了几分钟,没有开门。

弗朗索瓦也许告知了他的某位朋友或邻居。有人开始担心。有人来看了。八成透过窗户张望来着。看到了我们在这里的一些迹象。

除非 L 把百叶窗都关上了。

当天晚上,我没能喝下 L 端来的汤。反胃感太强烈,我吞咽不下任何东西。她坚持要我喝,结果我哭了起来,我央求她,我真的做不到,她得相信我,我不是故意的。L 也就作罢。

夜里,我感觉没那么迟钝了。起身去了趟卫生间,顺便喝点水。一线水从龙头里流出,我凑着嘴喝了好几分钟。

第二天我一早便醒来,在 L 来之前,我起了床。我感到腿有力一些了。我围着床练习走路。走小碎步。现在我可以靠夹板支撑走路而没有痛感。一听到 L 往这边走,我赶紧躺回床上。头有点晕。她端着托盘进了房间,将托盘放到我面前,自己在床上坐下。我借口热巧克力齁得我恶心,只喝了几口。我说我肚子疼。我瞥见了 L 眼中泛起的不悦。于是我让她把碗留下，向她保证，只要能喝我一定喝。

后来我听见 L 在讲电话，趁机把热巧克力倒进厕所。这天上午我有一部分时间成功地保持清醒。

也是在这个时候，我才肯定，L 在给我下毒。

一整天，我拒绝吃她给我端来的任何东西。我假装太虚弱没法坐起来，一睡一下午。我闭着眼睛，脑子里在寻找出路。我想起来弗朗索瓦还有另外一套备用钥匙在厨房的某个抽屉里，那里面有院门的钥匙。那也还得我能走到那里呢。可是怎样逃走才能不被她看见？不被抓回来？

晚上，L 端着新的托盘又来了。她做了笋瓜浓汤。她把我扶起来靠枕头坐着，要求我做点努力，话说得很温和，却掩盖不住语气里的威胁。她一手拿着汤盘，一手准备喂我。

她把勺子送到我嘴边，像喂小孩似的，动作灵活精准。我注意到她又用上右手了。假面舞会到此结束。

我们不再是两个彼此相像、意气相投、有相似经历的人，不再是两个举手投足那股劲儿相像到容易让人混淆的朋友。不。我们是两个不同的人，其中一个受制于另一个。

她好像读懂了我的心思，嘟囔了一句：

"能帮你的我都做了。是你糟蹋了一切。"

咽下一两勺浓汤之后，我说我不行了。我没有再张开嘴。L 的目光四下扫了一圈，好像在看有没有工具可以掰开我的牙。我敢肯定，她脑子里闪过把勺子硬捅进我嘴里的念头，可能还想闪我一大耳光。她气急败坏地哼了一声，拿起盘子，走了。我以为她会弄份甜点或泡杯花草茶再端过来,但那天晚上我没再见到她。

L不会一直容忍我不配合的。如果我继续这样下去,她会找到别的办法削弱我。想到这里,又是一阵惊悚感漫遍全身。

我不能再等。

我得想办法离开这房子。

我得到达院门才行。

一到马路上,我会拦下第一辆经过的车。

开始下雨的时候，天已经黑了很久。大暴雨，砸在地砖上。我从房间里能听见狂风大作，远处传来轮胎碾过水洼的声音。我不知道我是梦见了这些汽车还是真的听见了。我不知道自己是否能完成从这里到村子这段距离。我闭着眼睛，想象车大灯打在一个高举着双臂从马路中央突然冒出来的浑身湿透的身影上。我想象着汽车刹车、车门打开的瞬间，我将得到解脱。

　　尽管不想睡，但我还是睡了过去。

　　等我再次醒来的时候，所有灯都已经关了。我完全不知道是几时几刻，但我想 L 应该是睡下了。像前几天夜里一样，她敞着房门睡觉，生怕听不见最细微的动静。

　　我能站起来、走到厨房而不吵醒 L 的可能性是微乎其微。我很清楚。夹板会碰到地面，我的拐杖也已不翼而飞。

　　我成功地从抽屉里拿到钥匙、离开房子、打开院门而不吵醒她的可能性为零。但我没有别的选择。

　　我在 T 恤外面套了件毛衣，手头也没有别的衣服。我装衣物的行李也不见踪影。L 把所有东西都拿走了。

　　我就那样，坐在床上，坐了好几分钟，呼吸几乎停止，连口水都不敢咽。然后，我铆足了劲儿，站了起来。

　　我走到厨房，打开抽屉，拿到钥匙。我能听见自己痛苦的呼吸声，气喘吁吁。

我出来了，我感到冰凉的雨点打在我的大腿上，夹板陷入砾石中，发出金属和沙石摩擦的声音。没过几秒，我的头发就已经被淋湿，在风中抽打着我的脸，逆风真是寸步难行。我试着跑，但是脚实在太疼。

我终于到了院门前。就在此时我才发现，L的车已经不在。我靠在墙上喘口气。柳树叶被一阵狂风掀上了天，发出巨大的沙沙声。像许多碎玻璃洒落的声音。

我没有再回头，直接打开院门，一瘸一拐地走上窄窄的小道，朝村庄的方向走去。

L肯定把车停在某处，熄了火，等着我现身呢。我敢肯定，我随时都可能听见她的汽车发动，然后看见它突然冒出来，朝我冲过来。

这就是她的计谋。让我以半裸奔的状态逃走，用车大灯将我逮住，然后把我掀翻，就像掀翻一个木头小人一样。

我沿着小路走着，每走一步疼痛都在加剧。雨太大，我什么都看不见，只有远处一扇有亮光的窗户刺破黑暗。

就在离村庄第一座房子只有几米的地方，我掉进了路边一道因下水道工程而挖开的壕沟里。对于这一刻我想不起任何画面，只依稀记得在泥泞中的下坠感。我失去了意识。

救护车护送的这一路在我记忆中很模糊。时至今日，我只记得旋闪灯下那条金灿灿的救生毯。背上感受到的担架。

还有车的速度。

我在沙尔特一所医院的病房里醒来。过了一会儿一位护士进来了。她向我描述了事情的经过。她告诉我,"我的丈夫"正在赶来的路上,或者说飞机上更确切些,有人通知他了。

市政工程工地上的一位工人发现了我,在天蒙蒙亮的时候。医生说我应该是没掉下去多久就被那人发现了,不然的话我估计活不下来。我当时处于严重的失温状态。

至于我是出于什么原因在黎明前穿着内裤和毛衣跑到那里,没有人问。他们让我慢慢来,好好回想一下,还给了我一些药片,一些用于疼痛,一些帮助睡眠。

脚上的夹板由树脂靴替代。他们给了我一副新的拐杖。在弗朗索瓦到之前,我几乎一直在睡觉。

第二天早晨,我看到他在我床头,脸上挂着疲惫和担忧。他把我抱在怀里,我得好好休息。我人好好的在这里才是最要紧。

后来,我得知毒物检测在我体内发现好几种安眠药和老鼠药的痕迹。

后来,人们觉得是时候来问我到底发生了什么,我才明白,整个医疗队伍——无疑也包括弗朗索瓦——都相信这些安眠药和老鼠药的混合物是由我自己摄入的。然后我惊了慌了,于是半夜跑出来求助。

L在我出走之前便已经离开。她留下我一个人,给我逃走的可能,但我也有可能一觉睡下去再也醒不来。

L就这样从我的生活中消失,跟来时一样。我很清楚这话好像听起来很耳熟。它让人觉得故事完满结束,从此只是回忆。故事在被讲述出来的过程中也找到了某种意义——若不是非要说一切已经完满解决。事实是,L消失了,没有留下任何痕迹。

好几个星期之后,我才愿意回库尔赛叶。我等着自己好转,能重新正常走路。能战胜一想到穿过院门就涌起的恐惧感。

我还在沙尔特医院住院的时候,弗朗索瓦就回过库尔赛叶,他发现房子干净整洁。洗碗机里的餐具已经洗过,家里也整理打扫过。一切无可指摘,所有东西都叠好,规整好,放在它们该在的地方。L有条不紊地关好了水阀,清理了垃圾桶,调低了暖气温度。她在离开之前打点好一切,小心翼翼地在身后留下干净地盘。她睡过的那间房里,床垫是裸着的,床单被罩都已经洗好晾干叠放在衣柜里,浴巾也是。浴室里也是干干净净的。

只有在我的房间才能找到我们在那里住过的唯一痕迹:凌乱的床,空碗脏碗,还有一件扔在地上的T恤。

弗朗索瓦怎么也没找到我的行李箱和手机，没有任何一件我带过去的东西。

我问他，那天晚上他打电话过来，L替我接的那次，她在电话里到底说了些什么。我明显感到他在怀疑我的记忆。我听见他用宽容的语气告诉我他从来没跟L讲过电话，那天晚上没有，后来也没有。我能听出他语气里满溢的小心谨慎，好像试图把疯子拽回理性世界。

弗朗索瓦告诉我，他的确给我打了一整天的电话，但我没接，也没回任何信息。后来就直接是语音信箱了，手机已关机。他很担心。我们从来没有过一天不对话的纪录。晚上，他给住在村子另一头的朋友夏尔去电，让他过去看一眼。夏尔翻过围墙，院子里并没有车，房子里也没透出灯光，所有百叶窗都紧闭着。弗朗索瓦得出的结论是我们已经回巴黎（这无疑也是L想给他看的假象）。再后来，他脑子里闪过我有了情人的念头。然后，人们找到我的那个早上，他就接到了市长秘书的电话，他搭上了最早那班飞机。

这次对话过去几天后，弗朗索瓦让我重新跟他讲讲我和L是怎么认识的。

我于是又描述了一次，书展过后的那个晚上，娜塔莉一个朋友家的聚会，那个跟我搭讪的女人。

弗朗索瓦觉得奇怪的是，他竟从来没见过她。我在巴黎跟她往来密切那么长的时间里，她住在我家期间，他怎么就可能一次也没碰见过她呢？

事实是，一般情况下，出于这样那样的原因，我去他家的次数比他来我家的次数多。L借住我家那段时间，我想方设法让他不来我家。

他让我重新跟他解释，我为什么一拍脑袋就决定跟她一起去库尔赛叶，为什么没有问别人，找一个更亲近、更可靠的朋友一起来。她的车是什么牌子，她为什么会在场，她怎么能那样说有时间就有时间？我们为什么住在房子里却关紧了百叶窗？为什么可能是她关掉了我的手机？

他看起来没有要伤我或惹恼我的意思，但我终究还是能洞见其中的疑心。

也许因为他能想象到另一种背叛。只有对弗朗索瓦一个人，我试着全盘托出。我如何遇见L，如何对她有了依赖。她为我做的，她替我做的。那些没出口她就明白的话，她超强的理解力。她对我的书的看法，她对我的期待。假面舞会，弥天大谎，我必须承认了。这么长时间来我令所有人相信我在埋头写作，事实却是，我天天在大街上或在"不二价"超市的货架前游荡。

我也解释了，以L的经历为原型写书的念头是如何在圣路易医院急诊部出现的。这一念头显得那么必然又迫切，而且是这么长时间以来第一次让我觉得值得动真格。所以我才会把和她去库尔赛叶朝夕单独相处的机会当做天上掉下的良机。真是想都不敢想的机会啊！不，我没有害怕过。我需要写作，我确信手中总算握紧了一本书，一切怀疑也随之打消。但是后来 L 发现了我的计划，事态逆转。

在我面前，弗朗索瓦露出我熟悉的困惑神情。我感觉他没拿我说的一半当真。

他半开玩笑地问过好几次 L 是不是个男的。但说实话，我更认为他心里想的是我想方设法逃到了库尔赛叶，只是为了把自己关起来，与世隔绝。

后来，我想他是相信了医生的观点，尽管他没在我面前承认。我经历了一段严重的抑郁期。我服用的药造成了某种错乱，甚至引起幻觉，这就解释了大部分发生的事情。我在夜间发病，关于这点我的记忆已经扭曲，于是几乎半裸着离开了房子，掉进了市政工程的壕沟里。我是有精神病前科的。

真相却是另外一回事：L 试着毒害我。削弱我。她置我于险境。

我本可以起诉她，或者至少试着再找到她。

我没有这么做。我没那力气。因为那还得需要我回答各种各样的问题，提供她的体貌特征，一次又一次地讲，给出细节和证据。而证据，我不敢保证我一定有。

留院观察三天之后，我回到巴黎。我打开电脑，直觉得到证实：L删掉了我们认识头几个月所有的邮件往来。所有。没有一封幸存。

鉴于她住在我家的时候每天花那么多时间在我的电脑上，她完全有工夫从容地把邮件归档，清空垃圾箱，不留下一点痕迹。

于是我什么都没有：没有任何蛛丝马迹。不过，她替我写的那些邮件倒是都留着：它们署的都是我的名，而且（除了我的口头证词）没有任何证据能证明我不是这些邮件的作者。

我于是发现了若干朋友的邮件，有鼓励，有支持，有想念，都是收到那封要求他们不要再联系我的邮件之后的回复。当然，L对我只字未提。

我好几天没出家门。在外面，我害怕。独自一人在家中，我也害怕。

朋友们得知我病了，都来看我。隔了这么长时间，他们很高兴见到我。我也是。他们都对我轻声细语。

有天夜里，我梦见L在库尔赛叶厨房的地板上爬着，脑袋烂了一半，眼睛被血糊住。她嘴里喊着琪吉的名字，试图往大门的方向爬。我看着她，爱莫能助。

我惊醒过来，坐在床上，浑身是汗。心头的恐惧直到天亮才退去。

一两个星期之后，慢慢地，我开始出门。

只要有人在我身后走或离我太近，我就会换到路的另一边。我时常会觉得背后有人（围巾和我的皮衣互相蹭着了，腰带扣碰响了），突然转身，发现并没有。我感觉自己被跟踪、窥伺、玷污。稍微有点声响我就会一惊一乍，每块肌肉似乎都紧绷到极点。整个身体处于警惕状态。我坚信危险迫在眉睫，尽管无以言状，也不知道它是潜伏在我自己的身体里还是在外界。

每次打开家门，不管在什么时间，我心里都忐忑得要命，我肯定那一天总会来到，我会发现有人坐在我的沙发上地毯上或床底下等着跟我算账。

露易丝和保尔经常回来看我。弗朗索瓦决定留在巴黎，我所有的写作计划都暂时搁置。

我返回圣路易医院拍片复查。树脂靴被移除。我一开始不敢用脚着地。两三次康复训练之后，我开始能够不瘸着走路。

好几个星期的时间里，我依然能听到门口地板有嘎吱声或奇怪的声音。我每天要透过猫眼张望好几回，确定没人在门口偷听。只要一回家，不管白天黑夜，我继续拉紧窗帘。我还想过 L 可能在我房子里安了摄像头和话筒。我伸手四下探摸，桌底下，靠垫下方，灯具内部，所有角落，确认没有摄像头和话筒的存在。

这些表现，可被看作是心理创伤的后遗症，也可以被认为是已有的妄想症趋向的恶化。我说不上来。

尽管如此，慢慢地，我还是重新开始了一种所谓的正常生活。

我会想到 L，当然。就像回望一个噩梦或一段有点耻辱的、叫人不愿多想的回忆。随着时间的推移，关于 L 的记忆蒙上了一层灰暗的薄膜。我问自己是要把它避光保存，防止它变质，也许有天会拿出来写一写，还是相反，让它就此消失。今天，我知道答案是什么。

四月，我接受了索恩河畔沙隆文学节的邀请。按照安排，我将在观众面前与一小组读者见面，这些读者在一年的时间里读过我的全部作品。我接受这一邀请是因为我和文学节的策划相识多年，他本人也是一位作家。

我大概也是想考验下自己，向自己证明我一个人也能做到。

下了火车，我先到酒店放下行李。我躺了半个小时。我喜欢这一时刻，像是被瞬间传送到了一间陌生的房间，一个陌生的城市，抛头露面之前的一小段单独摘出的时光。后来，我步行前往剧院。我和即将上台的读者群中的几位聊了两句，听众逐渐入座。我放眼环顾大厅，无声的雷达扫过人群，但没有在面孔上多作停留。当目光收回中央的时候，我明白了自己在做什么。我在找 L。或者是说，我在确认 L 不在场。

确认完毕,我深吸一口气,交谈开始。

读者群的问题大多关于我写过的书和它们之间的联系。气氛热烈且友好。我很高兴自己在现场。我想起来了,我是喜爱和读者见面的,去了解他们所读到的,谈谈我所写的。我喜欢寻找每本书源头那个画面、那份感动或那点火花,喜欢就写作向自己发问,然后大声地试着去寻找在我看来最恰当的答案。

然后是观众提问。他们的问题集中在我的最后一本小说上。所有问题都似曾相识。但我好久没有回答过。而这个好久令我和那些文字之间起了变化。我的防线移动了,后退了。第一次推介小说的那天已经很遥远。那天我面对二十多位书商哭了起来。然后又为自己没能忍住眼泪而感到耻辱。我成了别人的笑柄。

但这天晚上,在沙隆,我貌似终于站在距离合适的地方。

几个会合之后,坐在第一排的一名女子说她要替一位名叫蕾阿的年轻姑娘提问。蕾阿也在现场,但没有勇气发言。女子手中拿着麦克风,站了起来。她的声音中有几分庄重。

"蕾阿其实是想知道您是否真诚。有时候,她读着您的书,会有疑问,会想,这里面是不是有杜撰的成分。您所讲的都是事实吗?整个故事都是真的吗?"

有一瞬间,我很想告诉蕾阿她真是问到点子上了。不,当然不是真的,一切纯属虚构,我写的这些事里面没有任何一件真的发生过,没有,而且,亲爱的蕾阿,此时此刻,就在我跟您讲话的时候,我母亲正在克勒兹某个地方的草地上打滚呢,她根本就没死,她一年四季穿着牛仔靴和金色绸缎裙,跟一个爱她爱到发狂的老牛仔生活在一起,那人长得还特像罗纳德·里根,她还是那么漂亮、搞笑又招人烦,她的大房子里塞满了各种植物和乱七八糟的东西,还住着她收留的从世界各地来的十几个非法居留者,她读波德莱尔,在电视上看《好声音》。

但我没有这么回答,而是试着解释我是有多么用力地朝她所说的那个真诚的方向努力,几乎是用力过猛,对书本身也并无好处,那些没用的细节、可笑的精准描述、本可以改换的名字、多余的逼真度,今天看来简直刺眼,我以为我有义务如此对待真实,其实这种做法完全可以摒弃。我试着重复我在此类见面会已经说过好几回的话,在我看来,真实是多么无法企及。我试着解释我一再重复的观点,那就是,不管写什么,其实都是虚构:

"哪怕事情发生过,哪怕有类似的事情发生过,哪怕事情已经得到证实,我们讲的还是故事。**故事是我们讲出来的。**也许说到底,重要的是这个。所有这些不完全符合事实的小细节,这些改造了真相的小东西。好像粘在纸上的膜在边边角角的地方开了。花那么多工夫也是白费,还是会鼓包,折卷,变得模糊。但也许这个才是打动你们的地方。大家都爱看热闹,这点我同意,但追根究底,也许真相本身并没有比讲述者对故事的加工更让我们感兴趣或着迷。加工这道工序,就像镜头上的滤镜。不管怎么说,盖上一个真实故事的戳也不能让一本小说变得更好。这是我的看法。"

一名男子接过话。他声音洪亮，不需要话筒。

"您错了。不是这样的。我们之所以喜欢您的书，就是因为它的真实色彩。这能感觉到，能认出来。真实的色彩，这是无法解释的。不管您怎么说，这是您的书的力量所在。"

男士在等我表示赞同。我能怎么回答呢？要评判我的书的好和不好，我是最糟糕的人选了。但我想结束关于真实色彩的对话。

"先生，我不相信所谓的真实的色彩。根本不信。我几乎可以肯定地说，您，我们，读者们，每个人，都有可能完全被蒙骗，一本声称让您读到**真事**的书，实质上可能完全是虚构、伪造、想象。我相信每个稍微高明一点的作者都能做到。用各种真实技巧让人相信他讲的故事的确发生过。然后，面对挑战的就是我们了——您，我，不管是谁——自己去分辨孰真孰假。话说，这可以是个正儿八经的计划呢，写一本书，让读的人相信是个'真实的故事，一本所谓取材自真实事件'的书，但其实全部内容，或者几乎全部内容，都是编出来的。"

越往下说，我的声音越不自信，开始颤抖。有那么一瞬间，我几乎肯定 L 就要从大厅尽头跳出来。但我没有停下。

"这本书是否就没有另一本书真诚呢，我不确定。相反，它可能非常有诚意。"

大厅里一片窃窃私语。

男子说话了。

"您说的是欺骗。可是读者不喜欢被欺骗。他们想要的，是清楚的游戏规则。得让我们心里有数。是真是假,仅此而已。是自传体,还是纯属虚构。这是您和我们之间的契约。但如果您欺骗读者的话,他会责怪您的。"

空气中飘来L的香水味,离我很近,越来越近,在我身边缭绕。我仔细打量眼前张张面孔,再无法集中精神对话。

我没有作答。一阵失望的喧哗在大厅里响起,而我一口气喝完了杯子里的水。

晚上睡觉的时候,我又想起了那名男子说的"纯属虚构",这个词我自己也用过。虚构怎么着就是纯的呢?它是因为去除了什么而变得所谓纯粹了呢?虚构里面难道不是总有一部分的我们自己、我们的回忆和隐情吗?人们说"纯"虚构,但从来不说"纯"自传。看来心里有数得很啊。但不管怎么说,可能这两者其实都不存在。

我脑子里浮现出一幅画面:在石头山的房子里,孩子的手,那是我的手,很笨拙,正在一个容器上方打鸡蛋,把蛋清和蛋黄分离。这个精准微妙的动作,我的外婆丽安娜给我示范过好多次,动作要领是把蛋黄从蛋壳的一半转移到另一半,让蛋清干干净净地掉入大碗中。蛋清务必要纯,因为随后要打成泡沫。但总是有一小撮黄或一小块蛋壳溜出来,一旦掉入碗中,汇入透明的蛋清里,就躲得过手指,逃得开勺子,完全无法取出。

我闭上眼睛,听见外婆好听的声音,对于这把声音我是小心翼翼地维持着记忆,她问我:

"我的小王后,是真的吗这个谎话?"

我终于不再夜里听见半点声响就惊醒，不再不停回头确认没被跟踪，不再时刻觉得被人盯梢。我也不再处处看见L的身影——面包房排队的时候，电影院里的前后座位，地铁车厢的另一头，我不再对视野中出现的金色长发和灰色汽车心存警戒。

我开始给我的朋友打电话，重新联系许多好久没见的人。我开玩笑地管这一时期叫我的"再社会化"时期。我还答应参与创作一个剧本。

那几个星期里，我感觉自己像是在收破罐子，修家具，重建基座。我经历的这段时间，就像是大病之后的康复期。

L消失四五个月之后，一个周五晚上，我收到编辑的短信：

你的稿子已收到。真是惊喜！我马上读，周末给你电话。你能想象我有多开心⋯⋯

我先是想她弄错收件人了，我能想象在怎样的匆忙之中会把短信发错人。接着我又设想了一个妄想症的版本（不是操作失误，而是存心的诡计，目的在于让我知道其他作家们可都在奋笔疾书，还交稿了）。然后我又回到第一种设想上，也没费事回她。她自己会意识到犯了错误的。

但周日夜里,我又收到她的短信:

我刚读完。大胆又精彩。了不起。上午给你电话。

我心说她越来越没谱啊。发短信的时候总该小心点,不能把不知道什么发给不知道谁啊。

我考虑了好几种回复方案,从最简单的("收件人有误")到最邪恶的("太迟了,我已经签了别家"),但最终我还是没回。出版社的一位签约作家写出了*大胆又精彩*的文字,我的编辑非常满意……我怪自己心中羡慕嫉妒恨,真是幼稚又可怜,可这的确是我的真实感受。其他人写出了大胆又精彩的东西,这让我挺难过。

上午,编辑打来电话。她一上来就是热情、感动、狂热的大段独白,我还没来得及说上一个字,她有点语无伦次,机智的文字,她一口气读完的,停不下来,扰人心也抓人心,毫无疑问,这是我写过的最好的一部,明摆着,所有的担心,什么江郎才尽不尽的,都没意义,相反,她知道,她肯定,这是另一个周期的开始。

我好不容易打断了她的话,用绝望的声音告诉她,我没有写过她说的稿子。为了让事情更明了,我补充道:

"我没给你发过任何东西,卡丽娜,明白吗?没有。那不是我。"

她发出惊诧的笑声,我熟悉她这笑声,这也是我喜欢她的原因之一。

"不不，我明白，这的确也是你的稿子令人困扰的地方，你对作者和他的替身们一直有隐含的思考，你小心翼翼地让这些充满故事性的人物相遇……"

我的脑袋嗡的一声。她手里拿的到底是他妈的什么稿子？我特意调动我的声音里最最坚定的语气再次重申，我三年来**什么都没写**，也没有给她发过任何稿子。她又一次哈哈大笑，然后轻声细语地对我说：

"我不确定媒体宣传上可以一直保持这样的口径，不过如果你希望这样的话，我们可以再商量。总之，我想让你知道我对你的稿子是多么有信心。我会再读一遍，你什么时候想见面咱就见。太棒了，真的太棒了……"

我直接挂掉电话。她马上又拨回来，留了一条热情洋溢的语音信息，想打消我的疑虑。她明白这对我来说不容易，我是拿文字走钢丝、玩火呢，但这也正是这部文稿有力量的地方。

我不知道我就这样在沙发里呆坐了多久。几乎处于晕厥状态。目光已经呆滞掉，腿弯不了，胳膊伸不开，甚至连抓起身边的毛毯披身上都做不到。直到感到寒冷侵入身体。我的手指冰凉。

寒意将我从迟钝中唤醒。我站了起来，脊椎强直，双腿僵硬，双脚已经麻木，只好使劲跺脚。

突然，我明白了。

L以我的名义写了稿子寄给了我的编辑。

L写了一部精彩又大胆的文稿，把我的编辑迷到了罕见的神魂颠倒的地步。

L盗用我的身份，写了一部比我过往所有文字都高明得多的作品。

我试着向弗朗索瓦解释这回事。我的编辑收到一部书稿，她希望能在接下来的文学回归季出版，而我，是这部书稿所谓的作者，但里面没有一个字是我写的。我真希望能把他当时脸上的表情写出来。

那几秒钟里他心里在想他这是碰上了什么破事儿啊（不是头一遭了）。瞬间的怀疑也许还有泄气过去之后，他问了这么一句，单单这句话就已经高度概括了他的脑部活动状态：

"什么情况这是？"

我想应该是在此一周之后，弗朗索瓦偶遇我的编辑，后者成功地让他相信她手里有一部高水准的书稿，作者是谁嘛，在她看来，是没有任何疑问的。我想象他们讨论了我不愿承认稿子出自我手的理由，原因有很多，自从上一本小说出版以来我的状态一直不稳定，我收到的那些匿名信，我的自我隔离和收缩，我表现出来的恐怖症甚至妄想症的症状，我的种种一时头脑发热，再次曝光的念头令我害怕等等。不管怎么说，这些都是真的。由此得出的结论是，得给我时间，等我自己去接受和担当，就差这一步了。

那天，我告诉弗朗索瓦，L用过我的电脑，读过我的日记和所有我写过的东西，编辑收到的小说肯定就是她写的，他又是一副不想跟我计较的宽宏大量的样子。

他装模作样地问了几个关于L的问题（大部分在我出院的时候他已问过）。每个问题后面都藏着怀疑。

也是在这个时候，我脑子里生出找L的念头。

证明是她写了这部书稿，弄明白她为什么要以我的名义做这件事。是陷阱？是馈赠？还是想以此请求原谅？

L的手机号已是空号。

我跑到她曾经住过的那栋楼前，她在搬到我家之前住的地方，我去过一次，她过生日那天晚上。门锁的密码已经改了。我等了十几分钟才等到有人来。我上到L家门口，按了门铃。一位二十来岁的年轻女子开了门。她搬进来有几个月了，房子是从中介手里租的，她完全不知道原先的房客是谁。透过门缝，我认出了L的房子，唯一的不同是，这会儿房子看起来的确像是有人住的。年轻女子给了我租房中介的联系方式。是附近的一家中介，我顺势就直接去了。管这一带的客户负责人不在。我好说歹说，他的同事总算肯帮我看一眼材料。中介手里的租赁委托书刚签不久，第一位房客就是我刚见到的女子。同事无论如何也不肯把房东的电话给我。第二天，我打电话给管租赁的人，求他给我哪怕就一个名字也行，他直接撂了电话。

我给娜塔莉打电话，问她要她朋友的联系方式，我就是在她那朋友家的聚会上认识L的。我得告诉她不少细节之后她才想起来我说的是哪次聚会。娜塔莉对我描述的这位女子没有任何印象，她记得她走得早，也根本想不起来有见过我跟谁讲话。接着我给娜塔莉的朋友艾莲娜打电话，她隐约记得我在她的派对上出现过，但完全想不起来我所描述的这位穿着讲究的金发女郎L。我不肯放弃。我把能给的细节都给了：L和我，我们待到了最后。我们坐在她厨房的桌旁喝了伏特加。艾莲娜记不起来。毫无印象。这位女子估计也是别人带来的，会是谁呢？

几天后，我给里奥奈尔·杜华打去电话，问他认不认识一位名叫L的女子，是捉刀人，跟他竞争过好几回，尤其是杰拉尔·德帕迪约的书那次。里奥奈尔倒是对我的问题没感到吃惊，捉刀人，除了他多了去了，但有一点他是肯定的：杰拉尔的书，从来就没别的作家什么事，他是唯一人选。他见了演员一次，共进晚餐，当天夜里杰拉尔就给他打电话给了肯定的答复。他不认识这个女人，从来没听说过。

我给阿涅丝·德扎尔特也去了信，我说我们预科是同班同学，问她是否记得班上一个叫L的姑娘（不幸的是她还不在班级合影上），如果她还记得的话，是否知道她的近况。装信封的时候，我还用红色水笔补了段附言，强调我的问题紧急且重要。如果她还和当年的同学有联系的话，麻烦也问他们一声，我不胜感激。两天后我得到阿涅丝的回复，她本人，以及和她一直是朋友的克莱尔、娜塔莉和阿德里安，没人记得 L 这个人。

一天夜里，我突然想起 L 替我去图尔中学那次。我起床打开电脑，查找 L 和图书馆员在"我"的行程前后的邮件往来。但蹊跷的是，尽管邮件都是以我的名义发出的，却不在我的电脑里。全都被 L 删掉了。我不记得那所高中的名字，不过运气好点的话，我应该能在网上找到"我"此行的痕迹，说不定还能找到一张 L 被学生簇拥的照片。高中生都喜欢在自己的博客上放这种纪念照。

搜索的过程中我偶然看到了自己一篇很老的采访，刊登在兰斯一所高中的小报上，我在里面提到了对我影响深刻的电影，其中就有《正常人没什么特别》和《人们怎么做》，以及苏菲·费丽艾尔的《小大人》。

这样看来，令 L 和我倍感亲近的那些奇怪的、难以置信的巧合，其实也不足为奇了。

L 是做足了功课的。

我在网上没有找到 L 图尔之行的踪迹。第二天，我给几所高中打去电话。打到第二通时，我就联系上了邀请我的那位做图书馆员的老师。她一开口我就感觉她不太愿意回答我。她的口气非常冷淡。我问她是否还记得几个月前"我的"到访，她干咳了一声，反问我是不是把她当傻子。她说的不是"您说笑呢？"或者"您拿我开玩笑呢？"。不，她的声音干巴巴的，丝毫没有要缓和口气的意思，她说："您当我是傻子吗?"因为我不仅没有来,也没告知我不来。一百多名学生为这次见面做足准备,读了我的书,无比期待这天的到来。她给我寄来火车票,跑到火车站的月台上等我,那天还出奇的冷。而我没有来。而且我觉得没有道歉的必要,也无须回复她发来的那封怒不可遏的邮件。

我挂了电话。地板在我脚底下退缩,这不是想象中的画面,是地板在摇晃,悄无声息的,在屋子四角生出的磁力透视线的作用下震颤。

L 把我骗了。

L 消失了,人间蒸发。

L 没有留下丝毫踪迹。

接下来的日子带给我的只有眩晕和混乱。

每个细节,每段我以为能倚靠的记忆,每个我指望能拿在手中挥舞的证据,都只在我记忆里存在。

L 没有留下任何印记,任何证明她的存在的真凭实据。

那段时间里,她成功地做到不碰见我认识的人。我也真算得上是举世无双的同谋了。我没有介绍她认识我的孩子们和弗朗索瓦,也没有介绍她认识我任何朋友。我跟她的关系是排他的,没有旁人佐证。我和她一起出入过一些人特别多的地方,没有人有理由记得我们。她也没犯什么罪,值得动用形迹或 DNA 搜寻。我要是在事发六个月之后跑去警局里跟警察解释说我血液里查出来的安眠药和老鼠药是有人偷偷给我下毒，他们应该会当我是疯子吧。

我是一名小说家，曾多次表现出精神错乱、脆弱甚至抑郁的严重症状。

一夜又一夜，我睁大眼睛，寻找蛛丝马迹，一个缺口。
一天晚上，我试着向弗朗索瓦解释焦虑感如何时不时扼住我的咽喉令我不能呼吸，他第 N 遍听我又从头说起，细节、奇闻、对话只增不减，然后他说了一句话，他大概希望这句话能让我把这一页翻过去。
"也许这些都是你为了写而编出来的呢。"

我明白了自己是在做无用功，对着假想敌白费力气。

当然，我想读那部书稿。我琢磨了好几天，寻思着如何把它拿到手，或者至少知道讲的是什么，而不过多引起外人对我的精神状态的怀疑。我琢磨了好几天，我想过告诉我的编辑我同意他们制作并发表这部**大胆又精彩**的小说，哪怕冒着让 L 公开揭露我欺诈公众的危险。那样至少她会重新出现，证明自己不是我捏造出来的人物。
诱人至极。一本写好的书，印出来包上封皮就能卖，一本比所有我有能力写出来的书都更扰乱人心、更有力量的书。

这个想法我酝酿了好几天，好几个星期也说不定。

然后，有一天上午，我约我的编辑到某个咖啡馆见面。她看见我如此疲惫的样子很是担心。我以我能拿出的最郑重其事的口吻，要求她把手中的书稿扔掉或烧毁。我永远不会发表这本书，我强调，没有商量的余地。

她问我是否有保留电子版，我承认没有。如果她看重我们的关系，如果她觉得我未来有天能再写出一本书，我请她，我求她，把这一本丢掉。

她被我的决绝吓到了，还有我紫色的眼袋——让我看起来像是霜打的茄子——估计也助了一臂之力，她答应我会将书稿丢弃。

我才不会上当。我知道这份稿子肯定还放在她办公室某个地方。

一天上午，我在信箱里发现一封新的来信。

德尔菲娜：
你大概以为这样就全身而退了，能翻开新的一页了。你比看起来要结实。但你还没脱身。相信我。

这一次，信是署了名的。
我曾经想过 L 可能是写信人。但我错了。不是她。我宁愿是她。
这是我收到的最后一封信。

几周之后，保尔回家了。一天早上，我们聊着天，讨论着某一本书，他刚读完，内心无法平静，那个上午，我正跟儿子说有些文字如何如何能在内心萦绕数日甚至数周不退去，我跟他说起了大卫·范的小说处女作《苏宽岛》，让我读完好几个晚上都睡不着觉，还有书中令读者感觉犹如遭遇晴天霹雳的著名的第一百一十三页（小说在这一页风云突变直奔悲剧而去，读者从一开始就能嗅到悲剧的气息，但转折来得如此可怕且始料未及）。我起身从书架上找到这本书。我并不是特别想让保尔读因为它实在是太过黑暗，但我想印证那一页给我留下的可怕记忆。当着他的面,我一边给他讲故事梗概和我所知的大卫·范为何写了这样一个故事,一边把书翻到第一百一十三页,我折了页角做了记号的。我飞快地读了几行,说不出话来了。

我眼前读到的文字,跟 L 描述的她丈夫的自杀,几乎一字不差。我越往下读,越是觉得,本来乍一看可能是巧合的情节,明摆着只有一种可能:让的死,L 就是照着这本书、这些词句来讲的。与世隔绝的环境,大雪,小木屋作为他们的庇护所,枪声,返回木屋,还有她在车里给我描述的恐怖一幕,样样俱全。

我顿感惊慌,把书扔到了地上。

我们俩出门去散步。一整个下午,我动不动就觉得毛骨悚然。

那天晚上,有种隐隐的直觉让我头脑尤为清醒,我待在书架前,像 L 之前那样,大声念出紧挨着的一本本书的名字。所有。一架又一架的书。

到睡觉的时候了,我仰面躺着,却没有半点睡意,竖着耳朵等待什么动静,然后,我突然明白:L 跟我讲过的关于她的生活的一切,每件趣闻,每段故事,每个细节,都取自我书架上的书。

我套上毛衣和牛仔裤,打开客厅所有灯,拉上窗帘。一直到清晨,我按这样的方法进行:我努力回忆 L 跟我讲述过的往事,一段接着一段。

然后，当我的指尖抚过书脊，我找到了。

L四处取材，法国和外国小说皆有，不分类型。这些文字作为她的灵感，有一个共同之处，它们都出自当代作家。她母亲死的那一幕无疑出自维罗妮卡·奥瓦尔黛①的小说。关于他父亲的个性的描述很大程度上参照了吉莉安·弗林②的小说。我在艾丽西亚·艾瑞恩③的处女作里找到了可怕的邻居来访那段，几乎一字不差。早晨醒来嗓子干哑到发不出任何声音，以及后来声线回归的桥段，像极了詹妮弗·约翰斯顿④在小说中写过的情节。至于她和丈夫在一个公共交通系统罢工的夜晚的相遇，则是径直出自艾玛纽埃尔·博尔南⑤的书。

接下来的几周里，我陆陆续续又发现了L讲的故事和我的书架的其他一些关联。

琪吉，她的假想闺蜜，是塞林格⑥的短篇和格萨维埃·莫

---

① 维罗妮卡·奥瓦尔黛（Véronique Ovaldé, 1972—　），法国小说家、出版人。
② 吉莉安·弗林（Gilian Flynn, 1971—　），美国小说家、编剧，小说《消失的爱人》作者。
③ 艾丽西亚·艾瑞恩（Alicia Erian, 1967—　），美国小说家。
④ 詹妮弗·约翰斯顿（Jennifer Johnston, 1930—　），爱尔兰小说家。
⑤ 艾玛纽埃尔·博尔南（Emmanuèle Bernaheim, 1955—　），法国小说家、编剧。
⑥ 塞林格（Jerome David Salinger, 1919—2010），美国作家，《麦田里的守望者》作者。

梅让[①]的小说的奇怪混合。后者是保尔上初中时用过的书,不知为何也跟我的书混在一起摆在客厅的书架上。

听 L 提及这些回忆时,我有一种奇怪的亲切感。它们在我身上引起了某种共鸣,令我以为我们在内心最深处有相通的地方。一种无法解释的东西。来自另外一段时光的印记。到现在我才明白这共鸣是怎么回事。

直到今天,我也不知道她为什么要跟我演这一出。要向我发出什么挑战,还是拒绝承认什么。但作为小说家,我设想了各种可能。

L 刻意从我的读物和我的书中汲取养料,为的是捧出一个起伏跌宕的人生版本,那些叫人难忘的情节不是随便选的,而是经过她的仔细甄别,因为她觉得,这些情节会潜移默化地渗入我的内心,变成强劲的刺激,让我有欲望去写自己的故事。L 的出发点是我喜欢这些书(既然我一直留着它们),所以它们在我记忆中模糊的画面可能会与我自己的故事产生某种共振,尤其是那本幽灵书的故事。

又或者,L 是在用挑战消遣我。她存心的。她醉心于给我讲各种我读过的故事,有时候甚至一字不差。她在挑战我的极限。兴许有天我会发现她的伎俩,大呼上当:怎么这些我都读过!L 为自己的故事大规模添加虚构情节,看我能否

[①] 格萨维埃·莫梅让(Xavier Mauméjean,1963—),法国小说家。

记得起来。也许她想证明这些书给我留下的只不过是暗淡模糊的、可以抹去的印记。如果是这样的话,那她就错了。我记得这些书,而且有一些我还记得很清楚。但我信任她,从来没对她的话起过疑心。

我也想过 L 是给我设了另外一种陷阱,如果是这样的话,那我是双脚并拢跳了进去。L 知道,用这种不知不觉的方式勾起我记忆深处读过的文字,也会勾起我写她的念头。我以为背叛了她,实际上却正中她下怀:变成我的写作对象。而且,引着我无意中去剽窃我喜欢的作家。

我琢磨了好几个小时,没有采纳任何一种假设。说实话,没有一种能真正让我满意。

也许 L 真的经历过所有这些情境。也许 L 的人生和我书架上的书之间的共同之处仅仅是奇特的巧合。如果是这样的话,现实不仅高于虚构,而且包含、编撰了虚构……如果是这样的话,现实还真是**有种**,的确,敢玩。

有天上午,我们在库尔赛叶,弗朗索瓦发现池子中的鱼死了一条。乔巴只剩头和中间的骨,上面挂着一些零碎的肉屑。泛珠光的鱼鳞漂在水面。乔比倒是很矍铄。我问弗朗索瓦会不会是乔比把乔巴吃了,他很肯定不是。但过了几天,他在网上查证之后,承认这也不是不可能。

夏天快到了,我已经好了很多,不再夜夜梦中惊醒想到 L。有一天,我在街上认出帮 L 搬过行李的那名英俊的年轻人，他坐在咖啡馆的露天座位上。我当时正在对面的马路牙子上走着。我不记得他脸上哪个细节吸引了我的目光，我立时就定在那里了。

我穿过马路，朝他走去。他正和一名跟他年纪相仿的女子喝酒聊天。我打断了他们。

"您好，冒昧打扰，您几个月前来过我家，和一个四十来岁的女人，您帮她搬行李，那天早上很早的时候。她搬到我家住，带了不少行李。您还记得吗？"

男孩看着我，他的微笑很温和。

"不，对不起，女士，我不记得了。是在哪儿？"

"十一区的佛利梅丽古街。是个七层，没有电梯。我肯定您记得这个女人？她叫 L，人很高，金发，她说您是她朋友的儿子。"

男孩说他给一家家政公司干过一阵子活儿，修东西，搬家具，清空地窖什么的。他依稀记得有过不太好干的一单活，七层没有电梯，但别的就不记得。他很抱歉，但他既不记得 L，也不记得我。那家公司是他的一个朋友办的，没多久就倒闭了。

几个月前,我把《普通嫌疑犯》又看了一遍,和保尔一起看的。我一直想让他看这部九十年代的经典电影。片尾字幕出现时,我明白了为什么这部电影那么重要。片尾的传奇一幕在我心中激起强烈回响。

剧情围绕话痨金特的审讯展开。金特是头天晚上发生的一场大屠杀的唯一生还者。这个孱弱的跛子,头脑简单,有一只佝偻着的手,由凯文·斯贝西扮演。几个小时的审讯过去,貌似他只是一个外围的同谋,他们的阴谋已超出他的掌控,甚至他自己也为其所害。保释金一交,他自由了。他收拾好衣服,离开了警局。他走了,剩下探员奎恩在办公室里。办公室不是他的,他的目光机械地扫过挂在墙上的布告板,上面贴满各种搜查令、档案、照片、剪报。此时他才发现话痨金特在审讯过程中提到的所有名字和细节都来自这块布告板,此前金特就坐在这块板对面。话痨供出的所谓同伙的名字,其实是印在咖啡杯底部的餐具制造商的名字。这时,传真机里传出嫌犯素描像,是臭名昭著的凯撒·索泽,那个没人见过的凶残杀人犯……正是话痨金特的脸。

与此同时,画面切到凯文·斯贝西这边,他走在街上,手恢复正常,腿也不瘸了,他点了一根烟,脚步加快。

这完完全全就跟发生在我身上的一模一样,那天我在书架前回忆起L老喜欢大声念书名,就像在朗诵一首不甚悦耳的诗,我突然明白,其实这一切都是她的杜撰。我就像奎恩探员,发现自己被诳时已经太迟。

今天,我一想到L,脑子里率先跳出的是这幅画面:话痨金特的腿部特写,从跛行到正常走路的转变,然后是自信的快步走,一直走到等他的车前。

我知道L就在某个地方,离得并不是太远。保持着距离。

我知道有天她会回来。

某天,在某个咖啡馆深处,在电影院的半明半暗中,在来听我聊天的读者群里,我会认出她的眼睛,我会看到它们在闪烁,就像叶河小学院子里我做梦都想赢的黑色弹珠。L会远远地打个手势,以示和好或默契,但她脸上挂着的胜利者的微笑,会像一记重拳狠狠打中我的肚子。

她倾诉的每段故事,我最终都在不同的书里找到出处。只有一段,她讲述得很详细的一段,一直没有找到原型。也许出自一本我没读过的书。我书架上是有一些没读过的书,自己买的,或别人送的。我需要有些储备。

也许有一天,当我开始读其中某一本,会碰到这一幕。

L十四岁,在巴黎郊区的一所学校上初中。有一天晚上,她的父亲不停地责备她。不对,没有一样是对的,有什么地方出了毛病。她连站都站不好,驼着个背,畏手畏脚的,没个姑娘样,老黑着脸。他怀疑她有问题,不对劲,就是有问题。而且所有人都看得出来（他强调所有人，就好像他问过整个宇宙似的），药店店员和安盟保险业务员跟他说过一模一样的话：您女儿可真奇怪。她跟别人不一样。别的姑娘，她们至少高高兴兴的，很活泼，看起来很自在，平易近人。

早上，她到了学校，却躲着同学。她知道自己红着眼睛，她怕别人问起。

有时候，她梦想着能逃跑。或者有人来带她走。有时候，她在心里想，也许不管怎样，她还是会成为一个女人。会吸引眼球，人们会觉得她漂亮。她的伤痕，不会被看见。

法文课结束了，老师让她留下。其他同学都离开之后，他问她还好吗。家中是不是遇到麻烦。他不想显得太唐突，只是想知道她是不是一切都好。

老师站在她面前，盯着她看。

他对她说，如果她没法说出来，也许可以写下来。写给她自己。她喜欢写东西，不是么？她什么也没说。她脑子里只想着这些她不敢说出口的话，她狠狠地想着，也许想得够狠他就能听到，我真的那么丑、那么可笑、那么跟别人不一样、那么驼背、那么蓬头垢面、那么讨人嫌吗？我怕自己变成疯子。我害怕，而我不知道这样的恐惧是否存在，是否有一个叫得出来的名字。